文庫

スイート・マイホーム

神津凛子

講談社

目次

スイート・マイホーム

彼女が狂ってゆく。

それはじわりじわりと彼女を侵食し、狂気しか持たぬ人間ならざるものに変えた。

間近でそれを見ていた私も直《じき》に狂うだろう。

行き着く世界で見るものは一体何だろう。この世に生を受けた意味も分からぬまま逝《い》ったあの子はそこにいるだろうか。死んだら逢えるだろうか。死なねば逢えぬだろうか。

死ぬなら我が家へ帰ろう。

かつて信じていたスイート・マイホームへ。

第一章　あたたかい家

1

〝まほうの家〟

それがその家のキャッチコピーだった。

「冬でも半袖一枚で過ごせる暖かさ。居住空間に暖房器具は一切必要ありません。家中どこでも同じ室温で快適に暮らせます」

チラシにはまだまだ魅力的な売り文句が列挙されていた。

半纏《はんてん》を着こみ、炬燵《こたつ》にあたっていても顔と手は冷たい。室内にもかかわらず、吐き出す息は白い。

数分前に新聞を取りに行った時には、ポストが凍っていてすぐには開かなかった。同じタイミングでアパートの隣人が車に向かったが、霜《しも》に覆《おお》われた車のドアは凍り付き、男の力でも簡単には開かないようだった。諦めたのか秘策があるのか、部屋に戻ろうとした隣人がポストと向かい合ったままの私に声をかけてきた。

「お宅もですか」

「毎朝これです」

「ポストに何かはさんでおくといいですよ。ウチはストローをはさんでいます」

部屋の前に立てられたポストを指さし、隣人は笑った。

「最近、朝の冷え込みがひどいでしょう。車の暖気をしたくても、ドアが開かないんじゃお手上げですよ」

隣人は苦笑いをした。

「スターターつけなきゃだめだな」

そう呟《つぶや》いて、車との格闘に敗れた男はドアの向こうに消えた。

先程のやり取りを思い出していると、妻が起きてきた。小柄の妻は寒さで背中を丸め、益々《ますます》小さくなっている。

「やだ、ちょっと！　エアコンつけてないの？」

開口一番妻はそう言うと、壁にあるリモコンのスイッチを押した。

「寒いー」

そう言って炬燵に潜り込む。

「またポストが凍っていた」

私がそう言うと、妻は恨《うら》めし気に睨《にら》んだ。

「ポストくらいならちょっと力を入れれば開くでしょ。最近の冷え込みのせいで、午前中北側の窓は全滅」

「開かないのか」

「開かないどころか、その後も地獄よ。結露地獄。拭《ふ》いても拭いてもまた結露」

炬燵にあたったまま窓に目をやる。南側のこの部屋でさえ、朝は窓が凍り付いている。

「結露したところは拭いているけど、それでも窓枠にカビが生えてきているの。もう、結露ノイローゼになりそう」

「なんだそれ」

「結露しない家ってないのかな」

もごもごと言いながら、更《さら》に炬燵の奥へ潜って行く。小さな炬燵によく全身が入るものだと妙な感心をしていると、二階からサチの泣き声がした。

「ケンちゃん、お願い。私、寒すぎて出られない」

炬燵人間になった妻は、口は寒くないのか饒舌《じょうぜつ》に話し出す。

「エアコンだとすぐには暖かくならないよね。でも石油ヒーターはサチがいるから置けないし。オイルヒーターだと暖まるまで時間かかるよねえ。何かないのかな、パッとあったかくなる暖房。それか、すっごくあったかい家」

サチの泣き声が大きくなる。

「あの泣き方はおっぱいかな……寒いのにおっぱいだすの嫌だなあ」

グチグチと言う妻を横目に、私は階段を上がる。

三年前、結婚を機に越してきたこのアパートは田舎《いなか》には珍しくメゾネットだった。そこに惹《ひ》かれて決めた物件だったが、サチが生まれてからは長所だと思っていたメゾネットが欠点に変わった。サチが階段から転げ落ちないよう気を遣《つか》う。

転落防止のための柵《さく》を開けようとした時、すぐ隣の寝室の引き戸が開き、サチが顔を出した。私を見るなり、演技がかった泣き方を始める。最近知恵がついてきて、大人の顔を見てより大泣きするのだ。サチが柵にしがみついてしまって、開けるに開けられない。仕方がないので柵から身を乗り出し、サチを抱き上げる。抱き上げた途端、サチは泣き止んだ。まだぐずぐずと鼻を鳴らしてはいるが、落ち着いたようだ。サチから乳児独特の匂いがする。耳の上の辺りに鼻を近づけると、その匂いが一層濃くなる。私はこの匂いが好きだった。

リビングに戻ると、妻はまだ炬燵人間のままだった。

「ありがとケンちゃん。サチ、おっぱい？」

「どうかな。けど、飲めば機嫌がよくなるかも」

妻は渋々炬燵から半身を起こした。栗色の髪がさらさらと肩の上で揺れる。パッチリと大きな目は、態度に反して愛《いと》おしそうに娘を見つめている。着ていたトレーナーを捲《まく》りあげ、恥ずかしげもなく乳房を出す。決して大きくなかった妻の胸は、妊娠中に驚くべき成長を遂げた。産後は益々大きくなり、別人の胸のようだった。私の視線に気付いた妻は、

「なによ。珍しくもないでしょう」

と言った。

「……まあな」

サチを妊娠したと分かった時点で妻は母になった。

母になった妻は、女でなくなった。私のことも男としてではなく、サチの父親として見るようになった。世の母親は皆こうなのかもしれない。とすると、二人目、三人目は誕生しようがないが。

「どうしたの」

妻の乳房を見ながらそんなことを考えていると、妻が不審そうに言った。

「なあに」

「いや。すっかりサチのおっぱいになったな、と思って」

それを聞いた妻は小さく吹き出した。

「何それ。元々ケンちゃんのおっぱいじゃないでしょ。私のおっぱいは私のものよ」

張り出した乳房は私の手のひらでは包めない程大きかった。もう二年、触れてさえいない乳房から目を逸《そ》らす。

「寒そうだな」

話題を変える。

妻は瞬時に切り替え、顔つきまで寒そうに変わった。

「寒いわよ、もちろん。でも朝より、夜中の授乳が辛いかな。火の気がないところで授乳するのはまるで拷問《ごうもん》よ。ケンちゃんはスヤスヤ眠ってるけど」

妻は私を責めるような目で見たが、すぐにサチに視線を落とした。

「でも、サチもかわいそうで」

妻は、サチの小さな手を握った。

「手が布団から出てるから、すごく冷たいの」

サチが生まれるまで知らなかったのだが、赤ん坊は両手を上げて眠る。万歳《ばんざい》の格好で眠るので、どうしても手だけ冷たくなってしまう。

一度、赤ん坊用の手袋をさせたが、指しゃぶりもするので手袋ごとしゃぶってしまい、余計に冷たくなってしまった。

「最近は靴下も嫌がって脱いじゃうから、足にしもやけができるんじゃないかって心配」

子どもは皆そうなのか、靴下も帽子も嫌がる。寒さは感じるだろうに、不思議だ。

「ここ、行ってみないか」

私は先程のチラシを妻の前に差し出した。

「え、なに」

妻は授乳しながら器用に受け取る。

「まほうの家」

呟き、その後の文句を目で追っている。

「まあ、誇大広告だとは思うよ。社名もどうかと思うし。HA《エイチエー》――ほっこりあったか――ホームなんて。だけど、普通の家より暖かいのかもしれないと思って」

妻はチラシから私に視線を移した。その顔は真剣だった。

「ケンちゃん。家、建てるの」

「俺もいい歳だし、サチも生まれて、いつまでもアパート暮らしってわけにもいかないだろう」

「それはそうだけど……お金の問題もあるし、第一、お義母《かあ》さんが何て言うか」

妻の心配はもっともだ。金の工面より、私の実家が抱える問題の方が余程手強《てごわ》い。

「相談してみるさ。まあ、この会社のモデルハウスを見てからでもいいだろう、話すのは」

「そうかなあ」

実家の問題が障害になってはいるが、名残惜《なごりお》しそうにチラシに見入る妻の本音は一《いち》目瞭然《もくりょうぜん》だ。

「今日、予定ないだろう。ちょうどいいじゃないか。後で行ってみよう」

「サチも新しいお家に住みたい？」

妻が授乳しながらサチに話しかけると、サチはまるで意味が解っているかのように足をバタバタと動かした。それを見て妻は大げさに表情を作ると、

「だって」

と言った。


長野の冬は厳しい。

私は東京生まれだが、両親の離婚をきっかけに十三歳の時長野に引っ越してきた。母の故郷である長野に来たのはその時が初めてだった。

離婚前、父は、私達が長野の実家に行くことを許さなかった。実家に限らず、どこへ行くにも父の許可が必要だった。家族を縛《しば》り付ける父から逃れ、自由になったのは

良かった。しかし、祖母が母に残した古い家で長野の冬を体感した時、私は初めて、長野に移り住もうと言った母を恨んだ。それほど長野の冬は厳しかった。

長野を脱しようと奨学金で東京の大学へ行った。その時は、やはり私の故郷は東京だと思ったし、骨を埋《うず》めるのも東京だと思った。思ったのだが……。

「ここ左折だって」

ハンドルを握りながら、初めて体感した長野の冬を思い出していると後部座席から妻のナビが聞こえた。

「ナビする時くらい、助手席に座ればいいのに」

ルームミラーで妻を見ると、妻はチャイルドシートのサチを愛おしそうに見つめていた。

「サチがかわいそうじゃない」

そう言うと、チラシに視線を戻す。

「コンビニが見えてきたら、もうすぐみたい」

妻はため息交じりに、

「住宅展示場って初めてだけど、大丈夫かな。しつこく勧誘されたりしないかな」

と言った。

「その時はもっともな理由をつけてビシッと断るよ」

「もっともな理由って？」

「転勤になったとか、親が勧める住宅会社に決めたとか」

ミラー越しに私をじっと見つめる妻と視線が合った。

「ケンちゃんて――」

「なに」

「そんなにスラスラ嘘がつける人だったっけ」

妻の強い視線を避けるために、私はミラーから目を逸らした。

「嘘って……こんなの嘘のうちに入らないよ。お互い嫌な気持ちにならないための方便さ。住宅会社の連中だって日常茶飯事だろう」

「そうかな」

私の心の内を見透かそうとする妻の視線をまだ感じたが、あえて気付かぬふりをして話題を変えた。

「あのコンビニか？」

しばしの沈黙の後、妻の返事が聞こえた。それと共に痛い程の視線が外れたので、ほっとした。

同じ敷地内に何社も入っている住宅展示場を想像していたが、この展示場はチラシの一社だけのものだった。タイプの違う家が四軒並んでいる。私達が向かったのは、屋根が平たい真四角の家だった。深いグレーの外壁は、四季を問わず落ち着いた印象を与える。

玄関ドア横のインターホンを押すと、目の前のドアが開いた。

そこにいたのは、長身の若い女性だった。

一目で社員と分かるスーツ姿で、真《ま》っ直《す》ぐな長い黒髪をうなじのあたりで一つに束ねている。切り揃《そろ》えられた前髪からのぞく黒目がちな一重の目で、真っ直ぐに私を見つめていた。口元にうっすらと笑みを浮かべている。ごてごての営業スマイルでないことに、僅《わず》かに安心した。

「どうぞ、お入り下さい」

私は妻と目を合わせた。妻も女性社員の第一印象に安心しているようだった。

サチを抱いた妻に先に入るよう促《うなが》し、私もその家に足を踏み入れた。

玄関に入った瞬間、ほんわりとした暖かさに包まれた。

「弊社のモデルハウスにお越し頂くのは初めてでしょうか」

「あ、あの、今朝のチラシを見て……」

妻が、手にしていたチラシを掲げた。

「それはありがとうございます。本日担当させていただきます、本田《ほんだ》と申します」

本田と名乗る社員に案内され、家の中を見て回る。

玄関横に設《しつら》えられた、靴以外の物も収納できるスペース。大きな下駄箱。アパートの下駄箱は年に二回衣替えが必要で、その都度、入れ替えをしなくて済む大きな収納が欲しいと妻は愚痴を言っていた。

バスルームは、脚を伸ばして浸《つ》かれる広々とした浴槽で、洗い場も広い。開放的なリビング。アイランドキッチン。使い勝手のよいキッチン収納。

妻の目が見る間に輝きだし、本田の説明を聞きながら心を奪われているようであった。

私は、家の暖かさに驚いていた。

玄関に入った時から感じた暖かさが、家中どこでも同じように感じられるのだ。不思議だった。熱源が全く見当たらない。各部屋にはエアコンが取り付けられていたが、作動している様子はない。風を感じなかった時点でエアコンではないと思ったが、ヒーターらしきものも見当たらない。この包まれるような暖かさの正体が何なのか、見当もつかなかった。

私は、熱源を探そうと足を止めた。そこに一つの扉。私の前を行く本田が素通りした箇所だ。部屋の扉ではないのだろうか。細かく説明している本田が開けないのなら、客に見せたくないものでも入っているのだろうか。

他の扉が一般的な室内ドアなのに対し、ここだけが観音開きの扉だった。

無意識に腕が伸びる。取っ手を摑《つか》みかけた時、サチを抱きながらキョロキョロしていた妻とぶつかった。

サチを抱いた妻は、驚いたように私を見上げた。

「どうしたの」

「いや、扉が――」

「どうかなさいましたか」

少し先の角で、本田がにこやかに問いかけた。

「ほら、行って」

妻に促され、私は歩みを進めた。

「どうぞ、お掛け下さい」

家を一通り見て回った後、二階の一角に設けられたソファに私たちは腰を下ろした。本田が席を外したので、熱源について妻と話そうとすると、彼女はうっとりと部屋を見回していた。

「素敵ねえ」

妻の腕から自由になったサチがソファにつかまり、笑い声を上げた。

「エアコンがついていなかっただろう。ヒーターでもなさそうだし、なんだろうな」

「そうだった？　あったかいなあ、とは思ったけど気にならなかった」

妻は、最新のキッチンや風呂の設備に気を取られていたようだ。

私が気になったのは暖かさと結露についてだった。どこの窓を見ても一切結露がない。モデルハウスとはこういうものなのだろうか。

「お待たせしました」

戻って来た本田が、テーブルの中央に湯気の立つほうじ茶を置いた。さり気なくサチのことを気遣ってくれたのが、押しつけがましくなく好感が持てる。

「タイプの違う家がございますので、後ほどご案内致します」

「あの」

私はこの家の暖かさの秘密を知りたかった。

「チラシにあった通り、この家には暖房器具が見当たらないのですが……エアコンもついていないですよね。一体どうしてこんなに暖かいのですか」

本田は、笑みを絶やさぬまま説明を始めた。自身が座るソファに立てかけてあったパネルを差し出す。

「この家の建坪は約四十坪なのですが、この広さですとエアコン一台でこの暖かさです」

「エアコン？」

動いていないエアコンを見やる。本田は私の視線に気付き、パネルを指した。

「この家の暖かさの秘密は、地下にあります」

「地下？」

やっと話に興味がでてきたのか、妻が話に入ってきた。

「正確に言うと床下です。家の真下に家と同じだけの広さの空間があり、そこにエアコンを置き、作動させます。その暖気が、天井に配したダクトと壁の間を循環して家中どこでも同じ室温が保てるのです」

「結露しないのもそのせいですか」

「そうです。全くしないとは言い切れませんが、室内の暖房を使って部屋を暖める一般的な住宅と比べると、結露はしにくいです」

「それじゃあ、夏場はすごく涼しいってことですか」

妻が身を乗り出して訊《たず》ねる。本田は申し訳なさそうに眉根を寄せると、

「温かい空気は上昇しますが、冷たい空気は滞留しますので、残念ながら暑さには対応しておりません。各部屋にエアコンをつけていただく必要があります」

と答えた。妻はさほどショックを受けた様子でもない。長野では夏の暑さより、長い冬の厳しい寒さの方が問題だからだ。

「エアコンは、通常通りの使い方ですか？　設定温度とか、作動させる時間とか」

「通常の設定温度よりは多少高くされているご家庭が多いかと存じます。実際、この家は短時間で皆様に暖かさを実感して頂きたいので、設定温度は二十二度です。作動時間についてですが、冬中エアコンはつけておく必要があります」

この答えに、妻はさすがに絶句した。私も、予想外の答えに驚いた。

「冬中と言うと、長野は五、六ヵ月ありますよ。つけっぱなしになんてしたら電気代が半端じゃないでしょう」

本田はもう一枚のパネルを差し出した。そこにはコストがグラフになって記されていた。

「そうでもありません。家中一台のエアコンで済む、という点が大きいのですが」

そう前置きして、本田はいかにこの住宅がコストパフォーマンスに優れているかを語った。

「私も弊社で家を建てたのですが」

若いと思っていたが、実際は見た目より年がいっているのかもしれない。

「寒い時期の電気代は、オール電化でひと月二万円くらいです」

妻が頭の中でそろばんをはじく音が聞こえてきそうだった。

「え？　二万円？」

目を白黒させた妻は私の腕を摑み、

「ケンちゃん、ウチ、ガス代と電気代で冬場は二万円くらいかかってるよ。しかも節約してだよ」

と、興奮した様子で話しかけてくる。その節約の代償《だいしょう》が今朝の寒さだ。

「決して高いコストではないと思います」

本田が柔《やわ》らかな笑《え》みを浮かべながら言う。

「お子さんがいらっしゃると、冬のお風呂も大変ですよね」

妻は何度も頷《うなず》きながら、そうなんですそうなんですと答えた。

「この家は脱衣所も浴室も暖かいので、うちの子はお風呂上りに裸で走りまわっています」

「え。本田さん、お子さんがいらっしゃるんですか」

若いと思っていた本田の実年齢は、やはり私が想像するより上らしい。

「お風呂、洗面所、キッチン、トイレ。冬の水回りは女性にとって敵です。特に、朝早く起きて家事をする際、一番寒い時間、一番寒いところで水を使うのは本当に辛いことです」

妻は本田の手を取りそうな勢いで頷いている。

「子どもがいると、より気を遣いますよね。熱源が危険でない物を選択するところから始まって、寝ている時でも、子どもが寝返りしただけで目を覚まし布団をかけなおします。家の中が常に暖かいというだけで、子どもに対する気の配りようも変わってきますし、大幅にストレスが軽減されますよ」

見た目ほど若くない営業は、まず妻の心をつかむことに成功した。

「そもそも日本の古い住宅は、高温多湿な夏を快適に過ごすことを主に考えた造りになっているので、間口も大きく風通しがいいようになっています。そのため、冬は家全体が寒く、炬燵などで人を直接暖めて暖をとるよりなかったのです。今でもその名残があって、日本人の多くは、『居る場所だけを暖める』という考え方が多いですよね」

本田の話に、いつしか私も引きこまれていた。

「日本より寒さの厳しいロシアや北欧では、考え方が根本的に違います。『居る場所だけを暖める』のではなく、『家全体を暖める』という考え方が主流なのです。暖炉や暖房器具の熱で家全体を暖められるように造られており、外壁も、寒風を通しにくいレンガや高性能の断熱材などを用いて、少ないエネルギーで高い保温性がありま す。弊社ではそれらを参考に、より日本人が生活しやすいよう設計しています」

『居る場所だけを暖める』ことが当然だと思っていた私にとって、『家全体を暖める』という考え方は革新的だった。

「この家の暖かさの秘密をご覧ください」

そう言って本田は立ち上がった。本田に続き階下に向かう。

家の中を案内された時、唯一、本田が開けなかった観音開きの扉の前に立った。

「ここがこの家の心臓部です」

そう言って本田は扉を開けた。開けた途端、中から暖気が流れ出る。

「どうぞ」

本田が一歩退《すさ》り、中に入るよう促した。

「ケンちゃん。サチお願い」

妻からサチを抱き上げる。この家に入ってからずっとご機嫌のサチの頬《ほお》は、桃色に染まっていた。

妻が中に入る。地下へ続く短い階段が見えた。その先の空間を想像し、私は息苦しさを感じた。

しばらくして、感嘆の声を上げながら妻が戻って来た。

「ケンちゃん、見てみる？」

気遣わしげな妻を安心させるように私は微笑《ほほえ》むと、サチを妻に渡した。

「ああ」

足を踏み入れた時、予感が当たっていたことに気付いた。

剝《む》き出しの板で囲まれた箱のような狭い空間。その空間に入った瞬間、真横の壁が徐々に狭《せば》まってくる。それを無視して階段を下りる度、鼓動が激しくなる。それに伴《ともな》って息が苦しくなる。息を短く吐き出しながら呼吸を整えようとするが、上手くいかない。

振り返り、扉が開いたままなのを確認する。心配顔の妻と目が合ったので、笑って見せる。笑顔が引き攣《つ》っていないことを祈りつつ。壁も、狭まるのを止めたようだ。すぐ後ろに出口があり、いつでも引き返せると自分に言い聞かせたことで多少動悸《どうき》が治《おさ》まってきた。胸を押さえ、階段を下り切る。

五段の階段を下りると、そこから膝の高さの空間がある。これがこの家の秘密らしい。

体を曲げて覗《のぞ》き込む。

床下全体にこの空間が広がっており、私に近いところで一台のエアコンが作動していた。この空間から壁と壁の間を暖気が伝い、家全体を暖めているらしい。エアコンから暖かな空気が流れ出ていて、その暖気が床下を暖めている。この狭い空間を。そう考えが及んだ時、私は再び息苦しさを感じた。考えまいとしても、膝下に広がる空間に入り込んだ自分を想像してしまう。心臓が激しく脈打ち、息ができない。上体を起こし、這《は》うようにして階段を上がった。

開け放した扉の前で、本田は初めて笑みを消していた。

「そういうことでしたか」

二階のリビングで、落ち着きを取り戻した私を横目に、妻が本田に説明した。説明を受けた本田はやっと笑みを浮かべた。

「私も、結婚するまで知らなかったんです。付き合っている頃は、本当に完璧な人だと思っていたので。私が言うとバカみたいですけど、主人は見た目も良いし、スポーツもできるし、頭もいいし」

完全にのろけているが、本田はにこやかな表情を崩すことなく妻の話を聞いている。

「そんな主人が唯一苦手なのが狭いところなんて」

「だれにでも苦手なことくらいあるだろう」

私が反論すると、

「それはそうだけど。初めてケンちゃんが閉所恐怖症でパニックになったのを見た時は、こっちも生きた心地しなかったんだからね」

と、妻も反論してきた。

「気を失ったでしょう。救急車を呼んで、私だって負けないくらいパニックになったのよ」

初めて妻を伴って私の実家に行った時のことだ。パニックになり、気を失ったのは後にも先にもあの時だけだった。

「そうかもしれないが、何もここで話すようなことじゃないだろう」

言い合いになりそうだったのを力業で話題を変えたのは本田だった。

「奥様もかわいらしい方ですが、お二人はどんな風に出逢われたのですか？」

その目は、妻を射すくめるようだった。柔らかい中に強さがある。唐突な質問だったが、妻は思い出すように答えた。

「私が通うスポーツジムのインストラクターが主人だったんです」

「まあ」

「私、元々スポーツは得意な方じゃなくて、体を動かすのも好きじゃなかったんですけど、会社の健康診断で運動不足を指摘されて、仕方なくジムに入会したら……」

妻がちらっとこちらに視線を寄こした。

「こんなに素敵なインストラクターがいるんだなってびっくりして。何度か通ううちに親しくなって、私からデートに誘ったんです」

「あら。奥様が？」

妻は高校生のように笑うと、

「タイプだったんです」

と言った。

「俳優の、何て名前だったかな……とにかく、俳優でもおかしくないくらい格好よかったから」

本田は穏やかな笑みをたたえたまま、

「私はモデルみたいだな、と思いました」

と応じた。妻は嬉しそうに、

「よく言われます」

と、恥ずかしげもなく答えた。女子高生の休み時間のような、埒《らち》もない話を目の前でされ、私は逃げ出したくなった。

「もういいよ」

そう言うのがやっとだった。

「最近は中性的な顔の男性が好まれるみたいですけど、私は一重のきりっとした目の男性が好きで。鼻筋も通っているし、唇も厚すぎず薄すぎず……それに、声。声が良いと思いません？」

私はいたたまれず席を立った。サチを抱き上げ窓辺へ移る。後ろから高校生と化した妻と本田の笑い声が聞こえた。

大きな窓から外を見下ろすと、展示場の幟《のぼり》が寒風を受けてはためいていた。

寒そうだとは思うが、アパートにいる時のような実感はない。それだけこの家は自然に暖かかった。

風を感じないからだろうか。

エアコンで暖めているとは言っても、輻射熱《ふくしゃねつ》によって暖かいため、エアコンの気持ちが悪くなるような風は全く感じない。外の様子を見ながら、この家の暖かさを実感した。

妻と本田の他愛ないおしゃべりはまだまだ続きそうだったので、私はサチと一階に下りることにした。アパートで、子どもを抱いたまま階段を下りることに慣れてはいたが、やはり神経を使うし危険だと感じた。金銭的に許せば広い土地で平屋もいいかもしれない、などと妄想を広げる。

一階に着き、サチを降ろす。私の腕から逃れようと暴れていた娘は、解放された途端危なっかしい足取りで歩き出した。その後をついて行くと、地下に通じる扉の前まで来てしまった。思わず足を止める。

大人三人も入ればぎゅうぎゅうの身動きのとれない空間。狭い階段を下りると足元に広がる高さのない空間。思い出すと、息苦しくなった。苦しいのに、考えることを止められない。あのエアコンを取り付けるのは業者だろうが、掃除は？　フィルターの掃除は私がするのだろうか。立ち上がれない、這って進むような狭い空間へ？　私が？

額に汗が浮かぶ。想像しだすと止まらなかった。あの空間を這って進む自分を想像する。余計に苦しさが増す。それに、あの壁。狭まってくる。私に向かって。

「どうかなさいましたか」

不意に後ろから声をかけられ、激しく脈打っていた心臓が大きく跳ねた。ぎくりとして振り返ると、年齢の読めない男が立っていた。私より年下にも年上にも見えた。背の低いその男は、瘦《や》せた体にスーツを着て首から社員証を下げていたが、裏返しになっていて名前は見えない。吹き出物だらけの顔に大きな鼻の目立つ男だった。私と目が合った瞬間、男が躊躇《ちゅうちょ》したのを感じたが、すぐに営業スマイルを顔面に張り付けると気遣わしげに声をかけてきた。

「お顔の色が優《すぐ》れませんね。どうぞ、こちらの椅子にお掛け下さい」

僅かに息を切らしながら私は無言でそれに従った。心臓の音が聞こえるのではないかと心配になりながら、男が引いたダイニングテーブルの椅子に腰を下ろす。

「お水をお持ちしましょうか」

「いえ、結構です」

ワックスでしっかりとセットされた頭に手をやりながら、男は大げさに、

「汗もかいてらっしゃるようですし、どこか具合が悪いのではないですか」

と聞いてきた。

「大丈夫です。ちょっと暑くて」

それが理由でないことは分かっているが、言い訳としては相当の理由だ——と言いたげな表情で男は笑った。笑ったが、その目は笑っていなかった。

「弊社のモデルハウスにお越しいただく方によく言われます。特にお子様は暑がって、上着や靴下を脱いでしまいます」

話題を変えたかった。

「そうでしょうね。本当に暖かくてびっくりしました」

「秘密の地下は、もうご覧になりましたか」

笑顔の中の笑わない目は、まるで私を値踏みするようだった。

「ええ。すばらしい構造ですね」

「ありがとうございます」

「エアコンは……」

蚊の鳴くような自分の声にも、それを聞いて笑みを広げた男にも腹が立った。腹に力を入れる。

「エアコンは部屋付けの物と同じサイクルで掃除が必要ですか。その……地下だと埃《ほこり》っぽくなるとか、そういうことはありませんか」

「特別な理由がないかぎり、お掃除は年に一、二回で済むと思います」

話題を変えたかったのに、自ら墓穴を掘るような質問をして後悔した。

「地下以外にも、天井裏に走っているダクトの掃除も必要です」

「……ダクトの掃除？」

天井裏でうねるダクト。どれほどの大きさか分からないのに、口を開けたダクトに呑《の》み込まれる自分の姿が思い浮かび、息が切れた。

「あの……随分《ずいぶん》苦しそうですが大丈夫ですか」

「平気です。ただ、ちょっと――狭いところが苦手なもので。地下とかダクトとか、掃除のことを考えると……」

「ご心配には及びません。地下のエアコンについては、掃除業者を紹介することもできますし、ダクトと言っても、なにも天井裏に入る必要はないので。天井の扉を開けて、ダクトの換気部を掃除するだけですから」

「そうですか」

狭い空間に入る必要はない。息苦しさが治まった。

「ちなみに――」

男が、断りもなく私の隣に腰を下ろした。

「他の住宅会社も回られましたか」

「いえ、今朝のチラシを見て来たので」

男が膝を詰める。

「では、土地は？　もうお決まりですか」

「いえ……それもこれからです」

他社に顧客を奪われまいと必死なのか、男からは焦《あせ》りがうかがえた。

「ご家族は何人ですか？　先程お見かけした限りでは奥様とお子様の三人のようでしたが。ご両親と同居なさる予定などは？」

これが営業の「押し」というものだろうか。とはいえ、畳みかけるように質問を浴びせられるのは気持ちのいいものではない。しかも、必死な形相で間合いを詰める男はいささか気味が悪い。

私が問いに答えると、男はニヤリと笑った。

「弊社をご検討いただけるようでしたら、是非私をご指名下さい」

突然の申し出に言葉を失っているところに、能天気な女性二人の声が近づいてきた。

「ケンちゃん、ここに居たの。サチが階段よじ登っていたわよ」

妻の腕の中にサチがいた。自分のことで精いっぱいだった私は、娘のことをすっかり忘れていた。

「甘利《あまり》さん」

押しの強い男は甘利というらしい。そういえば、この男は名乗りもしなかった。本田が甘利を見た時、明らかに顔が引き攣っていた。客の奪い合いだろうか。

「マネージャーの甘利さんが私のお客様に何か御用ですか」

本田は例の穏やかな笑みを浮かべ、甘利に言った。強く言われるより余程怖い。本田の旦那はさぞ大変だろう。

「こちらのお客様の質問に答えていただけだよ」

質問に答えていたのは私だが。

「後は私が対応しますのでご心配なく」

本田にピシャリと言われ、甘利は顔から薄ら笑いを消したが、さして臆する様子でもない。

「では失礼します」

慇懃《いんぎん》に頭を下げ、身を翻《ひるがえ》した甘利はつと止まり、本田の耳元で何やら囁《ささや》いた。

本田の顔色がさっと変わった。怒りが全身に表れている。営業の鑑《かがみ》のような本田がお客の前でする顔ではなかった。何を言われたかは聞こえなかったが、余程腹に据えかねることを言われたのだろうか。

「あ！　サチ！」

またしても階段をよじ登りだしたサチに気付き、妻は娘に駆け寄った。妻が離れると、本田は甘利がいなくなったのを確認してから言った。

「ご不快にさせてしまったでしょうか。甘利は何と？」

「気分が悪くなった私を見て、咄嗟《とっさ》に声をかけてくれたのだと思います」

「こんなことをお客様にお話しするのは大変失礼だと思うのですが」

本田は妻とサチを見たまま続ける。

「甘利は問題のある社員なのです」

「え？」

思わず本田に目をやったが、本田の視線は揺らがない。

「一度、お客様とトラブルになったことがありました。そのお客様は清沢《きよさわ》様のように整った顔立ちで、奥様もお綺麗《きれい》な方でした。甘利は、その――容姿に対してコンプレックスを抱いているようでして。絵に描いたような素敵なご家族に嫉妬《しっと》したのだと思いますが、お客様から担当を外して欲しいと申し出がありました。他の社員に引継ぎを済ませ、甘利は営業を外れました」

「え、でも――」

自分を指名して欲しい。先程甘利はそう言った。その後二人の間で散った火花のようなものは、顧客の奪い合いをする営業ゆえのものだと思っていた。

「営業でないなら、甘利さんは――」

「展示場をまとめるマネージャーです」

「マネージャー……それじゃあ、昇進したってことですか」

「というより、裏方に回されたというところですね」

辛辣《しんらつ》な言葉同様、本田の横顔は厳しかった。

「マネージャーが担当になる場合もあるんですか？」

え、というように本田が私を見た。その目を見て、甘利が指名を望んだことは言わない方がいいと私は判断した。

「甘利さんは押しが強そうでした。そういうのは、苦手なので」

「大丈夫です。甘利が担当になることはありません」

そしてやっと正面から目を合わせた。

「弊社を気に入ってくださり、もしまたお越し頂けるようでしたら、甘利と会う機会が皆無とは言えません。その時は、なるべく甘利には関わらず無視して頂きたいのです。もちろん私が近づけないように配慮致しますが、今のようなこともありますので」

本田が冗談を言っているのではないことはその表情から読み取れたが、初めて来た客にそんな話をして、本田の立場は大丈夫なのだろうかと心配になった。会社としては伏せたい内容だろう、顧客を失いかねない話だ。しかし逆に言えば、甘利の毒牙にかかりかけた私に対する配慮、誠実さとも受け取れる。

「こんなことをお聞かせしておきながら、またお越しくださいとは勝手ですよね」

自嘲気味に笑った本田の顔に、初めて彼女の素を見たような気がした。

「サチ！」

家の中を歩き回り、手の届く範囲全ての物を破壊しようとする小さな恐竜相手に、妻は奮闘していた。

「ご縁があれば、是非」

そう言って本田はニコリと笑った。百点満点の営業スマイルだった。

2

〝まほうの家〟以外の住宅会社はどこも似たようなもので、ピンとくるものがなかった。

「ビシッと断ってくれるんじゃなかったの」

しつこい営業マンを帰すのにどれだけ苦労したか語った妻は、最後にそう言って私を責めた。

「仕方ないだろう。昼間来られたんじゃ俺には対処しようがないよ」

夕食の支度をしていた妻は炬燵にあたる私を睨《ね》めつけた。

「電話しておくよ」

私がそう言うと、妻はぱっと笑顔を広げた。

「ありがとう」

半纏を着たままだと家事をしにくいという妻はベスト姿だった。足元は靴下二枚履きに加えてレッグウォーマーも着けていたが、それでも足先が冷たいと言っている。東京生まれの私と違い、妻は生まれも育ちも長野だ。長野県民は寒さに強く、誰もがウィンタースポーツができるものと信じて疑わなかった私は、妻に出会い、それは思い込みなのだと悟った。

妻は冷え性で寒がりな上に、スキーもスケートもからきし駄目だった。それなのになぜ長野に住んでいるのかと妻に問うと、環境に恵まれているからといって長野県民全員がウィンタースポーツができるわけではないと説教された。それに、好きで長野県に生まれたわけではないとも。

十三で長野に越してきた時は冬の寒さに閉口したが、唯一の救いは長野に住んでいればば毎週のようにスノーボードができたことだ。ボードをすることだけを心の支えに冬を越して来た。そんな私にとって、生まれた時からウィンタースポーツができる環境に恵まれていながら、その恩恵に与《あずか》ろうともしない妻が理解できなかった。

思い切りインドアの妻との共通点はあまりなかったが、結婚するのに重要なのはその点ではなかった。

「はい、お待たせ」

炬燵から僅か三歩のキッチンから、妻は湯気の立つ器《うつわ》を手にやって来た。

「早く食べよう。サチが起きちゃう前に」

私の傍《かたわ》らでスヤスヤと寝息を立てるサチを起こさぬよう、妻は音を立てずに炬燵の上に器を置いた。妻が朝から煮込んでいたおでんだった。

結婚に際して重要視した、私と妻の共通点がこれだった。

食に対する好みが似通っている。

以前、好き嫌いの激しい女と付き合ったことがある。食事する店を選ぶのにも一苦労で面倒だった。しかも小食で、食事を残すことが可愛らしいと勘違いしている女だった。見た目はタイプでセックスの相性も良かったが、食に対する好みの違いは致命的だと悟った。

最大一日三食、平均して一日二食、日本の男の平均寿命が八十歳。死ぬまであと四十五年として、三万二千八百五十食を共にしなければならない相手だ。結婚相手には食の好みが合う、それが何よりの条件だった。

それに、妻の料理は母の料理に似ていた。

「それで……家の件だけど」

見ただけで味が芯までしみ込んでいると分かる大根に箸を入れながら、私は妻に切り出した。

「あの家に決めようと思う」

妻は咀嚼《そしやく》していた玉子を飲み込むと、箸を置いた。

「お義母さんには？」

「言ってない」

妻の顔に驚きと非難の色が浮かぶ。妻が何か言う前に、私は次の言葉を発した。

「引き返せないところまでいったら言うよ」

先手を打ったつもりだったが、妻は私の言葉に被《かぶ》せるようにして言った。

「引き返せないところって、家を建ててからってこと？　それまで秘密にしていられると思っているの？」

私も、持っていた箸を置く。

「今の段階で言っても、反対されて終わりだよ。だったら、完全に家が出来てから言うくらいの気持ちで――」

「そんなに強引にしたって、誰も幸せにならないわ」

幸せ。

思いもよらない妻のセリフは、私の気持ちを逆《さか》なでした。私は家族の幸せを一番に考えているのだ。だからこそ、この結論に辿《たど》りついた。誰も幸せにならない？　それを、他でもない妻が言うのか。

「じゃあどうするって言うんだ。反対されても、おふくろが折れるまで頭を下げ続けるのか。それとも無駄な努力ははじめから止めて、一生アパート暮らしをするか」

私の言葉に、妻は傷ついた、という顔になった。しかもそれを隠そうともしない。それに腹が立った。

「俺はこんなアパートで暮らし続けたくない。ここからサチを学校に行かせて、ここから嫁《とつ》がせるのか？　その後は？　マンションを買えるほどの家賃を払い続ける？　おふくろが死ぬのを待って、それから家を建てるか。俺たちはいくつになっているだろうな」

妻は涙目で私を責めるように見つめている。言い過ぎたことは分かっているが、止められなかった。

「今までだって充分過ぎるくらい親孝行してきただろう。おふくろが離婚してから、あの家とおふくろを支えてきたのは俺だ。今だって、毎月仕送りしている。これ以上どうしろって言うんだよ。同居すればいいのか？　おふくろと兄貴と俺たちで？　あのボロ家に？」

あの家に住む。

言葉にした途端、ぼんやりとしていた感情が恐怖なのだと確信した。

「絶対ごめんだね。どっちも嫌だ」

恐怖を押し込めようと語気を強めた。

「落ち着いてよ、ケンちゃん。冷静に話し合おうよ、何かいい方法があるよ、きっと」

「解決策なんてない」

私は炬燵に手をつき立ち上がった。足元でサチがグズグズと鼻を鳴らし始めた。私は半纏を脱ぎ捨て玄関に向かった。

「ケンちゃん！」

「今日は上林《かんばやし》のところに泊めてもらう」

私は同僚の名を出し、リビングの扉を閉めた。ダッフルコートを手に取り、下駄箱の上にある車のキーに手を伸ばした時、サチの泣き声が響いた。責めるような、すがるようなサチの泣き声は妻の心情を代弁しているかのようだった。

迷ったが、私はキーを握りしめ、アパートを後にした。

3

二十分程車を走らせ向かったのは、高台にある空地だった。そこから見下ろす町は灯りが少なく、寂《さび》れて死にかけているように見える。

ここに住み続け、ここで死んでいくのかと思うと、なんだか全てがどうでもよく思えてくる。

車の窓は外との寒暖の差で曇《くも》っていた。手のひらで窓ガラスを拭《ぬぐ》うと、隣に建つ二階建てアパートの階段を上がっていく人影が見えた。

私はエンジンを切ると車から降りた。暖まった車内から脱出すると、外の身を切るような寒さが逆に心地良かった。冷気を吸い込むと、鈍った頭が冴《さ》えてくるのを感じる。考えなければならないことが山ほどあった。頭が冴えた今こそ、考えごとをするのに適していたが、今は何も考えたくなかった。面倒なことから目を逸らし、保留にしておきたかった。

築五年というアパートは単身用で、全部で十戸。長野での生活には不可欠な車を全ての住人が停められるよう、アパートの前には十台駐車できるスペースがあるが、今は軽乗用車が二台停まっているだけだった。土曜の夜だ。独身の若者はアパートにじっとしていないのだろう。

階段を上る。鉄製の階段は革靴だとカンカンとうるさい音をたてるが、ゴム製のサンダルは音を吸収し、気配を消して部屋まで行ける。ほとんどの住人が出払っている今、そこまで気を配る必要もないのだが。

二階の一番奥の部屋まで行くと、インターホンを短く二度鳴らす。少し待って今度は長めに一度。

初めの頃は短く二度が合図だった。せっかちな宅配業者が同じように短く二度インターホンを押し、私だと勘違いした友梨恵《ゆりえ》がランジェリー姿でドアを開けてしまった、というのを機に合図を変えた。

ドアが薄く開いて化粧気のない顔がのぞく。

「また勝手に来る」

言葉とは裏腹に、友梨恵は嬉しそうにドアを開けた。

「来て欲しかったくせに」

言いながら、ドアの向こうに身を滑り込ませる。後ろ手にドアを閉め、鍵をかける。友梨恵が何か言おうとこちらに振り返った時、その口を塞《ふさ》いだ。友梨恵は驚いたように一瞬抗《あらが》ったが、すぐに身を任せてきた。友梨恵の身体は引き締まっていて決して抱き心地は良くなかったが、小振りながら感度のいい乳房は柔らかく、その相反する感触が私を興奮させた。

言葉も交わさず、何も考えず、ただ交わった。

「何か食べさせてくれないか」

ベッドに腰かけ、素肌に部屋着のワンピースを身に着けようとしている友梨恵に言った。

もこもこしたワンピースを被り、友梨恵は頭だけこちらに向けた。素直に驚いているようだった。

「夕飯食べてこなかったの？」

「食べ損ねた」

友梨恵は意地の悪い顔つきで、

「こんな時間まで食べずにいたなんて、ケンカでもしたの？」

と核心を突いてきた。

「家のことでもめた」

立ち上がり、ワンピースの裾をくるぶしまで下ろすと、友梨恵は六畳間の奥のキッチンに向かった。途中、短い髪を撫《な》でつけながら振り返りもせず、

「家って家族のこと？　ケンて長男だっけ」

と聞いてきた。私は友梨恵のこういうところが好きだった。深入りしてこない。三

年の結婚生活で初めての浮気で、相手は友梨恵一人だった。浮気というものがこんなにあっさりとしたものなのか、それとも友梨恵だからセックスだけの関係でいられるのか分からなかった。

私は家庭を壊してまでこの関係を続ける気はなかった。

友梨恵との関係は、サチの誕生後に始まった。同じジムに勤める友梨恵は私より八歳年下の独身だった。彼氏はいるらしいが、遠距離恋愛だと言っていた。

「いや、そうじゃなくて。家を建てるか建てないかでもめた」

早くもキッチンに辿り着いた友梨恵は、冷蔵庫に手をかけていたが、わざわざ振り返って大げさな表情を浮かべた。

「本気？　うちのジムの給料で家建てられるの？　あたしとケンの給料って、そんなに違うのかな」

「変わらないだろ。俺は副業もしてるし。そっちの稼ぎの方がむしろ多い」

「それって塾の先生のこと？」

正確には予備校の非常勤講師だったが、私は頷いた。

「あと家庭教師」

「家庭教師？　なになに、なんだかあぶない匂いがするけど。女子高生に手を出したりしないでよ」

友梨恵はニヤリと笑った。そして立ち上がり、こちらににじり寄って来る。

「こんなオジサン、女子高生が相手にしないよ」

「じゃあ母親の方」

「年上はタイプじゃない」

「ケンは自分がイケメンだって自覚した方がいいよ」

そう言いながら友梨恵は私にすり寄って来た。

「ほら、この目。あまい目をしてる。笑うと目尻に皺《しわ》が寄るところもすごくセクシー。この目で見つめられたら大抵の女はおちるよ」

友梨恵は上体だけ起こした私の上に跨《また》がり、頬を撫でる。勝気そうな友梨恵の顔がゆるむ。

「この無造作な感じの黒髪も反則よね。こんなにいい男なのにどうしてモデルにならなかったの？」

「身長が足りなかった」

適当な受け答えをすると、友梨恵は笑った。

「こんなに長身なケンがなれないなら、モデルは巨人ね」

私の胸を人差し指でなぞりながら、友梨恵は視線を上げた。

「歌手でもいけたんじゃない？　いい声してるもの」

「音痴《おんち》だから無理」

友梨恵は片眉を吊り上げた。

「プロ並みに上手いじゃない」

「カラオケで歌うのと商売にするのじゃ違うだろ」

あきれ顔だった友梨恵は意味深な目つきで私を見つめた。

「ジムのインストラクターで、女子高生といけないことする家庭教師のケン先生でよかった。モデルや歌手だったらこんなことできなかったもん」

珍しくおしゃべりな口を押し付けられ、私はまた下半身が疼《うず》くのを感じた。

「けど家庭教師に塾の先生って」

僅かに体を離すと友梨恵は言った。

「どうしてジムのインストラクターになんてなったの？　マッチョな体だから？」

職業のことに話が及び、私は一気に萎えた。

「事情があったんだ」

それを友梨恵に話すつもりはなかった。

「多才で、何にでもなれたでしょうに。ケンはどこか――あたしでも知ってる有名な大学出ているんでしょ。もっとケンに向いた仕事があったと思うけどな」

「その話はもういいよ。飯、頼む」

友梨恵の身体を押し返し、私は言った。友梨恵は納得しないような顔つきをしていたが、その実さほど興味がないことは分かっていた。

不倫相手は妻や家族に異常な嫉妬心を抱くものだという定説は友梨恵には当てはまらなかった。家のことを私からぽつぽつと話すことはあったが、友梨恵が根掘り葉掘り聞いてくることは一度もなかった。不倫の代償で将来の夫と職を失うのはごめんだ、と友梨恵は言った。純粋という言葉を不倫に当てはめるのはおかしなことだが、友梨恵とは純粋にセックスだけの関係だった。

キッチンで料理を始めた友梨恵の後ろ姿をぼんやりと眺めながら、私はまほうの家のことを考えていた。

4

実家へ帰るのは一年ぶりだった。

小さなそのボロ家を前にした時、身体の全細胞が拒否反応を示した。

眼前のボロ家がみるみる大きくなり、私を呑み込もうとしているかのように思えた。増殖した巨大な家は身震いするように震えた。建て付けの悪い玄関の引き戸が激しく開閉し、二階の窓にヒビが入り、粉々に割れ降りかかってくる。家が地鳴りのような呻《うめ》き声を上げる。

私は耳を塞ぎ、割れた窓ガラスから身を守るように身を屈《かが》める。そうしてもなお、家が巨大な悪魔のごとく形を変えるのが分かる。何かが、私の腕を引きはがそうとしている。まるで、家の声を聞けと言うように。私はもっと力を込めて耳を塞ぐ。何も見たくない、何も聞きたくない。この家に入りたくない。帰りたい帰りたい。

帰りたい帰りたい帰りたい帰りたい――。

「ケンちゃん、手伝って」

妻の声で我に返った私の前には、記憶の中にある通りの、以前と何も変わらぬ崩れそうな家が建っていた。

木造二階建ての家。

都会暮らしの者からすれば、庭園ほどに感じる広さの庭。うっすらと雪に覆われたその下には、名も知らぬ花々が遅い春の到来を待ちわびている。

母は庭の手入れを怠《おこた》らない人だった。私達がここに越して来た時は荒れ放題だった庭を丁寧に手入れし、花と低木で満たした。この庭に雑草一本、生えているのを見たことがない。

長野に越してきてから、母は昼も夜も働いた。なんの資格も持たない中年のシングルマザーは、私達兄弟を育てるだけでも大変だっただろう。そんな母がこの広い庭の手入れをするのにどれほど苦労していたのか、今なら分かる気がした。

「こんにちは」

帰る旨を母には伝えていなかった。妻に説得され、家を建てることを母に了承してもらうために来たのだが、実家に帰ると予《あらかじ》め伝えることで逃げられない状況に陥《おちい》るのが怖かった。

いつまでもグズグズと出発しようとしない私の尻を叩き、去年と同じく妻が私をここに連れて来たのだ。

「はーい」

奥から母の声がした。

年末に挨拶程度の電話をしたきりだった。電話が少ないことも、実家を訪ねないことも母は責めなかった。母の気丈なその声音が、実家を避けている私に益々罪悪感を抱かせた。責められた方が余程楽だった。

エプロン掛けで姿を現した母は、髪に白いものが混じり、僅かに背中が丸まり、たった一年で十も年をとったように見えた。ショックだった。しかも、私の姿を認めると心から嬉しそうに微笑んだ。心に穴を穿《うが》たれたように感じた。

「ひとみさん。いらっしゃい。まあまあ、サチ、大きくなって」

水仕事をしていたらしく、エプロンで手を拭きながらこちらに近づいてきた母は大きな笑顔を作った。母が笑えば笑うほど、私は苦しくなった。

「ご無沙汰しています、お義母さん。突然すみません」

妻がそう言うと、母は、

「何言っているの、さあさあ上がって」

と膝をついた。

「ほら、サチおいで」

最近人見知りの始まったサチが、一年ぶりに会った母に腕を伸ばすとは思えなかった。隣にいる妻も私と同じ懸念を抱いているのが伝わって来た。が――。

「あらあら、重たくなって」

私達の予想に反して、サチは嬉しそうに母の腕におさまった。

思わず見合わせた妻の目に、安堵の色が広がっていた。

「さあ、上がってちょうだい。寒いでしょう」

家の中は塵《ちり》一つ落ちていなかった。あの体で、未だに丁寧に掃除機をかけ、丹念に雑巾をかけているのか。

十畳の居間には炬燵が置かれ、部屋の隅で石油ストーブが赤く燃えていた。ストーブの上に置かれたやかんから蒸気が上がっている。炬燵布団の一部が捲《めく》れていた。まるで今までそこに誰かがいたかのように。

「炬燵にあたっていて。今、お茶を入れるから」

母は台所かどこかで仕事をしていたはずだ。

私の視線に気付くと、

「聡《さとる》がさっきまで居たのだけれど、二階へ上がって行ったの」

と、母は言いにくそうに口にした。私は返事をしなかった。

「お義母さん、手伝います」

妻と母が台所へ向かったので、私はサチを抱き上げた。石油ストーブに興味津々のサチを自由にさせるわけにはいかない。サチは物珍しげにキョロキョロと辺りを見回している。

何も変わっていない。学生時代にもらった賞状が壁に掛けられ、その隣で古い鳩時計が昔と変わらず時を刻んでいる。電話台の上に飾られた写真立ての中で、生まれたばかりのサチが笑っていた。一年前にここで撮られた写真だった。この写真を見ながら、母は誰と何を想って話していたのだろう。

写真に見入っていると、ふと視線を感じた。振り返ったが、居間の入り口が僅かに開いているだけで誰もいなかった。

サチを抱いたまま廊下に出る。居間から真っ直ぐに伸びる廊下を行くと客間に出る。気配はそこからした。

そっと障子を引く。普段使われることのない部屋は棺《ひつぎ》の中のように冷たかった。六畳の和室は木目の光ったちゃぶ台があるだけで、あとは何もない。がらんとしたその部屋の奥に、今はぴたりと閉まった押入れがある。そこから気配がしていた。入るのを躊躇していると、腕の中のサチが身をよじった。サチを落としそうになり、私は慌てた。すんでのところでサチを畳の上に降ろした。サチはあっという間に部屋の奥まで進んで行く。よちよち歩きの幼児を侮《あなど》ってはならないのだ。少し前にも、すぐに追いつけると過信して距離を開けてしまったことがあった。あの短い脚での一歩などたかが知れているのに、その速さと言ったらオリンピック選手並だ。

「サチ、おいで」

我が子に話しかけていると言うのに、おべっかでも使っているような猫なで声になってしまったのはあの記憶のせいだ。一刻も早くここから出たいからだ。

そんな私の気持ちなど知る由もない幼子は、腕をばたつかせ、キャッキャとはしゃいだ声を上げる。最近のお気に入りの遊びだった。私が腕を伸ばして腋《わき》の下をくすぐるように手を動かすと、サチは笑い声を上げながら逃げ回る。いつもなら楽しい親子の時間もここでだけは悪夢だった。

「サチ」

自分の声が震えているのが分かる。

冗談じゃない。私は泣きそうなのか？

「ば、ばー」

サチが言葉らしきものを発したその時、押入れの襖《ふすま》が口を開け、サチを呑み込んだ。

5

居間の炬燵に五人。

サチと、大人が四人。四人。

「お茶、冷めないうちに」

母が妻にすすめる。母の膝の上で、サチは船をこいでいた。つい先程のことなど何もなかったかのようだ。子どもの切り替えの早さはすごい。

「ケンちゃん、お義母さんが漬けた野沢菜、すごく美味しいよ」

知っている。母を知ってたかが三年かそこらの妻にそんなことを言われなくても知り尽くしている。だいたい、妻は母の何を知っているというのだ。お前が知っているのはそんな些末《さまつ》な、どうでもいいようなことだけだろう。私はこの人と三十年近く暮らしてきたのだ。誰かに指摘されなければ分からないことなど何一つない。

だ。

「賢二《けんじ》」

ずっと微笑みを絶やさなかった母が、初めて窘《たしな》めるような顔つきになった。私はこうなった元凶から目を逸らした。妻に対してこんなに意地悪く思うのは、兄のせいだ。

「寒いとね、余計にいけないの」

母は私から兄に視線を移すと言った。

「冬は嫌い。庭に福寿草《ふくじゅそう》でも咲く頃になれば、聡の具合も良くなると思うのだけれど」

そう言って、脇に置いてあったリモコンをテレビに向けて操作した。映し出されたのは、赤ん坊のサチだ。それを見た妻が、懐《なつ》かしさと愛情の混じった声を上げる。

「去年来てくれた時に初めてサチに会って、それからずっと気にしていたみたいなの。ほら、あの時ビデオを撮ったでしょう？ それを毎日見ているのよ」

テレビの中のサチは何が不満なのか泣き声を上げ始めた。会話を遮《さえぎ》ってはいけないと思ったのか、母はテレビを消した。

「姪《めい》っ子だもの、かわいいのね」

「有難い話です。一年も伺わずにいたのにサチと遊んで下さって」

遊ぶ？ あれが？ 攫《さら》う、の間違いだろう。

「私達もっと頻繁《ひんぱん》に伺わなくてはと思っているのですが……」

「いいのよ。元気に暮らしていればそれが何より。それに、毎月電話をくれるでしょう」

私は耳を疑った。

「それでサチの様子も聞けるし、充分よ」

妻は、私が家族と疎遠なのを知って月に一度母に電話していたというのか。

「それで、今日は何か話があって来たのではないの？」

母に水を向けられ、やっと話が切り出せそうだった。

「あのさ――」

顔を上げた時、正面に居る兄と目が合った。兄は貧乏ゆすりをするように体を上下に振動させていた。見方によってはリズムを刻んでいるようにさえ見える。

サチが押入れに引き込まれた時、私は何が起きたのか理解できず、しばらく立ち尽くしていた。しばらくしてサチの泣き声が聞こえ我に返った私は、襖に飛びつきこじ開けた。押入れの下段で蹲《うずくま》り、サチをきつく抱きしめている兄が、そこにいた。

「その――」

兄から目を離せずにいると、兄の方から視線を外した。益々貧乏ゆすりのような動きが激しくなっていた。

「家を建てようかと思う」

言ってしまうと胸がすっとした。

隣にいる妻は俯いたままだった。母に目をやると、真摯な顔つきで私を見返していた。その目に非難の色が浮かんでいないだけでも有難かったのに、次いで母はこう口にした。

「いいじゃない」

反対されるものとばかり思っていただけに、母のその返答はあまりにも予想外で、俯いていた妻でさえ驚いて顔を上げた。

「え……いいって――建ててもいいってこと？」

思わず問い返した私に、母は笑いながら頷いた。

「でも、この家のこともあるし」

「この家？」

「兄貴のことを考えると、俺は次男だけどこの家を継ぐべきだろう」

骨を埋める決意をした東京から帰ってきたのも、正にそれが理由だったからだ。

「家を継ぐって……」

母は何かを諦めた時のような表情を浮かべた。

「この家に継ぐべきものなんてなにもないよ」

「でも」

「あんたは次男だ」

ぴしゃりといわれ、私は言葉につまった。母の顔は真剣だった。

「聡がどんな状態であろうとそれは変わらない。次男のお前がこの家を継ぐ謂《いわ》れはないよ」

ほんの数秒、私と母は対峙した。

「そうだ」

私でもない、母でもない声がそう言った。見ると、リズムを刻んでいた兄がピタリと動きを止めていた。

「長男は俺だ」

一見すると以前の――病気になる前の兄のように見え、私はハッとした。次の瞬間、兄がまたリズムを刻みだした。

私は心の中でため息を吐《つ》いた。この十数年間で、今と同じ期待と落胆が幾度あっただろう。

「家を建ててひとみさんとサチと仲良く暮らして」

悲哀のこもった目で兄を見つめた後、母は言った。

「ひとみさんには本当に感謝しているの。サチもいるのに、私達の為に仕送りをしてくれている。有難くて足を向けて寝られないよ」

母は涙ぐみながら続ける。

「賢二にも申し訳ないと思ってる。大学の後こっちに帰って来てもらって……あのまま東京にいたら、もっと大成しただろうに」

母がそのことをずっと重荷に感じていることは言われなくても分かっていた。分かっているからこそ、辛かった。

「その話はいいよ。ほかにどうしようもなかったんだから。それにどこに居たって同じさ。ここで大成しなかったのは、俺がその程度の人間だったからだよ」

そう言いながら、違う、東京に居さえすればこんな生活をしないですんだ——と叫ぶ自分がいた。私は必死で悪あがきをする自分を押さえつけた。それと同時に当時の記憶が鮮明に蘇ってきた。

卒業を控えた私に、母から一本の電話があった。その電話が私の人生を変えた。

深夜、下宿先の大家である老人が私の部屋の扉を激しく叩いた。普段から交流のある人物だったが、そんな風に拳《こぶし》で扉を叩くような——しかも深夜に——借金取りのような真似は間違ってもしない人物だった。私の名を呼びながら、扉を開けるように急かす大家の動揺した様子に、私は嫌な予感が一気に胸にこみ上げてくるのを感じた。

恐怖に近い感情だった。

大家は、長野のお母さんから電話だ、病院かららしい、と私に告げた。当時すでに携帯電話が普及し、周りの大学生でも持っていないのは私くらいだったが、金銭的な余裕もなかった私は、昭和の学生のように大家の電話を使わせてもらっていた。その大家の元に母から――しかも病院から。こんな深夜に――電話だと。あら賢二？　いつも昼間病院に行く時間がないから夜来てみたの。深夜にね。担当の先生が夜行性のフクロウだから。ほら、関節炎の治療にね。でもすっかり良くなったんですって。

――馬鹿げた妄想を繰り広げた後、私は我に返り慌ててサンダルをひっかけた。

「長野のお母さん」大家の老人は母をいつもそう呼んだ。母は、私が世話になっているからと、律儀《りちぎ》に毎年リンゴを老人に送っていた。「お母さん」が「長野のお母さん」に変わったのは初めてのリンゴが届いた辺りからだった……大家の自室へ向かう途中、老人の丸まった背中を見ながらそんなことを考えていた。

電話口で母は泣いていた。それだけでも私はパニックに陥りそうだった。母が泣くところを見たことがなかったからだ。離婚した時も、長野に帰った時も、どんなに仕事が辛くても。

そんな母が泣いている。私の名を呼びながら、泣いている。

何を話したかよく覚えていない。とにかく長野に戻らなくてはならないと焦燥感《しょうそうかん》だけが募《つの》り、慌てて下宿先を出た。

大家の老人に片道の電車代を借り、東京駅まで歩いた。当時私は大山《おおやま》に住んでいた。東京駅まで歩いたことはなかったが、じっと始発を待っていられる心境ではなかった。二時間かけて東京駅に辿り着いたが、それでもまだ始発電車は動いていなかった。

長野の病院に着いた時、母は待合室の椅子にぐったりともたれかかっていた。病人を、こんな待合室に放置するとは。激しい憤《いきどお》りが湧《わ》き上がってきた。肩に手をかけると、母はびくっとして私の手を払いのけた。その目は怯《おび》えていた。怯えきっていた。私の顔を認めると母は脱力した。そしてこの世の終わりのような口ぶりで話し出した。

兄が突然暴れ出した。

家具、食器、それこそ何もかも――奇声を上げながら、家にある物を手あたり次第ぶち壊し、最終的に母に向かってきた。そこまで話が及んだ時、私は母の両手首に赤紫色の痣《あざ》ができているのに気が付いた。

怒号と、激しい物音を心配した隣人が駆けつけ、兄を取り押さえてくれたらしいが、大人の男一人の力では押さえ切れず、更に駆けつけた近所の住人数人に取り押さえられ、病院に運ばれた、と母は言った。

何がなんだか訳が分からなかった。母は何を言っているのだ？　兄は奇声を上げたり暴力を振るったりする男ではない。いつも穏やかで優しい——優しすぎる程——そんな兄が暴れた……？

兄が病院に運ばれた経緯を母から聞き終えた時、どこからともなく現れた看護師が兄に会うか、と私達に訊ねた。母は私にすがるような視線を送って寄こした。私は会います、と答えた。

連れて行かれた部屋にはベッドが一台あるだけだった。そのベッドに兄は身動きがとれないようにされていた。そんな異常な光景の中でもっと異常だったのは兄の寝顔だった。縛り付けられているのに、眠っている兄の寝顔は穏やかな、私のよく知る兄の寝顔だった。

私の兄が、なぜこんな扱いを受けているのだ。穏やかに眠っている兄を見ていると、先程の母の話も信じられなくなってきた。この兄が本当に暴れたのか？　後ろにいる母を見ると、同じ気持ちなのか、ショックも露《あら》わに兄を凝視している。

医師が現れ、今は薬で眠っているが、自傷他害のおそれがあるので拘束していると言った。その後別室に通され、兄には精神疾患の疑いがあること、入院についての説明がなされた。

医師の説明を受けている間、私は外国語で話しかけられているような気分だった。

なにか言っているが意味が分からない。今思うと、脳が全否定していたのだと思う。あの兄に精神疾患の疑いがあること、母に手を上げたこと、なにより母が泣いたこと。

そんな私の思考を打ち砕いたのは、他でもない兄だった。

医師から説明を受け、廊下に出ると、兄の部屋から怒号が響いた。私は足が震えた。私の兄が、あんなに恐ろしい声を上げるわけがない。私は真実を知るのが恐ろしかった。その部屋に足を踏み入れたら引き返せないと感じた。

細く開いた扉からこわごわ中を覗くと、ベッドの上で錯乱状態の兄が切れ間のない咆哮《ほうこう》を上げ続けていた。兄が自分を縛り付けているベルトを引き裂きそうな勢いで全身を動かすと、その度にベッドががたがたと揺れた。それでもベルトが外れないと分かると、兄は咆哮を上げるのを止め、しゅうしゅう息を吐き出しながらこちらに顔を向けた。大きく見開いた目が私を捉えた。

都合のいいことに、その時兄から吐き掛けられた言葉のほとんどを私は覚えていない。覚えていないが、その時に兄は別人になってしまったのだと思ったのは覚えている。それほど残酷で、卑猥《ひわい》な言葉の羅列だった。

これは夢に違いないと思い込もうとした。だが、母と帰宅した我が家を見た時、これは夢でもなんでもなく現実で、しかも逃げ場もないのだと悟った。

座れるだけのスペースを手早く片付けると、母を座らせた。ぐったりした母は、これまでの経緯を話し出した。病気らしい兆候はだいぶ前からあったという。始まりは二年程前だったらしい。好きだった読書をしなくなった。仕事が忙しいせいだと兄は言ったらしい。その仕事も休む日が増えた。部屋に閉じこもり、昼夜が逆転するような生活が始まった。そのせいで半年前に仕事も辞めた。何をするでもなくベッドで過ごす日々が続き、独り言《ひとりごと》が増えた。その独り言が、最近は独り言ではすまないような内容に変化してきた。何かを振り払うような仕草をしながら怯えて「来るな」と連呼したり、自室のドアを内側からガムテープで目張りしたり。何かに追われている、監視されていると言って頭から布団を被っていたこともあったらしい。

さすがに病気を疑った母は何とか兄を説き伏せ病院に連れて行こうとしたようだが、そうすると「お前もあいつらの手先だな」「殺してやる」と意味不明の罵声を母に浴びせ、とうとう今日まで病院に連れて行くことも叶わなかった、と母は肩を落とした。

年末年始もアルバイトの為、帰省しなかった私が兄と最後に会ったのは半年以上前、去年の盆だった。疲れている、といった印象はあったが兄は兄だった。まさか精神を病《や》んでいようとは夢にも思わなかった。私に迷惑をかけまいと今日まで母は黙っていたのだ。

私は兄の看病をする為長野に戻ることを決意した。とても母一人の手に負える状況ではなかったからだ。帰ってくるなり荷造りを始めた私を見て、大家の老人は悲しそうに目を伏せた。

兄は長期入院し、退院後も通院するようになった。あの日のように激昂《げきこう》した兄を見ることはなかったが、日によっては物を壊したり、自室に閉じこもったり、一時間以上シャワーに打たれて茫然自失《ぼうぜんじしつ》になったこともあった。

医師が私達に告げた病名は統合失調症だった。症状や程度、寛解《かんかい》に要する期間は人によって異なると医師は言った。兄の場合、表れている症状が元々の性格と線引きできない行動も多かった。兄はあかぎれができるほど長く頻繁に手を洗うが、綺麗好きな兄は元々よく手を洗っていた。時折リズムを刻むように身体を動かすが、神経質な兄には元々貧乏ゆすりをする癖があった。

統合失調症は昨今の治療法の進歩によって、患っていても充分に社会生活を送ることができるようになった病気だ。しかし、発症から十数年経った今も兄は社会復帰を果たせず、ここで母と暮らしている。

私は妻との結婚を機に家を出た。それが三年前。

この三年、私は二度しか実家に帰っていない。それまで散々尽くしてきた……それが自分に対する言い訳だった。だが、母一人に兄の世話を押し付けて実家を後にした罪悪感は拭いきれず、それが実家に帰るのを躊躇《ためら》わせていた。

未だに人生を変えられた、などと思っているところが我ながら情けない。私が自分で選択したのだ。だから誰を恨むでも憎むでもない。

私をじっと見つめていた兄と目が合った。

兄の目は私の心を見透かすような強い力を伴っていた。兄はよくこの目で私を見た。兄が一体何を思っているのか私には分からなかった。

「家を建てると言っても土地探しからだから、まだしばらくはかかると思う」

「工務店は決めたの？」

私が社名を挙げると、母は感心したように頷いた。

「そこなら聞いたことがあるわ。とても暖かいって」

妻が〝まほうの家〟の魅力を母に話し出した。サチは余程母の腕の中が心地よいようで、規則的な寝息を立てている。

不意に兄が立ち上がり、部屋から出て行った。母が心配そうにその後ろ姿を見やったので、私は母に心配ない、というように頷いて見せ、兄の後を追った。

兄は迷いもなくひんやりとした廊下を進み、客間の前で立ち止まった。兄が客間へ向かうであろうことは予想していた。またしてもあの部屋に入るのかと思うと気が重かった。

音もなく障子を開けた後、兄はゆっくりと首を巡らし私を見た。

異様だった。廊下に佇《たたず》む精神を病んだ男が私を見ている。あの目は何だろう。なぜあんな目で私を見るのだ。まるで責めるような、詰《なじ》るような、何かを無言で訴えかける目だった。私がそうするのなら筋は通る。私は兄のせいで人生を狂わされたのだ。看病してもらい、養ってもらい、何が不満だと言うのだ。

目を合わせたまま私が歩みを進めると、兄も視線を逸らさぬまま客間へ入って行った。ますます異様で、血が繋がった兄ながら不気味だった。一瞬躊躇ったが、私は兄の後を追った。

兄は身じろぎもせず部屋の真ん中に立っていた。肩に手をかけると、兄はミシミシと油のきれた車輪を動かすように首を回した。

「お前か」

病院で興奮状態の兄を見た時、私はもう一生、兄と会話を交わすことはできないのだと覚悟した。しかし、病状が落ち着くにつれ、社会復帰はできないまでも、会話を交わし、少しずつ一人で日常生活を送ることができるようになった。

「久しぶりだな」

先程私に向けた、射るような視線は消えていた。笑顔こそないものの、元の兄に戻っていた。

「お前の娘、かわいいな。ぴょん子みたいだ。覚えてるか」

忘れるはずがない。

「ああ」

「かわいかったよなあ。白くてふわふわしててさ」

ぴょん子は、まだ東京にいる頃、私と兄が通っていた小学校で飼われていたウサギだ。

「皆に懐いてかわいかったなあ。独りでさみしかったろうな」

短期間に他のウサギが次々と死んでしまい、一羽だけになったウサギ小屋でぴょん子は皆にかわいがられた。

「どうして死んだんだろうな」

兄が、また射るような視線を送って寄こした。

い、い、どうして死んだんだろうな？

「それは兄貴が――」

そこまで言って私は慌てて口を閉じた。病気の兄を責めても仕方ない。

「俺が？」

兄は私ににじり寄ってきた。

「いや。なんでもない」

兄は顔を近づけてじろじろと私の顔を見回した。しばらくそうして気が済んだのか、今度は身を離すと笑顔になった。

「お前がなかなか帰ってこないから、俺は大変だったんだぞ」

「すまない」

なにが大変なのか分からなかったが、兄と話す時はできるだけ話を合わせるようにしていた。

「一人でここを守るのはきついぞ」

ここを守る?

兄は誇らしげに胸を張ってみせた。病気であることを忘れて、この家を継いだ長兄のつもりなのだろうか。

「いつも監視されているからな」

見た目は元の兄なのに、突然こんなことを言い出す。

私は肩で息を吐いた。

「見つからないように隠しておくのも大変なんだ」

兄の妄想を聞くのも実に一年ぶりだった。

「あれが見つかったらえらいことだからな」

あきれながらも、兄の話に付き合う。

「誰に監視されているんだ？」

その問いに、兄は目を剝いて私に詰め寄った。そして囁き声で言った。

「警察に決まっているだろう」

私は身を離して兄を見た。兄はキョロキョロと部屋を見回した。私より更に長身の兄は身を屈めるようにして私の耳元に顔を寄せた。

「盗聴されているかもしれん。気をつけろ」

こうした兄の妄想を十数年聞いてきた。妄想をただすことはできないので、いつも適当に相槌《あいづち》を打っていたが、なぜか興味を惹かれた私は更に訊ねた。

「兄貴は何を隠しているんだ？」

耳元で、兄が呼吸を止めたのが分かった。そしてゆっくりと私から離れると、非難の色を浮かべた目で私を見つめた。

「覚えていないのか」

「何を」

兄はショックを受けたように見えた。

「分かった分かった。じゃあ、どこにそれを隠しているんだ？」

信じられない、と兄の目が言っていた。ほんの数秒前まで味方だった私が敵に変わった瞬間だった。

「お前、本当に賢二か？　あいつらの手先だな。弟だと思わせて、探りにきたんだな」

こうなるともうお手上げだった。これ以上刺激すると関係が悪化し、手が付けられなくなる。私は兄から距離をとった。

「向こうに母さんがいる。俺は先に行っているから、兄貴も来てくれ。な」

兄は敵意剝き出しの目で私を睨みつけていた。私は兄から目を離さず後退し、開け放したままの障子に肩をぶつけながら客間を出た。そろりそろりと障子を閉める。兄が見えなくなり、私はホッとした。まともに取り合っているとこっちがおかしくなってしまう。その兄を母一人に押し付けていることが、またしても胸に重くのしかかってくる。

ジムの仕事だけでも生活するのに困らなかったが、私は少しでもこの罪悪感を薄めるために副業を始めた。それで得た金を仕送りすることで、ここへ帰ってこないことも正当化しようとした。

しかし、どれだけ目を背けて距離を置いていても、たった一度の帰省でそれまでの何倍にも大きくなった罪悪感が襲いかかってきて私を押し潰す。いつか楽になると信じていたが、そのうち耐えきれなくなって私も兄のように病気になってしまうのではないか。

廊下に立ち尽くしそんなことを考えていると、不意に肩を掴まれた。振り返ると、無表情の兄が私を見下ろしている。

「なんだよ兄貴。さあ、母さんのところへ行こう」

私の言葉に兄は全く反応しない。悪い兆候だった。

「さっきの話なら悪かったよ。別に――」

話の終わりを待たず、兄は物凄《ものすご》い力で私の腕をとると客間へ引き返す。ジムで仕事をする私の反抗をものともしない。

客間の開いたままの障子から、奥の押入れの襖がいっぱいに開いているのが目に入った瞬間、私は蜘蛛《くも》の巣に絡め取られた蛾《が》のように動けなくなってしまった。あの時の記憶が蘇り、恐怖で支配されてしまった頭は何も思考できなくなる。

兄は私を引きずりながら無言のまま客間を突っ切り、押入れの前で立ち止まった。私を見下ろす兄の表情は変わらない。なんの感情も読み取れないことが、私にとって一番の恐怖だった。

また私は気絶するのか？　妻と、そして今回は娘もいるというのに。

兄はまた私を閉じ込めるのか。一体なんのために？

兄が私の腋に腕を差し込み、体を持ち上げようとしたところで客間の入り口から神の声が聞こえた。

「何をしているの」

まさに救いの神だった。母が来なければ、私は間違いなく兄に閉じ込められていただろう。

兄は動きを止めた。母を見ると、さすがに動揺しているようだった。ここまでの奇行に走る兄を見たのは母も久々だったのではないか。

「聡」

名を呼ばれ、兄は小さく呻いた。

「賢二」

情けないことに、私は返事をするのも覚束《おぼつか》なかった。押入れに閉じ込められるかもしれないという恐怖が、私を五歳児並の精神年齢に退行させていた。すがるように母を見上げた。

「ここへ入れるんだ」

それまで何ごとか呻いていた兄が、ハッキリと言葉を発した。

「それで思い出させるんだ」

母の顔が歪《ゆが》んだ。悲しみを通り越した、もっと大きな痛みに歪んでいるように見えた。

「聡」

母は客間に足を踏み入れた。兄を刺激しないよう、ゆっくりと進んでくる。

「そんなことは止めるのよ」

「だって母さん、こいつは――」

「やめなさい」

私が我に返るほど大きな声だった。有無を言わさぬ声音に、さすがの兄も口を閉じた。

「向こうにサチが居るわ。あなたが会いたがっていたサチよ」

今度は小さな子どもを諭《さと》すように、優しく辛抱強く母は続けた。

「サチにこんなところを見せたくはないでしょう」

一度しか会ったことのないサチが兄にとってどんな存在なのか、姪も甥もいない私には想像もできないが、兄にとってサチは私などより余程大事な存在らしい。それが証拠に、兄は母の言葉ですっかりおとなしくなった。

「サチ」

そう呟くと、私から腕を離した。

「そうよ。さあ、一緒に行きましょう」

母にいざなわれ、兄は客間を後にした。

二人が出て行った後、私はしばらく動けずにいた。

誰もいなくなった客間で一人、私は三年前のことを思い出していた。あの時も、兄は有無を言わさず私をここへ連れて来て、突然押入れに押し込めた。

あの日は結婚の挨拶のために、妻を初めて実家に連れて来たのだった。それまで私はここで暮らし、兄の様子もつぶさに見ていた。その上で大丈夫だと判断したのだ。兄の病状は落ち着いており、妻の訪問も問題ないはずだった。

結婚の承諾ももらい、私達は食卓を囲んでいた。ところが、食事の途中で兄が部屋から出て行ったきりなかなか戻らない。私が探しに行くと、その時も兄は客間に居た。そして今と同じ無表情で、力まかせに私を押入れに閉じ込めた。暗く、狭い押入れに閉じ込められ、パニックになった私は気を失い、救急車で運ばれた。

なぜ兄がそんなことをしたのか未だに分からない。

今日また同じことをされそうになったが、二度もこんなことをされる理由がなにも思い当たらない。一度目の時は、私が出て行くことへの反抗、さみしさの裏返しの行動かと思いこもうとした。だとしたら今回は何だ。サチを連れて帰ってほしくないという反抗か。

分からない。

分かりたくもない。

今の私に分かるのは、もうここへは帰ってきたくないということだけだった。

6

「お義兄さん、大丈夫かしら」

実家からの帰り道、妻が後部座席から言った。サチはご機嫌でチャイルドシートに座っている。

「ああ」

あの後、母は私達に帰った方がいいと勧めた。私に異論はなかった。兄は落ち着きを取り戻していたが、私を見る目は敵意に満ちていた。

申し訳なさそうに、けれども名残惜しそうにサチを見送る母の姿を見るのが辛かった。

「おふくろに電話してくれていたのか」

薄暗い車内で妻がどんな顔をしているのか分からなかったが、妻は平坦な声でうん、と返事をした。

様々な感情が渦巻いたが、それらを押し殺し、私は妻に礼を言った。

「ありがとう」

私の言葉が意外だったのか、後ろから妻の視線を感じた。

「おふくろ、小さくなってたな」

思わず心の声が漏れてしまった。

「そうね。サチもお母さんに懐いていたし、もう少し頻繁に帰った方がいいわ」

妻は静かに言った。そうだな、と相槌は打ったものの、私は心の中でこれからはもっと疎遠になるだろうと思っていた。

「それにしても、家のこと、あんなにすんなり納得してもらえると思わなかった」

妻はなぜか少し悲しそうに言った。

「――本当にいいのかな」

そう呟く妻に、私は怒りを感じた。では妻は、兄と暮らせるとでも？　閉所恐怖症の弟を押入れに閉じ込めるような兄と？

「おふくろがああ言ってくれたんだ。問題ないだろう」

妻は無言のままガラガラとおもちゃを鳴らした。その音がやけに耳障りなのは、妻の迷いを表しているからだろう。

「早速明日にでも、不動産業者に連絡を入れてみるよ」

何とか怒りを抑えようと私がしゃべり続ける間も、妻はガラガラと無言の抗議を続けた。喉元まで込み上げた罵声を飲み下し、私は怒りの矛先を兄に向けた。

母と共に兄の看病を続けた十年間は、私があの家を避けたくなるのに充分な時間だった。

統合失調症の発症数は決して少なくない。百人に一人が発症すると言われているくらい珍しくない病気だ。しかし、病気に対する理解が、実家のある田舎町では百年前からほとんど進んでいない。精神病イコール何かおそろしいものと思われ嫌厭《けんえん》される現実が未だにある。

統合失調症は、神経伝達物質であるドーパミンの過剰な活動や、遺伝や出生前後に生じた脳の脆弱性《ぜいじゃくせい》に、様々なストレスが重なることなどが発病の引き金になるのではないかと言われているが、はっきりとした原因は分かっていない。

母は兄の看病の為に仕事を辞めた。しばらくは母に同情的だった近所の住人も、病名を聞くと態度を豹変《ひょうへん》させた。迷信と、陽に晒《さら》さず古ぼけた、己の信じる伝聞などを引っぱり出した高齢者は、兄が病気になったのは母のせいだと非難した。躾《しつけ》が悪かったからだ、子育てを失敗したせいだと母を詰った。挙句の果てには、元々母に問題があったのだと、おそろしい姑のようなことまで言った。子を持つ親は、親鳥のように我が子を翼の下に隠し、決して家の近くには寄り付かせなかった。時には何が書いてあるか分からないまじないの札のようなものが戸口に張られていることもあった。

誰も病気だと信じず、また、病気に対する理解を深めようとはしてくれなかった。

中には、同情の眼差しを向け、表面上はこれまでと変わらない付き合いをする者もいたが、だからといって積極的に仲立ちしてくれるわけではなかった。地域でも疎外され、私たちは孤立した。周囲の理解が何よりも必要な病気であるのにそれが得られなかった。

私は心を砕き看病にあたった。兄が好きだった。優しく、正義感が強い兄を尊敬してもいた。だからこそ病気を克服し、元の兄に戻ってほしいと望んだ。しかし、病気は一進一退を繰り返し、劇的な変化を期待していた私は落胆した。どんなに尽くしても、その努力が反映されている手応えがなかったことも心の疲弊に拍車をかけた。ほとんどの時間を家で過ごしていた兄だが、誰に迷惑をかけるでもないその時ですら、心ない人々は「いい大人が一日中家に居て母親の世話になるなんて恥ずかしい。怠《なま》け病だ」と言って罵った。

私の兄を、人々は異星人でも見るような目で眺めた。そうした全身で表される拒否反応や言葉の暴力を浴びせられる度、兄は病気なのだ、兄のせいではないのだと自分に言い聞かせた。年月と共に心が麻痺《まひ》することを、いつしか私は心待ちにした。しかし、周囲の雑音の効能は私のアンテナを鋭敏にしただけで、鈍麻《どんま》作用は一切なかった。徐々に、アンテナがキャッチする声は耳を素通りして直接胸を刺すようになった。私は自分の心を守る為に声の発信源に怒りを向けたが、結果は事態を悪化させただけだった。次第に私の怒りの矛先は兄の病気、兄自身へと移行していった。

私は妻との結婚であそこから逃げ出せたが、母はそうはいかない。兄の病気が完治するか、兄が母より先に死なない限り、母に安息は訪れないだろう――私は、卑怯《ひきょう》にも逃げ出したことを棚に上げ、母も私と同じ疲弊感に押し潰されそうになっているのだろうと決めつけていた。ここまで私と母を追いつめる病気と、兄が憎かった。

兄が、あの狭くて暗い空間に私を押し込めるのも病気のせいだ。

想像しただけで鼓動が速くなる。そもそも私が閉所恐怖症だと自覚したのは長野に越してきてしばらくしてからだったと思う。それまでは、かくれんぼで狭いところに挟まるように隠れることもできた。それが、友達の悪ふざけで掃除用具入れに閉じ込められた中学生の時、言いようのない恐怖を感じた。気道が腫《は》れあがったように感じて息が出来なくなり、過呼吸になった。異変を感じた教師によって助け出されたが、あのままだったら死んでいたのではないか。未だにそう思う。

「お義兄さん――」

やっとガラガラを止めたと思ったら兄の話を始めた妻に、私は刹那、殺意を抱いた。

「小さな頃はとても優秀だったってお義母さんが話してくれた」

しかも思い出話とは。

「勉強も運動も誰にも負けなかったって」

だからどうしたと言うのだ。過去が何の役に立つ？

「就職先だって――長野では有名な大手の会社よ。その……彼女だっていたみたいだし」

母は、妻にそんなことまで話したのか。

「何があったんだろうね」

そんなことは私と母――誰より兄が一番理由を知りたいだろう。理由があればいくらか救われる想いもあろうが、私達にはその拠《よ》りどころさえないのだ。

「私が初めてお義兄さんに会った時はその……」

はっきり言えばいいものを、妻は肝心な部分を言い淀《よど》んだ。

「元々は、どんな人だったの？」

言いにくい部分を端折《はしょ》って、病気の兄を気遣うふりか。

「おふくろの言う通り、文武両道で自慢の兄貴だった」

「ケンちゃんよりも？」

「俺なんて足元にも及ばないよ。レベルが違う」

そこまで言って無性に腹がたってきた。誰に対してか分からない。偽善者面の妻になのか、距離を取れば取るほど私を苦しめる兄に対してか。

「性格は？」

私の気持ちなど量《はか》ろうともしない妻は、どうでもいいことを聞いてくる。

「優しかったさ。特に弱いものには」

言った言葉に、私はハッとした。弱いものに優しかった兄が、なぜ。

「ぴょん子をどうして――」

「え？」

「いや……」

「なあに？」

私は何を隠そうとしているのだ。過去の汚点など今の兄には取るに足らないことなのに。

自棄《やけ》になった私は妻に語った。

「俺たちが小学生だった時、学校で飼っていたウサギが次々と死んだ。最後の一羽になった時、俺はさみしさと不信感から、放課後ウサギ小屋を見張ることにした。しばらくは何も起こらなかった。何日目だったか、見張り中に居眠りをした。目覚めた時――」

相槌も打たず、妻は無言で私の次の言葉を待った。

「兄貴がウサギ小屋にいるのを見た。腕に死んだウサギが抱かれていた」

妻がガラガラを持っていない方の手で口元を覆った。

優秀だった兄の後光を消してやったようで、私はほんの少し胸がすっとした。直後、兄の汚点を話してしまったことで自己嫌悪に陥る。

「もしかしたら兄貴なりにプレッシャーがあったのかもしれない」

プレッシャーを抱えた子どもが皆小動物を殺して歩いていたら、日本には野良猫一匹いなくなるだろう。

その上、兄の汚点を話してしまったのは私なのに、言い訳までしている。私は一体、何がしたいのだ。

「ケンちゃんが知ってるってこと、お義兄さんとお義母さんは知っているの？」

「知らないはずだ。言っていないから」

「……そう」

車内に沈黙が落ちた。それきり、寒々としたアパートに着くまで、私達は口を開かなかった。

7

理想の家は見つかるが、理想の土地はなかなか見つからない。と、不動産業者に言われた。「いい家ね」とは言ってもらえても「ここはいい土地ね」とは言ってもらえないと言うのだ。

その通りだった。

なかなか私たちの理想に合う土地は見つからなかった。

土地はいくらでもあるのだが、持ち主が売りに出さない。ゆくゆくは倅《せがれ》にやる土地だ、畑は続けるから売れない、などなど、田舎の頭の固いジジイたちは首を横に振るばかりだった。

不動産屋をはしごしている時、たまたま空地を見つけた。急ブレーキを踏んだ私に妻は文句を言ったが、私はおかまいなしに停車した。

うなぎの寝床のような土地だった。形に目をつぶれば立地は理想的だった。学校はもちろん、私の職場のジムまでもそう遠くないし、スーパーや病院もまずまずの場所にある。そこに「売地」と看板が掲げられているのを見て、私はその場で連絡をいれた。

「それで、契約なさったのですか」

〝まほうの家〟の展示場を訪れるのは半年ぶりだった。以前より髪が伸びた本田は目を丸くして言った。

「ご自分で土地を見つける方はあまりいらっしゃらないので驚きました。皆さん、不動産業者を通じて見つけた土地を購入されますから。清沢様は運がいいですね」

私と妻の前にティーカップを置きながら本田は微笑んだ。

「広さのわりに価格も安くて助かりましたよ」

「というと？」

「何でも、元は葡萄《ぶどう》畑だったそうです。土地の所有者が亡くなって、遺産相続でもめて売りに出されたらしくて。相手は早く手放したいから、値下げ交渉もスムーズで助かりました。ただ、葡萄畑だったということで、その形がうなぎの寝床みたいなんですよ」

「まあ」

「私の実家が兼業農家なので、庭に家庭菜園くらいは欲しいと思っていたんですけど、本格的な畑ができるくらい広い土地なんです」

妻は嬉しそうに言った。私は長野に越してきてから母の庭仕事の手伝いすらしたことがなく、また興味もなかったが、妻はサチが大きくなったら一緒に土いじりをしたいと言っていた。

「羨《うらや》ましいです。お客様の中には駐車場を確保する為に泣く泣く家を小さくされる方もいらっしゃいますから」

「空いているスペースを駐車場にして貸し出したいくらいです」

妻がそう言うと、本田は笑った。

「それだけ広いとなると、建てる家のイメージも広がりますね」

本田の言葉に、私達は顔を見合わせた。

「それが――」

妻のきらめく目を見た本田は、にこりと笑った。

「すでに決まったイメージがおありのようですね」

「せっかく広い土地が手に入ったので、平屋にしようかと」

本田は意外そうに目をみはった後、納得するように何度か頷いた。

「平屋にできる広さがあれば、確かに理想的ですね」

それからしばらく妻と本田は家事と子育ての大変さをひとしきり語った。

「それでは本題に入りましょう」

本田は営業の顔になった。それから私達は理想の家の間取りや設備について語り合った。

「次回お会いする時までに、今お聞きした要望を元に設計図を引いておきます」

「え？」

妻の問いかけに、本田は首を傾げた。

「あの……本田さんが設計されるんですか？」

「はい。私が責任を持って、清沢様の担当をさせていただきます」

「本田さん、設計士さんなんですか」

本田は笑みを絶やさず答えた。

「はい。一級建築士の資格を持っています。弊社では、建築士の資格を持つ営業が何人もいるんですよ。その方が、お客様の要望にもお応えしやすいので」

「一級!?」

勝手なイメージだが、建築士は男性だと思い込んでいた。しかも一級建築士とは。本田のことは、契約を結ぶまでの営業だと勘違いしていた。

「もし私ではご不安のようでしたら、他の者に代わりますが……」

申し訳なさそうに首を垂れる本田の手を取り、妻は慌てて言った。

「そんな、とんでもない！　本田さんがあまりにもお若いので、まさか建築士の方だとは思わなかったんです。不安なんてありません。むしろ設計まで担当していただけて嬉しいです」

本田は顔を上げ、妻と目を合わせた。本田は澄《す》んだ目で言った。

「私と一緒に素晴らしい家を作りましょう」

本田のこの言葉通り、一年半後、素晴らしい家が完成する。ただ一点を除いて文句のつけようのない、まほうの家が。

8

冬の引っ越しは予想以上に辛かったが、新しい我が家の暖かさを実感できるメリットがあった。

「ユキの様子は？」

家を建てると決まってから妻の中で何か変化があったらしく、私達は三年のセックスレスを解消し、次女をもうけていた。新生児を連れての引っ越しは大変だろうと時期をずらすことを提案したが、妻は一刻も早く暖かい家で子育てがしたいと、私の提案を一蹴した。

サチは数日、妻の実家に預かってもらうことになっていた。新生児のユキはそうもいかず、埃のたたない場所に寝かせてあった。

「眠ってる。良かった、お利口にしていてくれて。案外新生児の方が楽なのかも。サチがいたら大変だったと思う。実家で大人しくしてるといいけど」

「サチはお義母さんに懐いているから大丈夫だよ」

数日後の家のお披露目《ひろめ》会に、妻の両親を招待していた。サチはその時まで預かってもらうことになっている。

「うん。お披露目会――お義母さんとお義兄さん呼ばなくて本当にいいのかな」

私の心が悲鳴を上げそうになる。

「仕方ないよ。兄貴の様子も最近は落ち着かないみたいだし。また時機を見て呼ぶよ」

「うん……」

私が最後に実家に帰った辺りから兄の様子は悪くなっていて、今は家から出ることが難しいようだ。私は、母を不憫《ふびん》に思うと同時に、行き場のない怒りも感じていた。それを兄にぶつけるのは愚の骨頂だと理解していたが、怒りが燻《くすぶ》り続けている胸のうちを誰にも明かせないことがストレスだった。

ユキが生まれた時、母は病院に駆けつけ、二人目の孫を愛おしそうに抱いた。母がユキに会ったのはその一度きりだ。兄にはユキの存在すら知らせていない。兄から距離を取ろうとすると、自然と母からも遠ざかる。そうさせているのは私なのだが、それがとても悲しかった。

「それにしても我が家は暖かいな」

私は話題を逸らそうと妻に言った。

「そうね。建てて本当に良かった」

決して贅沢な造りの家ではないが、この暖かさこそ一番の贅沢だった。気持ち良さそうに眠るユキを見ると、私も家を建てて良かったと心から思えた。そっとユキの手に触れる。アパート暮らしの時に冷え切っていたサチの手とは比較にならないくらい、ユキの手は温かかった。

「お風呂に入れるのも楽になりそう。キッチンも寒くないから朝から頑張れそうだし。ありがとう、ケンちゃん」

隣にいた妻は私の肩に頭をのせた。私は妻の髪を撫でながら、包まれるような暖かさに満たされていた。

お披露目会の日は小雨が降っていた。雪にならないのが不思議なくらい冷え込んでいる。天気予報には、大きな雪だるまのマークが映っていたので、今にも雪に変わるのではないかと、私は暖かな部屋から空を見上げていた。腕の中ではユキも一緒に外の景色を眺めているようだった。

「雪になるかもしれないよ。初めて雪が見られるかな」

子守唄を聴かせるように言うと、ユキが私を見上げた。

「パパの言うこと、分かるのか？　すごいな、ユキ」

私たちが親子の時間を楽しんでいると、後方から賑やかな声がした。どうやら新居探検ツアーが終了したようだ。

「いやー、立派な家だ」

太い声で義父が言っている。感心した様子で私の側に来ると、更に、

「賢二君、立派な家を建てたな」

と義父は満面の笑みでそう言った。いつもはぎょろりと大きな目が、今日はいつ見ても細くカーブを描いている。

「これからローン返済が大変ですが、頑張ります」

私がそう言うと、義父は目を糸のように細めて笑った。

「そうだ、その意気だ。私だってついこの間までローン地獄だったんだ。この地獄は長いぞ。その地獄が終わっても、かみさん地獄が待ってるがな」

そう言って義母を見やる義父の目は、この家に負けないくらい温かな愛情で満ちていた。

「何、何。誰か私の悪口を言ってない？」

耳聡く義母が聞きつけ、二人は夫婦《めおと》漫才を繰り広げ始めた。それを見て妻が笑う。

「お父さんたち、またやってる」

「本当に仲がいいな、ひとみの両親は」

「うん。ケンカしてるの見たことないもの。私達もあんな風になりたい。ね、ケンち

やん」

羨望《せんぼう》の眼差しで両親を見つめる妻に、私はそうだな、と答えた。そう言ったものの、苦労してきた母の背中を見て育った私には、老後夫婦で肩を寄せ合う光景が具体的にイメージできなかった。

それに、義父達は漫然と歳を重ねただけの夫婦では醸《かも》し出せない雰囲気に包まれていた。二人を見ていると、人は老いと共に生き様が滲《にじ》み出るのだと分かる。

精神病を患《わずら》っている家族がいるという理由で、妻の親族は私との結婚に猛反対した。遺伝を心配する者、看病をさせられるかもしれないと危惧《きぐ》する者、理由は様々だった。そんな親族に対し義父は、それらの心配はひとみへの愛情ゆえと感謝した上で心配無用と一蹴した。義母も同様だった。二人の人間性と、ひとみに対する信頼感を垣間見《かいまみ》た一件だった。

「お寿司が届いたんだと思う」

まだ聞き慣れないインターホンの音に反応して妻が言った。軽やかに玄関に向かう妻の後ろ姿は、紛《まぎ》れもなく幸せな幼少期を過ごしたのだと私に感じさせた。

玄関から話し声がする。

「ケンちゃん、本田さんがいらした」

寿司桶《おけ》ではなく、立派な鉢植えを両手に抱えて戻った妻が言った。私は義母にユキを預けると、鉢植えを置いた妻と共に玄関に向かった。

「おめでとうございます」

いつもの黒のスーツではなく、私服姿の本田は頭を下げた。

「わざわざありがとうございます」

私と妻が挨拶すると、本田は頭を上げた。

「先日もお花を頂きましたのに、すみません」

妻の言う通りだった。引き渡しも本田が担当したのだが、その時にフラワーアレンジメントをもらっていた。

今も枯れずに玄関に飾られているその花を見て、本田は微笑んだ。

「突然お伺いして申し訳ございません。今日は、お詫《わ》びに参りました」

予想外のことに、私と妻は顔を見合わせた。

「先日、清沢様が展示場にお越しになった時の甘利の非礼をお詫びしたくて参りました」

妻の目にさっと影が差した。私にとっても思い出したくない過去だった。

ひと月程前、引き渡しの日程など、細々した相談の為に展示場を訪れていた。その際の出来事だった。

「申し訳ございませんでした」

深々と頭を下げる本田を前に、私達は頭を上げるようにと言った。

「初めて展示場にお越し頂いた際にも甘利の対応でご不快な想いをさせてしまいました。その後、私が気を付けると申しましたのに、あのようなことになってしまい、誠《まこと》に申し訳ございませんでした」

本田が謝るのは筋が違う。甘利が謝ると言っても私達は断っただろう。

「あの……どうして本田さんが？」

妻が訊ねると、本田は俯き加減で言った。

「私も昨日まで知らなかったのです。昨日、甘利本人からことの次第を聞きまして、直接謝罪に伺わねばと思い、押しかけてしまいました」

甘利がなぜ本田に話したのか分からないが、このことを知るのは私達夫婦と、あの場に居た甘利だけだ。甘利が話したというのなら、本田が知っていて不思議ではない。

「もう済んだことだし、いいんです」

白くなった顔で妻が言った。

「私共の不手際でご不快な想いをさせてしまいましたこと、心からお詫び申し上げます」

再び深く頭を下げる本田に、私達はそれ以上かける言葉がなかった。重苦しい空気を打破してくれたのは、意外にもユキだった。

「ひとみ、私じゃだめみたい、お願い」

玄関に、元気のいい泣き声を上げるユキを抱いた義母がやってきた。

ユキの泣き声に本田も顔を上げ、その時ばかりは嬉しそうに笑った。

「はいはい、ユキ。泣かないの」

妻の助けを求めるような視線を感じた私は、

「先に行って、ユキをみてやって」

と言った。妻はほっとしたように頷くと、本田に頭を下げて義母とリビングに戻って行った。

「今、妻の両親が来ているんです」

「それはお邪魔いたしました」

またしても頭を下げる本田に、私は訊ねた。

「今日はお仕事ではないのですか」

カーディガンとフレアスカートの出で立ちは、どう見ても勤務中の格好ではなかった。

「はい。今日は休みです。ですが、お詫びに伺わねばと思い、お訪ねしてしまいました。奥様のご両親もお越しのところ、お邪魔致しました」

「いえ。こちらこそ、わざわざお休みの日に来ていただいてすみません」

本田は恐縮したように首を振った。

「では、失礼いたします」

そう言って本田は帰って行った。

リビングに戻ると、妻が怪訝《けげん》そうな顔つきでユキをあやしていた。

「本田さん、帰ったの？」

「ああ」

妻は深くため息を吐くと両親に聞こえないように小声で、

「正直言うと、本田さんが来たことは逆効果だわ」

と言った。ユキの治まりかけている泣き声に負けないよう、私は妻に身を寄せた。

妻は私の耳元で言った。

「だって忘れたいことなのに。知っていても知らん顔していて欲しかった。それにあの鉢植えだって――」

妻はリビングの隅に置いた本田が持ってきた鉢植えを顎《あご》でさしながら続ける。白い花がこちらを見ていた。

「あれを見る度に思い出しちゃうじゃない。あの時のこと」

そう言って、またため息を吐いた。

「お母さんに持って帰ってもらおうかな」

　そう言いながら、妻は両親の元へ行った。

　私も妻の言うことは理解できたが、しかし本田の誠意は酌《く》むべきだと思っていた。もう引き渡しも済んだ家のことだ。確かに妻の言う通り知らん顔もできただろう。そうしなかったのは、本田がいい意味で営業重視の人間ではないからだ。仕事を度外視して、お客のことを想う人間だからこそ、初めて展示場を訪れた際に甘利についての情報も漏らしたのだろうし、今回のことも責任を感じて居ても立っても居られなくなって来たのだろう。その気持ちまで一蹴することは私にはできそうになかった。


「へえ。引っ越し済んだの」

　私の腕枕から起き上がりながら友梨恵が言った。この一年で肩まで伸びた髪を邪魔そうに払いのける。

「よかったね」

　全く気持ちのこもっていないセリフだったが、これが友梨恵だった。

「新居はどう？」

　ベッドのヘッドボードを背もたれにして友梨恵は訊いた。

「びっくりするほど暖かい。何でみんなあの会社で建てないのか不思議なくらい」

「高いって聞いたことあるけど。だからじゃない？」

「あの性能を考えたら安いものだと思うけどな」

友梨恵はもう興味を失くした、と言うように天井を仰いだ。

私は仰向けのまま友梨恵を見上げた。隠そうともしない裸体に目を走らせる。肩、首筋、顔。私の観察眼に気付いた友梨恵が眉を顰《ひそ》めた。

「なに」

「最近きれいになったな、と思って」

プッと吹き出した友梨恵は、

「きれいなんてケンが言うの初めてじゃない？」

と、おかしそうに笑った。

「そうか？」

「そうよ。前戯の時でさえ言われたことないわ」

友梨恵はそう言うと、全裸のままベッドから出た。そして腰に手を当てポーズを作った。

「どう？　キレイ？」

私は上体を起こして友梨恵の裸体を眺めた。友梨恵の身体は艶《つや》っぽく滑らかだった。元々引き締まっていたウエストは更に細くなったように感じた。女性独特の柔らかく隆起する身体が以前より潤《うるお》って、益々魅力を放っていた。

「ダイエットでもしたのか？」

友梨恵は満足げに笑みを浮かべ頷いた。

「久しぶりに会うと分かるのね」

友梨恵はベッド下に散らばった服を身に着けながら、

「最近ケンとはあんまり会っていなかったでしょう。それとは逆に、彼とは頻繁に会っていたわけ。彼はあたしが痩せたことに気が付かなかった。エステまで行っているのに」

「エステ？」

一瞬動きを止めた友梨恵は、私をチラリと見ると「そう」と答えた。

妻がエステに行くのは、ここぞという大事な行事がある時だった。私との初めての旅行、友人の結婚式前などで、産後はなかなか行けないと愚痴をこぼしていた。

「結婚式か？」

完全に動きを止めた友梨恵は真顔になっていた。

「どうして分かったの？」

友梨恵の態度があまりにも真剣だったので、考えが当たったのだと私は得意になって答えた。

「分かるさ」

「そう」

私に答えを当てられたのがそんなにショックだったのか。ダイエットしたことを言い当てた時は喜んだのに、エステの理由――ただキレイになったと言いたかっただけなのだが――を言い当てた私は気まずい思いをしていた。

友梨恵はサイドと同じ長さの前髪を搔《か》き上げると、ベッド脇に腰かけた。

「ばれちゃったら仕方ないよね。いつまでも隠しておけないし、そろそろ言わなくちゃとは思っていたんだ」

――ばれちゃった？

「年が明けたら式挙げるの」

「え？」

「職場の人は式に招待しない。親戚と、ホントに親しい友達数人だけのこぢんまりした式だから」

友梨恵は何を言っているのだ。

「でもほら、多分、一生に一度のことでしょう？　一番キレイな自分でいたいじゃない」

私の頭は混乱していた。

「え、何、何を言っているんだ？」

友梨恵は私の混乱の理由に気が付いていないようだった。

「友達の結婚式じゃないのか？」

僅かな間、私達は見つめ合った。直後、友梨恵は肩を震わせて笑い出した。

「やだ。結婚式に招待されたからダイエットしてエステにも行ってると思ったの？」

私は素直に頷いた。それを見て友梨恵は更に笑い声を大きくした。

「あたしが結婚するのよ」

「い、い、い、あたしが結婚？　友、い、い、梨恵が結婚？

私は瞬《まばた》きするのも忘れて友梨恵を凝視した。

友梨恵はからかうような笑みを止め、いたわりの眼差しを私に向けた。

「ギリギリまで、ケンとこの関係続けたかったの」

相槌も打てず、私はただ友梨恵を見つめた。

「ケンとこういう関係になった時、あたしが結婚したら終わりだな、って思ってた。彼は東京の人間だから、嫁いだら向こうに住むし、物理的にも難しくなるし、何より
――」

一旦言葉を切って、友梨恵は照れくさそうに言った。

「いいお母さんになりたいんだよね、あたし」

私から目を逸らし、続ける。

「勝手なこと言ってるのは自覚してる。ホント、ケンの奥さんには申し訳ないって思ってる。ケンの子どもにも」

友梨恵の気持ちを聞くのは初めてだった。私の妻や子どもに興味がない代わりに、罪悪感も抱いていないと思っていた。事実、私がそうだった。友梨恵の彼氏——婚約者に、興味も罪悪感も持っていなかった。

「ケンの奥さんからしたら、あたしなんて地獄に落ちればいいって思われても仕方ないよね。でも、あたしはこれから持つ自分の家庭を大事にしていきたいの」

友梨恵の言うことは理解できた。

私だって家族が一番大事だ。妻や、友梨恵の婚約者にとってみれば誠に勝手な話だが。

「ばれちゃったし、ケンとは今日でお別れかな」

友梨恵が寂しげな視線を送って寄こした。

最後。友梨恵の身体を、私はもう抱けないのか。そう思うと、見たこともない友梨恵の婚約者に初めて嫉妬の念を感じた。

「式の前ギリギリまで仕事は続けるから、職場では会えるわよ」

強引に引き寄せ、友梨恵の唇を吸った。

そして、私達は最後の情事に燃えた。

9

今季はどうやら暖冬らしい。ニュースでもそう言っているが、何よりまだ降雪がないというのが暖冬の証拠だろう。

雪は降らずとも、例年より暖かくとも、寒いものは寒い。朝はポストと車のドアが凍り付き開閉できないのは変わらないし、外では深く息を吸い込むと咳き込むほどの寒さだ。

ただ、いつもと違っているのは家の暖かさだ。休日は、こうしてただゆっくりと家に居るのが何よりの楽しみになった。

「ケンちゃん、ごろごろしてないで少し手伝ってよ」

妻に文句を言われても、以前は炬燵に丸まって小言にじっと耐えるしかなかったが、今は家中どこでも暖かいので逃げ場には困らなかった。この家を建てて本当に良かった。

「全く……ボードでもしに行ったらいいのに」

逃げる私の後ろ姿に妻が言った。

「アパートの時は毎週行っていたじゃない」

ボードに行く必要は無くなったんだよ。友梨恵と終わったから。心の中で呟くと、私は書斎に向かった。

平屋は実に便利だった。土地の割にはこぢんまりとした家だが、何といっても使い勝手がいい。玄関から一番奥まった所にダイニングキッチン、リビング。リビングとつながった仕切りのない和室。リビングから行き来しやすいように隣接している洗面所と浴室のそばに、洗濯物を収納できるスペースを確保した家事室を作った。脱衣所も暖かく、お風呂上りのサチは裸で飛び回っている。この家でヒートショックの心配は皆無だ。

六畳の子ども部屋が二部屋、その向かいが私達の寝室だった。寝室と廊下、両方から出入りできる書斎は四畳。両脇にある、作り付けの天井までの本棚に囲まれていると落ち着いた。

私は書斎に置いてある、決して座り心地がいいとは言えない椅子に腰かけた。

明り取りの窓から、陽光が射し込んでいる。暖かな我が家はさながら春のようだった。ずっと家に居ると、本当に今が冬なのかと疑ってしまう。暖かな家に住めることに心から満足していた。

パソコンの画面を開き、電源を入れる。私は、パソコンが動き出す音が好きだった。その音に耳を澄ましていると、パッと明るくなった画面にメールの着信を知らせるマークがあった。

胸騒ぎがした。

私は、ほとんどの連絡先を携帯電話のアドレスに設定している。予備校、家庭教師、私的な物も全ては携帯電話に連絡がくるようになっている。パソコンに連絡を寄こすのは友梨恵だけ。関係が切れた友梨恵から連絡が来るはずがなかった。

友梨恵は数週間前に退職し、今は嫁ぎ先の東京にいるはずだった。式も済んだ頃ではなかったか。その友梨恵が、なぜ。

結婚式の写真でも送ってきたのか。ウエディングドレスを身に纏《まと》って、幸せいっぱいな表情を浮かべた友梨恵を想像し、私は脈打つ心臓を落ち着かせようとした。あり得ない妄想は、動悸を激しくさせただけだった。

マウスを滑らせ、メールを開く。私の目に飛び込んできたのは信じられない言葉だった。たった一文、麗美《れみ》、と。

「またなの」

いつもは友梨恵のアパートで密会していた私達だが、何度かホテルに行ったことがあった。もちろん友梨恵の車で、私は後部座席に隠れてホテルに入った。どこに誰の目があるか分からないので、慎重を期したつもりだったが、その日ホテルに入ってしばらくすると、友梨恵の携帯にラインの通知音が鳴った。「麗美」友梨恵はそう言った。

「ホント、しつこい」

携帯を放り投げて、友梨恵はベッドに身を投げた。

「返信したら納得するんじゃないか？」

ピンク色の天井を見上げていた友梨恵がジロリと私を睨んだ。

「麗美のこと、何も知らないからそんなこと言えるのよ」

「だって友達なんだろう？」

「友達？」

友梨恵はさも心外だと言うように顔を顰《しか》めた。

「その表情からすると親友ではなさそうだな」

私はからかうつもりで言ったのだが、あながち見当違いでもなかったらしい。深いため息を吐き、しっかりと目を閉じた友梨恵は、

「前は仲良かった」

と言った。

「麗美は高校の時の同級生なんだけどね。もう、なんていうか――」

目を閉じたまま、友梨恵は言葉を探しているようだった。長い沈黙は、麗美という

人物を表す端的な語彙《ごい》が見つからない証拠だった。それほど難解な人物なのだろうか。

「ハチャメチャ」

やっと口にした単語がそれだった。

「なんだ、それ」

パチッと音がしそうなほど大きく目を開いた友梨恵は、吐き出すように言った。

「ハチャメチャなの」

「だから――」

起き上がった友梨恵は両手で顔を覆った。

「思い出すのも腹が立つ」

普段、友梨恵は自分の感情を表に出すタイプではない。友梨恵が己の気持ちを吐露するところを、私はその時初めて見た。それほど嫌な思い出なのか。

顔から両手を離した時、友梨恵の目は据わっていた。友梨恵のこんな顔を見るのも初めてだった。セクハラする上司にさえ、こんな目をしたことはなかった。

「一見おとなしそうな顔をしているの。虫も殺さない顔で、親友だろうとなんだろうとおかまいなしに人の男に手を出すの。手に入れたら後はポイ」

「高校生だろう？　まさかそんな」

友梨恵は据わったままの目を私に向けた。

「そういう女に年齢は関係ないの。高校生だろうが熟女だろうが死ぬまで女なのよ」

私はうすら寒さを感じた。

「女には分かるヤバイ女ほど、男の目には魅力的に映るみたいね。それに男は単純で純粋な生きものだからすぐ騙《だま》される」

友梨恵の言葉は怖いくらい説得力があり、会ったこともない麗美という女が、とんでもなくヤバイ女に思えてきた。

友梨恵は先ほど放り投げた携帯を引き寄せると、二、三回操作した後私の目の前に画面を突き出した。

「見て」

あまりの近さに私は身を引いた。小さな画面には、見覚えのある建物が写っていた。ピントを合わせるように、一旦引いた顔を画面に近づける。その建物は、今まさに私達が居るホテルの外観だった。しかも、ホテルに入ろうとする友梨恵の車が写っている。

私は一瞬、頭が真っ白になった。なんだ、これは。

「こういう女なの」

友梨恵は深々とため息を吐くと、携帯を引っ込めた。

「これは一体――」

友梨恵はうっすらと笑みを浮かべると言った。

「ケン、動揺し過ぎ。心配しなくて大丈夫」

これの、なにを以《もっ》て心配無用というのか。

「これによると……」

携帯の画面を顔に近づけ、まるで感情の籠《こも》らない棒読みで、絵文字の解説まで加えて読み上げ始めた。

「ユリ、久しぶり！　すっごく元気そうで安心した。ニコニコマーク。今すれ違ったの分かった？　車替えてないよね？　ユリ、なんかヤバイことしてない？　にやけ顔マーク。一人でラブホなんて、あっやしー。ハート。まさかまさか援交じゃないよね？　デリヘル？　それか、フ、リ、ン？　喜び顔」

私は眩暈《めまい》を覚えた。

「ケン、大丈夫？」

やっとのことで身体を支え、私は友梨恵を見た。

「心配ないよ。ケンに迷惑はかけないから。この写真、車しか写ってない。あたしの顔も見えないし。本当に偶然すれ違って、ここに入るのを見て慌ててシャッター切ったってかんじで、アングルも悪すぎ。かろうじて車のナンバー分かるかどうかってとこ」

私は必死に頭を働かせようと試みていたが、上手くいかなかった。

「あたし、今フリーだし。ケンのことさえ分からなければ大丈夫。でしょ？」

私は友梨恵の携帯をもう一度確認した。友梨恵が言った通り、この写真だけでどうこうできるとは思えなかった。

携帯を友梨恵に押し返しながら、私は安堵の息を漏らした。

不倫。これまでその概念も、その代償についてもほとんど考えたことがなかった。

その日そのひと時だけは、その二つが重く、間近に感じた瞬間だった。


あの時の女の名が麗美だった。

私は背筋が寒くなるのを感じた。

麗美。

そして添付されている写真。あの時のことが嫌でも思い出される。

終わったことだ。すでに終わったことなのに、今更なぜ……？

私の心臓はコントラバスのように低く、一定の間隔をおいて拍動していた。血の巡りが悪くなった指先をマウスにかけ、添付されている写真を開く。

それを見た瞬間、頭をバットで殴られたような衝撃を受けた。

写っているのは友梨恵が住んでいたアパートだった。友梨恵の部屋のドアが開いていて、部屋に入ろうとする私の後ろ姿がしっかりと写っていた。

私は写真を拡大した。ドアと私の隙間から、髪の短い友梨恵の笑った顔が見えた。私の顔は見えない。私はダッフルコートを身に着け、コートからのぞく脚は部屋着に包まれ、足元はサンダル履きだった。

いつだ。

私は衝撃を喰らってフリーズしてしまった頭を必死に働かせた。

友梨恵のアパートに行く時は、大抵副業の帰りか、ボードに行くと理由をつけて家を出た時だった。部屋着のサンダル履きで友梨恵のアパートに行ったことなど……。

そこまで考えた時、あの日のことが蘇った。

家を建てるか建てないか——母の承諾を得るか得ないかで妻ともめた日。私は着の身着のままアパートを飛び出し、友梨恵の元へ向かった。あの時、ゴムのサンダルは音を立てず具合がいいと思った——あの日か。

しかし、なぜ。

なぜこんなものが。

麗美。

友梨恵からのメッセージはそれだけだった。またしても麗美、あの女が送り付けてきたというのか。

　私はそのメールを消去し、電源を落とした。暗くなったパソコンの画面と対峙していたが、じっとしていられず椅子を引いて立ち上がった。

　キッチンでは妻が忙しそうに立ち働いていた。サチはテレビの中の人物を真似て体を動かし、ユキはベビーベッドの中でもぞもぞしている。自然を装って、私は、

「ちょっと出かけてくる」

　とキッチンの妻に声をかけた。

「え？　どこ行くの？　もうすぐご飯よ」

「コンビニ。すぐ戻る」

　咄嗟のことで、それ以上嘘が思い浮かばなかった私は、妻の追及を逃れるためにそそくさとその場を離れた。

　玄関の横にはコートを掛けられるスペースを設けていた。ダッフルコートに手を伸ばしかけた私は一考し、ダウンジャケットをハンガーから取った。その時、キッチンから出て来た妻が私に追いついた。

「ケンちゃん」

　正面から妻の顔を見られず、私はスニーカーに足を滑り込ませた。

「ついでに牛乳買ってきて」

私は近所のコンビニに車を停めた。ポケットから携帯を取り出すと、しばし逡巡《しゅんじゅん》した。友梨恵と切れた時、連絡先は消去した。未だに以前の携帯の番号がいきているとしても、私のうろ覚えの番号が合っているかどうか分からない。友梨恵の旦那が電話口に出る可能性も考え、念のために非通知設定にしてから記憶にある番号を押した。

二度コールが鳴った後、はい、と応じる声が聞こえた。友梨恵の声だった。

「もしもし」

私が言うと、耳元で深いため息が聞こえた。

「ケン？」

疲れた声だった。

「ちょっと待って」

友梨恵は移動しているようだった。じっと耳を澄ますが、特に音も話し声も聞こえない。

「もしもし」

久々に耳にする友梨恵の声はやはり疲れているように感じる。

「見た？」

「ああ」

友梨恵はまた深々とため息を吐いた。

「一週間前に送られてきた」

私は返事も出来ず、相槌すら打てなかった。

「どこで調べたのか、ご丁寧に旦那の会社宛になってた」

会社宛――。

「たまたま旦那自身が開封したから、他の人の目には触れなかったみたいだけど……」

ため息を吐き出し、友梨恵は続ける。

「勿論、差出人は不明。不明だけど、あんなことするのは麗美しか考えられない」

黙ったままの私に、友梨恵は更に続ける。

「写真は全部で三枚あった。どの写真もケンの顔は写ってない。ただ、あたしが婚前に旦那以外の男と会っていたって証拠だけ。だけって言っても……旦那とはもめたけど。ごたごたしてすぐには連絡出来なかった」

「もめたって――」

「大丈夫。離婚とか、そんな話にはなってない……今のところ。結婚前だったし、ケンのことも言ってない。二股ってことすら認めてない。男友達だって言ってある」

「そりゃまあ……信じられないよね。信頼を失った。これからどうなるかわかんないけど、今のところは休戦中」

何を言うべきか分からず黙っていると、

「連絡すべきかどうか迷った。でも、ここまでする女がケンのこと調べてないはずがないと思って。何か届いたりしてない？」

「……ない」

答えた後、妻が受け取って隠している可能性、もっというなら妻が写真を送り付けた可能性が脳裏をよぎった。

「よかった」

友梨恵は言って、何度目か分からないため息を吐いた。

「嫁じゃ――」

「え？」

「俺の嫁じゃないよな……？」

すぐには答えがなかった。

「違うと思う」

慎重な口ぶりで友梨恵は答えた。

「そうか……」

「どうして――」

「こんなにまわりくどいことするのは、あたしが憎いからよ。奥さんだったら、直接ケンを責めるか、弁護士通して連絡してくるかだと思う。バレてる様子あるの？」

妻の様子を思い返してみる。あの写真は二年前のものだ。この二年、妻が事実を知っていたとは思えなかった。

「ないと思う。子どもも生まれたし」

「子ども？」

友梨恵の声が大きくなった。友梨恵には、ユキのことは告げていなかった。

「だったら絶対違う」

「なぜ」

「他の女と通じてるって知っていながら身を任せられる女はそうそういない」

そういうものだろうか。

「しかも、ケンのとこセックスレスだったでしょ」

「……ああ」

「尚更あり得ない。繋《つな》ぎ止めておくために妊娠しようって考えることもあり得なくもないけど、ケンのとこは既に子どもがいるからそんなことする必要ないわけで」

「………………」

「だいたい、知ってて二年間も黙っていられないよ、普通。待つ必要もない。二年待ったのは、あたしが結婚するタイミングを待ってのことだと思う。あたしの家庭を壊すため」

「家庭を壊す……」

「そう。ケンにその矛先が向いてないのが幸いね。勝手なこと言うけど、ケンと関係があった時あたしは独身だった。結婚を前提に付き合ってたのに二股かけてたのは問題だけど、それだけじゃ離婚原因にはならない。まあ、もしまた写真が送られてくるようなことがあったら——その時は分からないけど」

また写真が送られてくる。

「そんなことがあるだろうか」

「あり得るよ。あの写真二年くらい前のだよね？　あの後だって撮られてた可能性は大いにある」

私は携帯を持つ手にじっとりと汗をかいていた。

「あたしはできること、やってみる」

「できること？」

「麗美のこと調べてみる。今、高校の同級生に連絡取っているの。何か分かるかと思って」

彼女のことが分かったとしても、この蛮行《ばんこう》――見方によっては正義の裁き――を止める術があるのか分からなかったが、確かに今できることはそのくらいだった。

「頼む」

「一週間後の同じ時間にもう一度電話して。それまでに調べておく」

友梨恵との通話を終えた後、混乱した思考をまとめようと車のシートに身を沈めた。

妻があの写真を撮った可能性は低い。友梨恵の説を頭から信じるわけではないが、二年もの間、事実を知っているにもかかわらず、普段と変わらず生活することなど妻に出来るわけがない。妻が私の不貞を知ったなら、まず両親に相談するだろう。あの厳格な義父が私を許すとは到底思えない。

妻でないとするなら、友梨恵の言う通り麗美だろう。解《げ》せないのは、連絡も取り合っていない旧友のことを監視し、盗撮するほどの執拗な異常性が存在するのかという点だった。女にはそんな部分があるのだろうか。

――どんなに考えても、今、私にできることは何もなかった。

10

疑心暗鬼になっている時はなんでも怪しく思えるものだが、郵便が届く度に私は不安でいっぱいになった。特に、大型封筒が届いた時は、思わず妻の手からひったくりそうになってしまった。

あれから一週間が経ったが、私の元には——家にも職場にも——怪しげな郵便物は何も届かなかった。だが、友梨恵のことが気がかりだ。早く連絡を取りたかったが、約束の時間まではまだだいぶあった。

しかも、落ち着かぬところへきて益々落ち着かぬ状況になっている。

妻の友人二人とその子ども達が我が家に遊びに来ていて、隣近所から苦情がきそうなくらい賑やかだった。来客の予定は聞かされていたのだが、告げられた時間より早く訪ねて来たため、私は身の置きどころがなかった。

「どうもすみません」

妻の友人の一人が私に頭を下げた。バタバタと走り回る子らに目をやると、五、六歳くらいの男の子が二人、追いかけっこをしていた。

「いえ、ゆっくりしていって下さい」

私はキッチンでお茶を入れている妻に出かけてくる、と告げた。妻は声には出さず「ごめんね」と言った。私は笑顔で応じた。リビングを通る時、走り回っていた子ども一人が私にぶつかった。

「ごめんごめん」

抱き起こそうとすると、その男の子はパッと立ち上がり、もう一人の男の子に「かくれんぼしよう」と声をかけた。

「すみません」

先程とは違う、もう一人の妻の友人が私に謝った。あの男の子の母親だろう。

「いえ」

男の子は大変だな、と他人事のように思いながら私は家を出た。

約束の時間までまだ三時間以上あった。私はあてもなく車を走らせていたが、ふと思いつきハンドルを切った。

ここへ来るのは久しぶりだった。家を建ててからは用事もなくなったので来る機会がなかったが、我が家はモデルハウスにも見劣りしないくらい立派じゃないか……などと自己満足に浸っていると、事務所を兼ねている建物から社員が出てきた。何度か見かけたことのある男性社員だった。

「いらっしゃいませ」

にこやかに近づいてきた社員はおや、という顔になった。

「清沢様」

「こんにちは」

「新しい家の住み心地はいかがですか」

「最高です。こんなに寒い日は一日家に居たいですね」

それなのにどうして、と言わんばかりの社員に、

「今日は妻の友人が家に来ていまして」

「なるほど」

納得顔の社員にいざなわれ、私はモデルハウスに入った。二階のソファに座ると、私は用件を話した。

「家の換気部の掃除の仕方が分からなくて」

「そうでしたか。皆さん、初めての時は分からないとおっしゃいます」

「家を建てる前に聞いたのですが、忘れてしまって。電話で伺えば済む話ですが、ちょうどいいと思って来てしまいました」

男性社員はにこやかに話を聞いていた。社員証には菊池《きくち》とあった。

「いつでもお越しください」

私より一回りは年上であろう菊池は笑顔で言った。

「あの……今日、本田さんは？」

「本田は本日お休みを頂いております。私が代わりにご説明いたします」

そう言って、菊池は資料をお持ちしますと言って一旦下がった。

モデルハウスに引けをとらないくらい、我が家も暖かい。私はソファにもたれながら手足を伸ばした。展示場はもちろん、我が家もスリッパを用意していない。真冬でも素足で過ごせる暖かさなのだ。妻は台所仕事をする時だけ履いているが、サチは裸足《はだし》で過ごしている。本当に暖かい家とはこういうことなのだ……と満足していると、視界の隅にチラリと何かが映った。それは素早く私に近づいてきた。

甘利だった。

「こんにちは」

今日も、てかてかに髪を撫でつけ、貧相な体に紺色のスーツを纏っていた。

「アンタ、よく俺の前に顔だせたな」

甘利は、私の言っている言葉の意味が分からない、といった顔で、

「一体何のことでしょう？」

としらを切った。私はカッとなり、甘利の胸倉を摑んだ。

「お前！」

甘利はグラグラと首を振りながら、

「お、お客様、暴力はいけません」

と言った。そしてぐるっと首を回すと、真っ直ぐに私を見据えた。

「さぞ驚かれたでしょう」

「は？」

「あれですよ、あれ」

私は理解した。この男が犯人なのだ。

「おまえ――」

問い詰めようと更に腕に力を入れた時、いつの間にか階段を上がって来ていた女性社員が短く悲鳴を上げた。私はハッとして甘利から手を離した。甘利は大げさに床に倒れ顔を顰めた。女性社員は、ティーカップの載ったトレイを持ったまま早足で階段を下りて行く。女性社員がいなくなるのを、甘利は首を伸ばし確認してから私に向き直った。小さな目を見開き、口元を引き攣らせている。

「前回の時に忠告したはずですよ。家族を大事にしないとこわいことになる、と」

張本人が言うセリフか。

「なにが目的だ」

甘利は困惑顔になった。ふざけているようには見えない。心から私の言っていることが分からない、という表情だった。

「目的、とは」

とぼけているのだ。この男は心底腐っている。

「なにが目的だ」

私は繰り返した。甘利は涼しい顔で、

「あなたの家族を守りたいだけですよ」

と言った。私が甘利に飛びかかろうとした時、階下からやって来た菊池に羽交い絞めにされた。

「清沢様、落ち着いて下さい！」

興奮した私を、甘利は怪訝そうに見ている。なぜお前がそんな顔で私を見るのだ。その目は私が兄を見る時の目ではないか。

何とか菊池の腕を振り払うと、私は身を屈め、甘利にだけ聞こえるように言った。

「家族に手を出したら殺してやる」

また菊池の腕が私の肩を摑んで甘利から遠ざけた。甘利は茫然としたまま、やってきた他の男性社員に引きずられて行った。甘利の姿が消えると、菊池は身を離し非礼を詫びた。そして理由を訊いた。

「一体、何があったのですか」

何を話せばいいのか分からなかった。何も話せることはなかった。私がそっぽを向いたまま黙っていると、

「甘利が何かしたのでしょうか」

と訊いた。菊池の目は、その口調と異なり厳しかった。先程までオヤジ同盟の仲間だった男は一転、部下を守る為私の敵となった。

「甘利は仕事のできる人間です。お客様に、そうそうご迷惑をおかけするとは思えません。何があったのですか」

本田と菊池では甘利に対する認識が異なるようだ。あんな男を評価している菊池が、果たして話の通じる人間だとも思えない。

「以前こちらに来た時、彼に非常に不快な想いをさせられましてね」

私は腕を組み、菊池を見た。菊池はじっと私を見返している。

「妻と子どもにしつこく付きまとって、こっちは嫌がっているのにおかまいなしに追い掛け回して、妻は怖がっていましたよ」

私の言うことに菊池は眉を顰めた。信じていないのだろうか。

「私のいないところで、突然、妻に話しかけてきたようです。あなたはいい旦那を持って幸せだとか家族は大事にしたほうがいいとかなんとか。妻がその場を離れようとすると、腕を取って話を聞いてくれとせがんだそうです。気味が悪くなった妻が私の

ところに逃げて来て難を逃れましたが、あいつと二人だったらどうなっていたことか」

菊池は眉間の皺を深くして、私の話を聞いていた。

「私が文句を言いに行くと――」

甘利は、口元を引き攣らせてこう言ったのだ。「家族を大事にしないとこわいことになりますよ」と。

「――あいつは謝りもしませんでしたよ。それを知った本田さんが、後日わざわざ謝罪に来てくれましたけど」

私が吐き出すようにそう言うと、菊池は深々と頭を下げた。

「そうとは知らず、失礼致しました」

顔を上げた菊池は私を正面から見据え、訊ねた。

「今日のことは、その続きだと――？」

次の言葉が出なかった。私は唇を噛んだ。

「誠に申し訳ございません。今後このようなことがないよう、教育してまいります」

菊池は頭を下げた。その後、私は追い出されるようにしてモデルハウスを後にした。

腹が立っていたが、どうしようもなかった。事実を言えば私の不貞まで暴露しなくてはならない。甘利が会社の人間にどの程度話すかは分からないが、甘利自身も二年前から私のことを尾《つ》け回しているなどとは言えないだろうから、曖昧《あいまい》に話すだろう。

問題なのは、甘利がなんのためにこんなことをするのか、だった。脅迫《きょうはく》して金でも無心しようというのか。そうだとしたら、二年前、あの写真を撮った直後にできたはずだ。友梨恵のことを調べ上げ、彼女の結婚を待って強請《ゆす》ろうとしたのか。

それも違う。私と友梨恵を強請ろうと思ったら、友梨恵が結婚する前でなければ意味がない。結婚後、ましてや旦那にそれを知らしめる理由は何だ。友梨恵の言うように、彼女に強い恨みを持っているとしか考えられないが、甘利が友梨恵と面識があるとは思えない。

大体、私に直接接触してこなかったのはなぜだ。

一週間前と同じ駐車場に車を停め、私はシートを倒した。目元を腕で覆い、考えをまとめようとするが、答えがみつからない。

初めて会った時から甘利はおかしな態度だった。本田曰《いわ》く、甘利は自分の外見にコンプレックスがあり、どうやらそれが理由で私に絡んでくるらしいが、それだけが理由でここまでするだろうか。そこまでして甘利に何の得があるのか。

考えれば考える程分からなかった。

私はポケットから携帯を取り出し、友梨恵の番号にかけた。呼び出し音が鳴り続ける。やがて留守番電話サービスに繋がった。私は電話を切ると、そのまま携帯の時計を見た。約束の時間を五分ほど過ぎていた。シートを起こし、私は車を出た。コンビニで十分ほど時間をつぶした後もう一度かけたが、また留守番電話に切り替わってしまった。友梨恵は約束を忘れているのだろうか。それとも、何か事情があって出られないのか。いずれにせよ、今日はもう友梨恵と話せそうもなかった。今、私が話せるのは友梨恵だけなのに、この燻った気持ちを他にもっていきようがなく、怒りとも焦燥ともつかぬ想いを抱えたまま、私は帰宅した。

出かける時にも停まっていた車二台がまだあった。まだあの騒がしい子ども達がいるのかと思うとうんざりしたが、逃げ道を書斎に見出し安堵した。

玄関ドアに手を伸ばすと、中から子どもが一人飛び出してきた。今度はぶつからないようによけた。それを追うように、妻の友人が出て来た。私に気付くと短い挨拶をして車に向かう。子どもの後ろ姿を見ていると、

「長時間お邪魔しました」

子どもの手を引いて、もう一人の妻の友人が出てきた。

「いえ」

「ほら、ご挨拶なさい」

母親に手をひかれた男の子は俯いたまま顔を上げない。

「ほらリョウタ」

リョウタと呼ばれた男の子は母親の呼びかけに応じるどころか、いっそう頑なに体を固くして顔を上げようとはしなかった。

「すみません」

妻の友人はペコペコと頭を下げると、子どもの手を強く引いた。リョウタはされるがまま、引きずられるようにしてずるずると砂利の上を滑っていく。男の子は大変だと思っていたが、女の子にもああいった時期が来るのだろうか。本格的な反抗期になったら大変だな、と思いながら見ていると、強張ったままのリョウタの身体が僅かにねじれ、半分程顔が見えた。

蒼白だった。まるで色がなかった。出がけに見かけた時は赤かったその頰は、透けてしまいそうなほど白かった。そして、その目。

瞬き一つしないその目は、じっと何かを見ていた。私ではない。私を通り越した何か、を凝視している。

何だ。何を見ている。

私は思わず振り返った。

家の中から、ユキを抱いた妻が出てきた。私に気付き「おかえり」と一言言うと、急ぎ足で友人の後を追った。その後をサチが追いかける。サチを見ていたのか？

リョウタに視線を戻すと、既にワンボックスカーの助手席に座っていた。その光景は私をゾッとさせた。死人が車に乗っていた。正面から見るリョウタの顔は死人のようだった。目をこちらに向けたまま微動だにしない。不気味だった。

死人は何を見ているのだ。

私、ではない。視線はもっと上だった。上？　私はポーチを下りて振り返った。特別変わったところはない。我が家があるだけだ。

またリョウタに視線を戻す。すると、いっぱいに開いた目が私を捉えた。そしてゆっくりと右手を持ち上げ、こちらを指さした。死人のような子どもは、僅かに口を開いた。

「……ばか」声は聞こえないが、そう言ったように見えた。

呆気にとられていると、車が動き出した。リョウタは指を下げ、口も閉じたが、その目はしっかりと何かを見ていた。

車が二台とも出て行った後も、私は今の出来事について考えていた。

「うわー、寒い」

妻がサチと一緒に駆け足で戻ってきた。

「長い時間、ごめんねケンちゃん。ん？　どうしたの？　寒いから入ろう」

「ああ……」

誰もいなくなった庭を見つめていると、私の胸に名状しがたい感情が湧き上がってきた。

リビングに入ると、妻は私にユキを渡し、片付けを始めた。温かく、血の通った顔のユキを見ていると少し落ち着いた。

「ごめんね、出てもらっちゃって。外、寒かったでしょ」

妻はティーカップを片付けながら言った。

「いや、大丈夫だよ」

「二人とも、この家の暖かさにビックリしてた。ミホなんて、この住宅会社で建てようかな、なんて言ってたのよ」

自分のことを褒められたかのように、妻は嬉しそうに笑った。

「リョウタ――」

「え？」

「リョウタって子がいただろう？」

妻は対面式のキッチンから私を見た。

「うん。リョウタ君がどうかした？」

「具合でも悪かったのか？　さっき見かけた時、顔色が悪かった」

妻はこちらにやってきて、私の隣に座った。

「ずっと元気に遊んでいたのよ。ケンちゃんが出て行った後も、コウヘイ君とサチと三人で追いかけっこやかくれんぼなんかして。だけど、突然お家に帰りたがって。ミホに帰ろう帰ろうってせがんで、叱られた後はずっと座ってた。確かに顔色が悪かったわね」

「…………」

「コウヘイ君より元気があるリョウタ君がどうしたのかな、とは思ったけど、おしゃべりに夢中で」

女のおしゃべりは恐ろしい。エンドレス地獄だ。

「具合が悪そうだったから心配して見ていたら、車の中から俺の方を指さして、ばかって言った」

「ええ？」

「蒼白な顔でばかって……男の子は分からないな」

「自分も男の子でしょ」

妻はおかしそうに言った。

「後で電話してみようかな」

そうしてくれ、とも言えず黙っていると、妻はテーブルの上に散らばった菓子の袋を片付け出した。

「ミホたちに会うの久しぶりでしょ」

「ん？　ああ……」

正直、どちらがミホという女性なのかも分からなかったが、私は曖昧に答えた。

「褒《ほ》めてたわよ、ケンちゃんのこと」

「俺？」

「うん。相変わらずかっこいいって。ミホ達の旦那さんはお腹がでたり髪も薄くなってきているのに、ケンちゃんは全然変わらないって」

「俺だって年をとったよ」

「ふふ。そうかもね。猫みたいにずっと家に居るようになったし」

膝の上で頬杖をつきながら妻は私を見た。

「それは年をとったからじゃなくて、この家が暖かいからだよ」

「そうだけど、前ほどボードも行かなくなったし、家に居ることが増えたもの」

私はぎくりとした。内心、冷や汗をかいていたが、それを表に出さないよう必死だった。妻は探りを入れているのだろうか。

「私は助かるけどね」

しばらく妻の顔を見られなかった。ユキをあやすふりをしながら、妻の出方をみることにした。

　妻は知っているのか？

「お金も大事だけど家族が一番よ。バイトもほどほどにしてね、自慢の旦那様」

　そう言うと、妻は私の肩に手をかけて立ち上がった。キッチンへ戻る妻の後ろ姿に目をやったが、上機嫌で鼻歌をうたっている。

　やはり、妻は何も知らない。疑っているのかと思ったが、考え過ぎだったようだ。

「ところで、ケンちゃんどこに行っていたの？」

　死人のリョウタと、妻の追及に気を取られていたが、妻の言葉に私はハッとした。

「展示場に行っていた」

「え？」

「換気部の掃除の仕方を聞きに行ったんだ」

「本田さんはお元気だった？」

「休みで、いなかった」

「そう。この前のこともあるし、ちょっと気になっていたんだけど……」

　私は、今日の出来事を話すかどうか悩んだが、本田の名が出た時決心した。

「甘利に摑みかかった」

「え？」

今日のことが本田の耳に入れば、また謝罪に来ないとも限らない。私の口からある程度話しておかないと、ややこしくなると思った。

「俺が一人の時に突然甘利が現れて、また訳の分からないことを言い出したんだ。それでなくともこの前のことで頭にきていたから、つい……」

「殴ったの？」

妻の口調は固かった。

「まさか。胸倉を掴んだだけだ。それも、すぐに他の社員に止められた」

妻の安堵のため息が聞こえた。

「良かった」

「もしかしたらまた本田さんが来るか、それか住宅会社から連絡があるかもしれない」

「うん」

「迷惑をかけるかもしれない。すまない」

「ケンちゃんが謝ることないよ。前の時、本当に怖かったんだから」

妻は自身の身体をきつく抱きしめるように腕を回した。

「あの人おかしいよ。会社の人は何だって？」

「甘利は仕事のできる人間で、お客に迷惑をかけるような社員じゃないってさ」

「まさか！　いくら仕事ができたって、人間性がどうかしてるわよ。ケンちゃんは悪くない。暴力を振るったっていうなら問題だけど、それもなかったんでしょう？　だったらいいわよ。もしも何か文句を言われたら、私が言い返してやるわ」

「言い返すって」

「私の大事な旦那様に何か文句あるのかって」

妻は腕を離し、今度は挑発的に腰に手をおいた。

「そんなことにはならないと思うけど、万が一の時は頼りにしてるよ」

「任せておいて」

妻と私は目を合わせて笑った。

11

日をまたいでも、住宅会社や友梨恵からは連絡がなかった。

あの後、友梨恵に二度連絡を入れたが応答はなかった。不安が膨《ふく》らんだが、私にはなんのアクションも起こせなかった。何も変わらぬ一日が過ぎて行った。

私は家庭教師のバイトを終え帰宅した。

車を駐車場に乗りいれた時、見慣れぬ黒い乗用車が一台停まっているのが目についた。また妻の友人だろうか。しかしもう九時近い。お互いに小さな子どもがいれば気を遣うと思うが。

乗用車の中を覗くと、ポーチからの灯りで車の中が照らされていた。フロント部分に象のつがいの置物がある他は、車内は整然としていた。

玄関に入ると、三和土《たたき》に黒いパンプスがあった。リビングからは笑い声が聞こえる。リビングへのドアを開けると、ソファでユキを抱く妻と目が合った。私に背を向けるようにして座っている人物の上半身だけが見える。長い黒髪の、スーツ姿の女性だった。

「お帰りなさい」

妻が言うと、黒髪の女性がくるりと振り向いた。

「お邪魔しています」

本田だった。立ち上がり、一礼する本田に私も軽く頭を下げた。

「もうこんな時間でしたか、失礼しました」

本田は腕時計に目をやり言った。

「本田さん、換気部のお掃除の方法を教えてくださるために、お仕事の帰りにわざわざ寄ってくださったの」

「昨日、展示場にお越し下さったそうで。お休みを頂いていて失礼しました」

本田が頭を下げると、長い髪がさらさらとその白い顔を覆った。

「いえ、こちらこそ。その後甘利さんは」

本田は顔を上げた。

「また甘利がご迷惑をおかけしたようで、申し訳ございません」

「私のこと、会社で問題になっていませんか」

「清沢様が？」

本田は目を丸くして私を見た。

「非があるのはこちらです。問題になるようなことはなにもございません」

「甘利さんは何と？」

本田は私を見上げた。私の考えを読み解こうとしているようだった。

「意見の食い違いでもめた、と上司には説明したようですが……」

「それだけですか？」

「と、おっしゃいますと？」

妻と本田、二人に見つめられ私は口ごもった。そんな私を見かねて、妻が、

「本田さん、サチとすっかり仲良くなったのよ」

と、助け舟を出した。本田はしばらく私の目を見ていたが、すぐに妻に向き直った。

「おねえちゃんとごはん、たべた」

最近おしゃべりになってきたサチがいつの間にか私の足元に立っていた。

「夕食時にお邪魔してしまって」

本田は妻と私に頭を下げた。

「私が無理にお誘いしたの。ケンちゃんは仕事でいないし、私達だけじゃ寂しいからって」

「ごちそうさまでした。とても美味しかったです。ごちそうになった上に、こんな時間まで……」

本田が退去しそうなのを察したのか、サチがさっと本田にすり寄った。

「おねえちゃん、あそぼう、あそぼう」

「サチ」

妻が困り顔でサチをなだめると、サチは妻から本田を遠ざけようとしてか、本田の手を取り、おもちゃが置いてある一角へいざなった。私と妻は顔を見合わせた。妻はあきれたようにサチと本田を見ている。こうなると、サチの勝ちだ。

「はい、サチちゃん」

見ると、本田がサチに光るボールを渡していた。サチは嬉しそうにそれを受け取った。

「趣味まで似ているのかしら」

　妻が感心したように呟いた。

「あのボール、サチの一番のお気に入りなの」

　知らなかった。サチと遊ぶこと自体少ない私は、希少なその時間ですらサチの好みが何なのか考えたこともなかった。二人を見ていると、既に次のおもちゃに手を伸ばしていた。子どものカラオケのような物で、いくつかあるボタンの横に曲名が書かれている。本田がボタンを押すときらきら星のメロディーが流れ始めた。サチは音に合わせてゆらゆらと身体を揺らしている。

「本田さんもお子さんがいらっしゃるから、子どもの扱いには慣れているのね」

　そうだった。若く見えるが、子持ちだと言っていた。

「パパー」

　サチが手招きして私を呼んだ。サチに倣って、本田がこちらに振り返った。満開の笑顔だった。

12

　二日が過ぎても、友梨恵からは音沙汰がないままだった。友梨恵の状況が分からないことには、連絡のしようがなかった。

夕刻、私の元にやってきたのは、予想すらしていない人物だった。

「警察？」

まだ若い——若いといっても私と同年代くらいだが——男が、テレビでしか見たことのない警察手帳を見せながら私に言った。

「長野県警の柏原《かしわばら》と申します」

柏原は、スーツの上にビジネスコートを羽織っていた。首元に落ち着いた色合いのマフラーを巻き、バランスの取れた格好をしていた。太い眉の、精悍《せいかん》な顔つきをした男だった。

「斎藤《さいとう》です」

柏原の後ろに控えるようにしていた男が、遠慮がちに警察手帳を提示した。柏原より更に若く見える。

「ちょっとお話を伺いたいのですが」

玄関を開け放したまま応対していたのだが、表の寒さは薄着の私には応えた。

「あの……どうぞ」

とりあえず玄関に入れたが、思い直してリビングに通した。

「どうぞ、掛けて下さい」

斎藤がめずらしそうに部屋の中を見回している間に、柏原は着ていたコートを脱いでいた。二人は、勧められるままソファに腰を下ろした。

「あの、お茶でも……」

「お構いなく」

うっすらと笑みを浮かべてはいるが、毅然とした口調だった。

「すみません、妻が娘達と出かけていまして」

妻は子どもたちを連れて実家へ帰っていた。

「娘さん達はおいくつですか」

「長女が三歳で、次女は四ヵ月です」

柏原は太い眉尻を下げて言った。

「羨ましい。私は結婚して四年になりますが、なかなか子宝に恵まれなくて。コウノトリに嫌われたのかな」

「こればかりは思うようにいきませんね」

柏原は何度か頷いた。そしてリビングをざっと見回すと、一角に目を止めた。柏原が見ているのは、本田が持ってきた白い花だった。

「住宅会社の人から頂いた花です」

「そうですか」

柏原の隣で、斎藤は困ったように微笑んでいる。結婚も子どもも、彼にはまだ未知の世界なのだろう。

「あの――それで今日はどういったご用件で」

柏原は一瞬私を射るように見つめた。訳もなく、私は居心地の悪さを感じた。

「HAホームの甘利浩一《こういち》さんをご存じですか」

「え？」

柏原は探るような目つきで私を見ていた。警察が、なぜ？

あの時のことを根に持って、警察に訴え出たとでもいうのだろうか。しかし、あの程度のことで警察が動くとも思えない。

「知っていますが……」

柏原は無言で、私の出方を窺っているようだった。

「あの……あの時は暴力を振るったわけではないですし、甘利さんが何と言ったのか知りませんが、非があるのは甘利さんの方で――」

「HAホームの社員からも聞きましたが、一体何があったのですか」

まさかと思ったが、やはりあの日のことで警察が来たのだ。甘利には、警察にコネでもあるのだろうか。

「何と言われても……甘利さんは初めて会った時からおかしな態度で、家の完成前には、妻がしつこくつきまとわれたんです」

「奥さんが？」

「ええ。理由は分かりません。そんなことがあったもので、先日展示場に行った際、甘利さんが私に近づいて来た時はついカッとなって」

「カッとなって？」

「殴ったりはしていませんよ！　ただ、胸倉をちょっと摑んでしまっただけで……」

「甘利さんは、一体なぜ清沢さんの奥様にしつこくつきまとっていたのでしょう」

柏原は表情を変えずにそう言った。

「私に聞かれても分かりません。理由があれば、まあ……納得はできないにしても、甘利さんの言い分にも耳を傾けるくらいのことはしたと思いますが、如何《いかん》せん意味が分からないのです。こっちが被害者ですよ」

「被害者、ですか」

柏原は探るような目になって私を見た。

「あの、甘利さんは何と言っているんですか。たかだか胸倉を摑まれたくらいで警察に行くなんて大人げないですよ」

柏原は黙ったままだった。その沈黙が更に居心地を悪くした。

「だいたい暴力を振るったわけでもないのに、一体何の罪になるんですか」

「確かに、その程度のことでは罪になりませんね」

「じゃあ、どうして」

私が言い終わらないうちに、柏原は、

「しかし殺人は重罪ですよ」

と言った。

「は？　殺人？」

柏原は何を言っているのだ？　殺人？　誰が？　誰を？

「甘利浩一さんは昨日、自宅アパートで遺体で発見されました」

「…………」

「おととい の午後六時から八時の間、どこで何をされていましたか」

「は……？」

目の前の男は何を言っているのだろう？　甘利が死んだ？　それで、甘利が死んだ日、私が何をしていたのか聞いている。ドラマや映画で見たことはあるが、警察は本当にこんな風にアリバイを訊くのだ。

答えない私に、柏原は繰り返し訊ねる。

「おとといの午後六時から八時の間、どこで何をされていましたか」

「あ、あの、甘利さんは亡くなったんですか？」

柏原は眉ひとつ動かさずに「殺されました」と言い直した。

「絞殺されたようです。詳しいことは解剖を待たないと分かりませんが」

「絞殺……殺されたって、一体どうして……誰が」

どうして。誰が。それを探るために柏原は私の元を訪ねてきたのだ。私は疑われている。そう思い至った時、柏原が探るような目つきをしていた意味が分かった。

「わ、私は何もしていませんよ！　あの程度のことで人殺しなんてするわけがない！」

「疑っているわけではありません。関係者の方々にお話を伺っているだけです。HAホームで清沢さんのお話がありましたので、その確認を」

あの中年社員がしゃべったのだろう。仮にも顧客の私を売るような真似がよくできたものだ。

「ことの経緯は先程お話しした通りです。後はアリバイですか。おとといはジムの仕事の後、家庭教師のアルバイトに行っていました。六時から八時と言うと、ちょうど家庭教師をしていた時間です」

その後、詳細な時間と場所、ジムやアルバイトの連絡先まで訊かれた。やましいことは何もないのに、どうしてか汗が止まらなかった。

「甘利さんが殺されたなんて……もうニュースになっているのですか？　朝のニュー

スじゃやってなかったと思ったが」

「そろそろ報道される頃だと思います」

私はため息を吐いた。なんというタイミングの悪さだろう。あの日、思い付きで展示場になど行かなければ良かった。そうすれば、あらぬ疑いをかけられずに済んだのに。

「ちなみに、奥さんはおとといの午後六時から八時の間、どこで何をされていましたか」

柏原の思いもよらない問いに、瞬時に怒りのスイッチが入る。

「妻が何かしたとおっしゃるんですか」

身を乗り出した私を制するように手のひらで押し返すような仕草をしながら、柏原は、

「先程申しましたように、あくまで形式的なものですから、そう目くじらを立てずに」

と、笑顔で言った。そう言われても、こっちは甘利のおかげでいい迷惑だ。

「妻は――」

私が帰宅したのは九時だったが、その時すでに夕食を終えた妻は家に来ていた本田と談笑していた。

「詳しい時間は分かりませんが、来客があり、その人と一緒に家に居ました」

「来客？」

「ええ。HAホームの本田さんです。この家を建てる時に担当だった人です」

「その人がなぜ？」

私は膝の上で両手を組み合わせた。

「展示場に行ったのは、換気部の掃除の方法を訊くためだったのですが、そこで甘利さんとその……口論になってしまい、結局本来の目的を果たせぬままでした。それを知って、本田さんがわざわざ家を訪ねて下さったそうです」

口を開かない斎藤は、手にしている手帳に私の言葉を余さず書き込もうとでもしているのか、一度も顔を上げない。

「大体の時間は分かりますか」

「おそらく、来たのは午後六時か七時頃だと思います。妻が本田さんと一緒に夕食を摂ったと言っていましたから」

柏原は片眉をピクリと動かした。私の両目から思考の全てを吸い取ろうとしているかのようで、妙な気分にさせられた。

「住宅会社の人間と、ずいぶん仲がいいですね」

「食事をご一緒したのは初めてです。誠意のある、真面目な方なのでそれなりのお付き合いはさせて頂いていますが、それだけです」

「そういうものですかね。私のところは賃貸の安アパートなので分かりませんが」

柏原は眼力を抑え、目尻に皺を寄せた。私は組んでいた手に力を入れて身を乗り出した。

「とにかく、私は甘利さんの事件とは関わりありません。もちろん、妻もです」

柏原は僅かな間、探るような目をしたが、すぐに笑顔になると、

「先程申し上げた通り、皆さんにお話を伺っているだけですからご心配なく」

と言って笑った。その笑顔は私に不安を抱かせただけだった。

13

「まだ犯人、捕まらないのね」

朝食後、朝刊を広げた妻が言った。甘利殺害のニュースは地元紙で騒がれた。しかし、数日経った今も事件に動きはないようだった。

「でも、甘利さんが殺されるなんて。いい人ではなかったけど、殺されるほどじゃ……」

あの後、私の留守中に一度柏原と斎藤が訪ねてきたようだが、簡単なことを訊かれ

ただけですぐ帰って行ったと妻は言った。初めて柏原達が訪ねてきた時は、私が疑われているのかと思い大いに動揺したが、柏原の言うように形式的なものだったのではないかという思いと、甘利の自宅から私と友梨恵の写真が見つかったのではないかという考えが日々せめぎ合い、落ち着かない毎日を過ごしていた。もしかしたら写真が見つかり、すでに友梨恵に事情を訊いているのかもしれないとも思い、何度か友梨恵に連絡を取ろうと試みたが、その度に留守番電話に繋がった。

「お腹すいたよね、ユキ」

朝刊をたたむと、妻はユキに授乳を始めた。そして我が子と目を合わせる。授乳をしている妻は――おそらく全ての母親は――そのひと時が最も美しかった。私が妻に対して最も「母親」を感じる瞬間だった。

「なあに」

私の視線を捉えた妻がうっすらと笑みを浮かべながら言った。私はコーヒーカップを両手で包んだ。

「キレイだなと思って」

「ええ?」

目を見開いた妻は心底驚いているようだった。

「ひとみは、ユキにおっぱいをあげている時が一番キレイだ」

「なあに、それ」

「あとは……ユキを風呂に入れている時かな。ユキを抱っこして胸に抱いている時。何だろうな、乳房と赤ん坊っていうのが人間の本能に訴えかけてくるものがあるのかもな」

妻はぽかんとした顔つきで私を見ていた。

「ケンちゃん、どうしたの？」

「どうもしないさ。サチが生まれた時から思っていた」

首を傾げた妻は、見たことのない生き物を見るような目つきで私を見ている。

「熱でもあるのかしら」

私が笑うと妻もつられて笑った。

「ケンちゃんの言うことは良く分からないけど――」

そしてまたユキを愛おしそうに見つめた。

「こうしている時が一番幸せ」

乳首を口いっぱいに含み、懸命に乳を飲むユキは生命力に溢れている。

「最近ね、おっぱいをあげている時に目が合うと笑うの。それが本当にかわいくて、愛おしくて……それにすごく幸せ」

妻は、小さいながら命の炎を必死に燃やしている我が子を見つめた。

「赤ちゃんの目って澄んでいてきれい。でも、なんでも映しだしてしまいそうで時々怖くなる」

「怖い？」

「うん。純粋なこの目でじっと見つめられるとね、ほんとに時々だけど……私の醜《みにく》い部分や汚れた部分を見透かされているような気分になる時があるの。この子の目にはどんな風に映っているのかなって」

　今度は私が首を傾げる番だった。赤ん坊の目は澄んでいて綺麗だとは思っていたが、妻の言うようなことは考えもしなかった。

「最近ニュースを見ていても親目線になっちゃうのよね。甘利さんのご両親はさぞお辛いでしょうね」

　さすがに甘利の両親の気持ちまで慮《おもんぱか》ってはいなかったが、私にも妻の言うことは理解できた。元々、それほど子ども好きではなかったが、自分に子どもができてからは他所《よそ》の子もかわいいと思うことが増えた。

　世の中を呪いたくなるような、子どもが犠牲になるニュースを耳にすると犯人に対して殺意すら抱くこともあった。

「せめて犯人が早く捕まるといいな」

「そうね」

私はマグカップをキッチンカウンターに置くと妻に訊いた。

「ところで今日の夜は一人で大丈夫か？」

今日、明日とジムの仕事で東京に行くことになっていた。実家に帰るよう勧めたのだが、暖かい我が家から出たくないと言って、妻は留守番を決めた。

「大丈夫よ。サチはもう大体のこと一人でできるし。そのかわり、お土産お願いね」

そう言って、妻は屈託なく笑った。

14

久しぶりの東京は、長野に比べると寒さは緩く格段に過ごしやすかったが、人でごった返す交差点や立ち止まることのない流れに戸惑う自分がいた。生まれ育った街より、寂れて死にかけている町を故郷と感じている自分がいた。

さみしさと諦めの気持ちの反面、故郷が明らかになった安堵からか、じんわりと腹の底が温かくなるような感じがした。

新幹線の中でやっと友梨恵に電話が通じた。聞き取るのもやっとのか細い声だった。私は東京に向かっている旨を告げ、友梨恵と会う約束を取り付けた。情事を重ねるためではない。友梨恵のことが心配だった。

午後、丸の内の本社ジムで講習を受ける予定だった私は、その前に友梨恵に会うことにした。

私は東京駅近くの小さな喫茶店に入った。どっしりとした飴色の梁《はり》が天井を支え、店内だけ昭和初期で時間が止まっているかのようだった。

昼にはまだ早いためか店は空いていた。カウンターに、馴染みらしい客が一人店主と話している他は客の姿はない。店に入ると、店主が優しげな眼差しを向けてきた。私はカウンターと入口から一番離れたボックス席に座った。

この喫茶店は以前友梨恵と訪れたことがあった。二人でジムの講習に参加するために来たのだった。既に関係を持っていた私達は、長野から遠く離れた場所で大胆になっていた。まるで恋人のように腕を組んでこの喫茶店に入り、店主に「新婚さんですか」と訊かれたことを思い出し、一人苦笑した。

店主が水の入ったグラスを私の前に置いた時、店の扉が開いた。目をやった私は思わず息を呑んだ。入ってきた客を見た店主も動きを止めた。カウンターにいる初老の男性は、何気なく振り返った先に立っているものが何なのか確かめるように目を皿にして見入っている。

私の目に映るのは、友梨恵の残像を持つ屍《しかばね》だった。

ボサボサの髪がかかる顔はやつれ、まるで生気を感じない。身に着けている服も上下バラバラな組み合わせで、かつての颯爽《さっそう》とした友梨恵の格好からは想像もつかない野暮ったい服だった。足元はサンダル履きで、見ようによっては命からがら逃げてきた女のようにも見えた。

私の姿を認めると、友梨恵は今にも倒れそうな足取りでこちらにやって来た。我に返った店主が慌てて身を引いた。間近で見ると、その姿は悲愴《ひそう》感が漂っていた。

向かいに座った友梨恵は、虚《うつ》ろな表情で窓の外を見つめた。

私は友梨恵から視線を引きはがすと、店主にコーヒーを二つ、と言った。店主はここから離れられるのが幸いといった様子でカウンターの向こうに姿を消した。初老の男性もしばらくこちらをチラチラと見ていたが、やがてまた店主と話しだした。

二人が私達から興味を失くすのを待って、再び正面に座る友梨恵に目をやった。友梨恵は私を見ようともしない。視点の定まらない目は何も見てはいない。そら恐ろしくなるような目だった。

最後に会った時、ジムで結婚退職を祝われ、花束を抱え嬉しそうに頰をバラ色に染めていた友梨恵の面影は片鱗《へんりん》も残っていない。私の前にいるのは誰だろう。

「連絡がつかなくて心配していたんだ」

声をかけると、虚ろな目が私を捉えた。ゾッとする目だった。私を映してはいるが、私を見てはいない。

「ごめん。忙しかったから……」

囁くようにそう言うと、またどこかに意識が飛んだように虚空を見つめた。

「その、例の写真の件だが……」

「写真……？」

口の中で何度か反芻《はんすう》すると、突然友梨恵の目に生気が戻った。それだけでなく、強い感情が渦巻いていた。

「ケンのところにも送られてきたの？」

怒りだった。強い怒りの渦が、瞳だけでなく友梨恵の全身を包んでいた。友梨恵の問いを否定することは、この怒りの炎を一層燃え上がらせるだけだと察した私は、思わず嘘を吐いた。

「あ、ああ」

「やっぱり」

友梨恵は丸めた右の拳を口元にもっていった。怒りのこもった、いっそ憎しみといった方がいい目で私を見据える。

「あたしのところには、あの後三度送られてきた」

「三度？」

「そう。初めは旦那の職場、その後は自宅、それから旦那の実家」

「旦那の実家って……」

「極めつけは住んでるマンションの大家」

友梨恵は唇を引き攣らせた。

「写真はケンだけじゃなかった」

「え？」

「他の男の写真もあった」

「他の……」

友梨恵に彼氏――現在の夫だが――がいることは知っていたが、私の他にも男がいたとは知らなかった。知っていたところで何か違ったとも思わないし、友梨恵に他の男がいたからといって私が妻を裏切っていたことにも変わりはない。だが、友梨恵と関係していたのが私一人ではないということになぜか少し救われたような想いがした。

「同じような、あたしの部屋に入るところの写真。そっちは顔がバッチリ写ってた。だからって、その時結婚してたわけじゃないから慰謝料がどうとかって話じゃないんだけど。でも……」

友梨恵の目から怒りが薄れた。

「でも……？」

「旦那はあたしと別れたいって、出て行った」

「え」

再び生気を失った友梨恵は淡々と語る。

「旦那の実家にまであんな写真が送られてきて、旦那の両親も離婚を勧めてる。大家にも写真が送られて、マンションでも噂になってるの。旦那が居づらいのは当然だよね。あたしのところには無言電話がじゃんじゃんかかってくるし」

僅かに感情を取り戻した友梨恵は私を見た。

「麗美じゃなかった。あの後……あたし達がホテルに入るところを見られた直後に、麗美は結婚してアメリカに移住してた」

カウンターから店主が出てきた。私は友梨恵に目でストップをかけた。友梨恵はまた虚ろな目を窓の外に向けた。

店主は何も言わず、おそらく意図的に友梨恵に視線を送ることもせず香り高いコーヒーが入ったカップを置くと戻って行った。

青いペイズリー模様のコーヒーカップから湯気が立っている。私が一口コーヒーを啜《すす》ると、友梨恵が切り出した。

「アメリカにいる麗美が写真を撮れるわけがない」

「ああ」

「ここまでされる理由が思い当たらない。どうして——」

友梨恵がまだ言い終わらぬうちに、携帯の着信音が店内に響いた。その瞬間、友梨恵はびくりと体を震わせた。

着信音は友梨恵の脇に置かれた布製のバッグから聞こえた。

「出ないのか」

私が言うと、友梨恵はバッグから携帯を取り出した。画面に目を落とすなり、私に寄こした。画面には非通知と表示されていた。友梨恵は恐ろしいものを見るような顔でこちらを見ている。電話はしばらくして切れた。するとため息を吐き、友梨恵が言った。

「少しの間、非通知の電話は着信拒否にしてたんだけど、ケンからの電話はいつも非通知だったから。久しぶりに鳴るようにしておいたの」

電話に出なかったのはそういうわけだったのか。

「そうか」

携帯をテーブルの上に置いた時、ある疑問が頭をかすめた。

——今の電話は誰だ？

写真を送りつけた人物と、無言電話をかけてくる人物は同一人物だろう。そう考えるのが自然だ。

例の写真を友梨恵に送ったのは甘利だったはずだ。無言電話も甘利の仕業だとすると、今の電話は一体誰がかけてきたというのだ。

死んだ甘利が電話をしてこられるわけがない。甘利でないなら誰が？

私の思考を遮るように、テーブルの上の携帯が鳴り出した。友梨恵は身を引いて携帯を凝視している。画面にはまたもや非通知——と表示が出ている。

カウンターの初老の男性が、いつまでも電話に出ようとしない私を訝《いぶか》ってか肩越しにこちらを振り返っている。

私はおそるおそる携帯を持ち上げ、耳にあてた。通話状態になっているはずだが何も聞こえない。じっと耳を澄ます。何も聞こえない。時空を超えた空間で、気の遠くなるような静寂に耳を澄ます。相手の息遣いすら感じない。

「もしもし」

私は言った。

「もしもし？　誰なんだ」

語気を強め、もう一度言った。電話の向こうで相手が息を呑む気配がした。次の瞬間、私の胸は凍てついた。

電話の向こうで微《かす》かだが、子どもの——赤ん坊の泣き声が聞こえた。

私が口を開いたその瞬間、電話が切れた。

た。

——今の泣き声はユキか……？

耳にあてた携帯をしばらく外せずにいると、幽霊のような友梨恵が私に声をかけ

「どうしたの？」

やっとのことで耳から外した携帯をテーブルに戻す。強く押し当てていたせいで耳が痛かった。

ユキ。あれがユキの泣き声だとしたら、電話の相手は——。

「ケン」

友梨恵の顔を見ることができなかった。彼女のことを幽霊のようだと思ったが、今、私も同じ顔をしているだろう。

「ねえ」

写真を友梨恵に送りつけていたのも、無言電話も妻だったのか。

妻は全てを知っていた……？　この二年間おくびにも出さず、私と暮らしていた。そんなことができるのか。友梨恵にここまでの憎悪を抱きながら、同じ罪を犯した——罪の重さで言えば明らかに私の方が重い——私を容認しながら暮らし、私に抱かれ、私の子どもを産み育てた。

女には可能なのだろうか。妻だから可能だったのだろうか。

「ケン……」

私はテーブルの上の携帯を取り、いくつか操作をした後、友梨恵の方へ押しやった。

「非通知からの電話は通じないようにしておいた。万が一、緊急で俺からかける時は非通知じゃなくかける。もし俺に連絡を取りたい時は、パソコンに連絡をくれ」

「――うん」

友梨恵の視線を感じたが、私はその後彼女を見ることができなかった。

ぬるくなったコーヒーを一気に流し込むと、腹の中で疑惑と混ざり合って澱《おり》のように固まっていった。

15

出張を終え帰宅した時、妻の第一声は私の予想を超えるものだった。

「ケンちゃん、帰って来てくれて良かった」

目の下にうっすらとクマを作った妻はそう言った。

帰って来てくれて良かった？　不倫相手と一緒に居るのを知り、私がもう家族の元へ戻らないのではと眠れぬ夜を過ごしたのだろうか。

「怖かった」

私が二度と戻らぬと思っていたのか。

「悪かった」

私に言えるのはこの言葉しかなかった。

妻は駆け寄ると、私の胸に飛び込んで来た。私はふいを突かれ棒立ちになった。まるで初めて女子を抱きしめる中学生のように、ぎこちなく妻の背中に腕を回した。

「仕事だもの、仕方ないよ」

妻の言葉が頭の中で反響した。

――仕事だもの、仕方ないよ――？

「電話しようかと思ったんだけど、心配かけるだけだと思ったし、それに――」

腕の中の妻が身を固くした。

「それに、聞かれていたら殺されるかもしれないと思って」

――殺される？

妻は何を言っているのだ？

「すごく怖かった」

私は妻の肩を掴み、体を離した。妻は白い顔で私を見上げている。

「な、何を言っているんだ？」

妻は瞬きもせず目を見開いたまま言った。

「昨日の夜、家に泥棒がいた」

「な――」

「誰かいたの。じっと見られてた」

妻は恐怖に顔を歪めた。

「深夜よ。ユキが起きたから、添い寝でおっぱいをあげていたの。ドアには背中を向けていたから、何も見えなかったんだけど」

寝室は八畳で、ベッドは入り口から真正面の窓際に置かれている。入り口からベッドまでは三、四歩の距離がある。

「人が」

思い出しているのか、妻の瞳が恐怖で翳《かげ》った。

「誰かが、私達をじっと見てた。多分、私も寝ていると思ったのでしょうね。そのおかげで助かったのだと思うけど」

妻は私から視線を外すと虚空を見つめた。昨日の友梨恵を彷彿《ほうふつ》とさせるようでゾッとした。

「誰かいる誰かいる誰かいる！」

徐々に目を見開きながら妻は言った。妻のこんな顔は見たことがなかった。我が妻もしかしたら…………

「頭が爆発しそうだった。とにかく寝ていると思わせないといけないって思った。もし私が起きているとばれたら殺されるかもしれないと思って……」

肩に乗せたままの両手から、妻の震えが伝わってきた。

「神さま、どうかサチとユキが起きませんように、ユキが泣き出しませんようにって祈りながら、体を動かさないようにしていた。怖くて怖くて、しばらくそのまま我慢していたの。でも、万が一の時は私が子ども達を守らないといけないと思って」

次に私を見た時、妻の目に恐怖だけではない感情が浮かんでいた。

「それで――」

母親の顔に戻った妻の目に浮かぶのは、子どもを守ろうとする本能だった。

「思い切って振り返ったの」

私は、さながらその場にいるかのような感覚に陥っていた。

深夜、誰もいるはずのない家で人の気配がする。その気配が徐々に近づいてくる。

じっと、見つめている……。

「私が振り返った時には、誰もいなかった」

妻の話が終わり、私は深く息を吐いた。

「でも……ドアが開いてた」

妻は寝室を振り返ると言った。

「しっかりと閉めたはずのドアが、ほんの少し……誰かが覗けるくらいの隙間が開いていたの」

私の腕に鳥肌が立った。

「その後、家中の電気をつけて確認したけど、誰もいなかった。窓もドアも鍵がしっかりかかっていたし」

「気のせいだったんじゃないか？」

私の問いに、妻はさっと顔を上げた。

「気のせいじゃない！」

むきになった妻は声を荒らげたが、自分で気付いたのかバツが悪そうに俯くと、今度は小声で、

「気のせいじゃない」

と繰り返した。

「……サチとユキは？」

「今朝、父に迎えに来てもらったの。私も行こうと思ったけど、ケンちゃんの顔を見て安心したかったから」

それで私が帰って来て良かったと言ったのか。

妻の様子からすると、一向に例の話になりそうもなかった。私に――友梨恵にかかってきた電話は妻ではなかったのだろうか。昨日の確信に近い思いが揺らいでいく。

「俺が迎えに行くよ」

「私も一緒に行く！」

妻が私の腕を摑んで言った。懇願する目だった。

「分かったよ」

少しでも安心させようと、私は妻をきつく抱きしめた。

――誰かいる。

恐怖の残渣《ざんさ》が漂う我が家に、私は初めて居心地の悪さを感じていた。

16

「ジロちゃん、今晩付き合ってくんない？」

私を「ジロ」と呼ぶのはジムの同僚、上林だった。ケンジロウではなくケンジだと言っても聞かず、出会った時からずっとそう呼んでいる。私より三つ下だが、同期ということもあり仲が良かった。私が結婚する前は、週に一度は一緒に出かけていた。一見チャラチャラしているが、根は真面目で純粋な男だった。結婚後、特に子どもが生まれてからは上林から誘ってくることはほとんどなくなった。人の背景にまで考えの及ぶ男なのだ。

「俺さ……」

用具を片付けていた上林は突然バッタリと倒れた。

「フラれちゃったー」

バランスボールに突っ伏しながら上林は呻いた。確か、一回りも年下の大学生と付き合っていたはずだ。

「だから言っただろう。相手が若すぎるって」

上林は私の言葉に敏感に反応し、サッと顔を上げた。

「恋愛に年齢は関係ないだろう」

口を尖《とが》らせいじけた上林は高校生のようだった。実際、この男の恋愛観は高校生レベルで足踏みしているのかもしれない。

「相手は大学生だろ？　お前が中学生の時にオムツしてた子だぞ」

「親にも反対されたらしい」

「俺がその子の親でも反対するね」

私がにべもなくそう言うと、上林はバランスボールからずり落ちた。

「だよねー」

「今度は年上にしたらどうだ?」

「年上は苦手」

「おばさまに大人気なのにもったいないな」

上林はキッと私を睨んだ。

「おばさまにはもっと興味ない」

今度は脱力したようにだらりと首を垂れると、

「ジロちゃん、慰めてくれるでしょー」

と甘えたように言う。結婚後、滅多にない上林の誘いに応じてやりたかったが、そうはできない理由があった。

「悪い。今日は帰らないとまずいんだ」

あの日――私が出張中に経験した恐怖体験の後、妻は夜を一人で過ごすことに不安を感じるようになった。妻の話を百パーセント信じるわけではないが、そんな妻を放ってはおけない。

「何、なんかの記念日? 誰かの誕生日? あーあ羨ましい。俺は一人ぼっちでさみしく死んでいくんだー」

床の上にうつ伏せに寝そべった上林を見て、思わず声をかけた。

「家に来るか?」

私の誘いに上林は、ぱっと顔を上げた。

「夕飯、一緒に食べるか」

「いいの？」

「まだ来たことないよな、新居」

上林は、床に顎がぶつかりそうな勢いで頷いた。

「嫁に聞いてみる」

捨てられた子犬のような目に見つめられながら私はトレーニングルームを後にした。

「うっそ、超渋い家」

上林は我が家を見てそう言った。

「何、平屋？　贅沢《ぜいたく》だねえ。しかも、何、この広さ！」

「暗いのに良く見えるな」

「俺、頭は悪いけど目はいいの」

自虐なのか自慢なのか、上林はそう言うとさっさと玄関ポーチに向かった。

「寒い寒い。ジロちゃん、早く入ろう」

ドアを開けると、パタパタと足音が近づいてきた。

「パパー！」

勢いよく走ってきたサチは、見たことのない男を前に固まった。

「だあれ？」

初めて見るサチに臆することもなく、上林は、

「お兄ちゃんだよー」

と言って玄関に上がると、サチを高く持ち上げた。

突然のことに驚いた様子のサチだったが、高い高いをされてすぐにキャッキャと声を上げた。

ユキを抱いた妻が姿を現すと、上林はサチを抱いたまま頭を下げた。妻と上林が顔を合わせるのは結婚式以来だった。そんな男がサチを抱っこしているのを見て、戸惑った表情を浮かべた妻に、サチが、

「おにいちゃん」

と嬉しそうに言った。それを聞いて、妻はあきれたように笑った。

「上林さんて、いい人ね」

夕食も済み、キッチンでコーヒーの支度をしながら妻が言った。上林を見ると、サチを背中に乗せて遊んでいた。

「いい奴なんだが、女を見る目がないんだ」

「あら。もったいない、イケメンなのに」

私が言うのもおかしいが、面食いの妻にイケメンと言わせるくらい、上林は男前だった。パッチリとした二重の目に細い顎。年齢的にどうかと思うが、金色に染めた髪は若いアイドルのようだった。

「突然悪かったな」

「いいのよ。今みたいな時は、大勢いてくれたほうが安心できるから」

先日の出来事は、私の想像以上に妻に影響を与えているようだった。このままだと副業も辞めねばならなくなるかもしれない。

「パパみてー」

上林の背中に跨ったサチが私に手を振る。私は手を挙げて応じた。

「行ってあげて。上林さんが気の毒よ」

早く走れと囃《はや》し立てるサチを見ながら妻が言った。サチはすっかり上林に懐き、飽きずに相手をしてくれる彼をすっかり気に入ったようだ。

二人はおもちゃ箱に向かった。今度はカラオケを始めるらしい。おもちゃのカラオケの箱には曲名の書かれたボタンが付いている。上林がボタンを押すと、アニメのテーマソングが流れ始めた。それまでご機嫌だったサチが、突然奇声を上げた。びっくり顔の上林が私を見る。自我が芽生え出した証拠だと思うのだが、最近のサチは自分の思い通りにいかないと奇声を発することがあった。

「こら、サチ」

私が窘めてもなかなか落ち着かない。カラオケを指さし騒いでいるのを見てやっと合点《がてん》がいった。

ボタンを押す。きらきら星のメロディーが流れ始めた途端、サチは笑顔になった。体を揺らし歌っている。

「びっくりしたー」

目を丸くした上林が胸を押さえた。

「悪い。この曲がお気に入りなんだ」

上林は二、三度瞬きをして、

「そうなんだ。俺の姪っ子はこれがお気に入りだし、大体の子どもって、この曲が好きだと思ってた」

と言った。そう言われればそうかもしれない。サチもそのアニメが好きで毎週欠かさず見ているし、歌も好きだ。だがこのカラオケに限ってはきらきら星がお気に入りなのだ。

「ちょっとトイレ」

そう言って、上林はトイレの場所を私に訊ね、リビングを出て行った。サチは飽きずにきらきら星を聞いている。私はソファに腰を下ろし、妻が運んでくれたコーヒーに手を伸ばした。

「サチったら、最近きかなくなってきて困るわ」

妻が呟いた。その時、リビング脇のベビーベッドに寝かせていたユキが泣き声を上げた。

「おっぱいかしら。寝室であげてくるね。サチも連れて行くから、上林さんとゆっくりして」

妻と子ども達が寝室へ行くのと入れ替わりに上林が戻ってきた。

サチに奇声を上げられたのがまだ尾を引いているのか、上林は固い表情のままだった。勧められるままに私の向かいに腰を下ろしたが、どこか落ち着かない様子だ。

「さっきは驚かせて悪かった」

私が詫びると、上林はハッとして私を見た。

「あ、いや、大丈夫」

引き攣った笑いを浮かべる上林はいつもの彼らしくなかった。長時間子どもの遊び相手をさせられて怒っているのかと思ったが、そうではないようだ。

「姪御さんもいるし、子どもの相手は慣れているかと思ってサチと遊んでもらったが、悪かったな」

上林は心ここにあらずといった様子だった。私が言ったことも耳に届かないようで、キョロキョロしている。私まで落ち着かない気持ちになってきた。

「なあ、コーヒーでも飲んだらどうだ」

勧めると、上林は初めてコーヒーが置かれていることに気が付いたようで、落ち着かない様子のままコーヒーカップを持ち上げた。

「あちっ！」

温度も確かめずにコーヒーを啜ったらしく、上林は慌ててカップを口から離した。

「おいおい、大丈夫か？」

上林は返事もせずカップをテーブルに戻すと、私を見もせず、

「ジロちゃん、俺帰るわ」

と切り出した。私が止める間もなく立ち上がり、玄関に向かう。ほとんど駆け足の上林が一度だけ足を止めたのはトイレの前だった。チラリとトイレの上に目をやると、玄関横のクロークにかけてあったダウンジャケットを手に取り腕を滑り込ませる。

「急にどうしたんだ」

「急用思い出した。奥さんによろしく言っておいて」

靴の踵《かかと》を踏んだ状態で出て行こうとする上林に違和感を覚えた。一見チャラチャラしているが、上林はきちんとした男だった。踵を踏んで靴を履くようなことはしないし、妻に挨拶もせず退去する男ではない。違和感を通り越し、不安が込み上げた。私に背を向けたかと思うと、あっという間に玄関ドアの向こうに姿を消した上林を私は追った。

追いついた時、すでにエンジンをかける寸前だった。私は運転席の窓を叩いた。しばらく私の目を見つめていた上林は観念したように運転席の窓を下ろした。

「一体どうしたんだ」

上林は私から視線を逸らし俯いた。話すかどうか悩んでいるようだった。

「何か気に障《さわ》るようなことしたか？」

上林はぱっと顔を上げると激しく首を振りながら否定した。

「じゃあ、一体どうしたんだよ」

私の問いに答えようとしているのか、上林は固く結んでいた口をいくらか緩めた。

「ジロちゃんさ……」

いつもは大きすぎて注意する程大きな声の上林は、ささくれだってガサガサとした、聞き取るのがやっとの声で奇妙なことを言った。

あまりにも奇妙で信じがたい、だが心のどこかで上林の話が作り話ではないと思う自分がいた。冗談だ、と一蹴できないなにかが我が家に巣くっている。

上林の運転する赤いエクストレイルがウインカーを出して我が家の敷地から出て行くのを見た時、心の片隅で羨望を感じていた。

彼は帰らなくていいのだ。

完全に車が見えなくなると、私は我が家を振り返った。

彼はこの家に帰らなくていいのだ。

この家にも帰りたくないのなら、一体私はどこへ帰ればいいのだ。

吐き出す呼気が真っ白な細い狼煙《のろし》となって闇夜に吸い込まれていく。家は闇のせいで輪郭がぼんやりとしていた。闇に縁《ふち》どられた家は、主人の不在を嘆《なげ》いているかのように見えた。それはまるで、帰らぬ男をうんざりするほど待ち続ける女のようだった。心から望んだ家を初めて気味が悪いと思った。

17

「立派な家だねえ」

上林が我が家を訪問し不気味な体験を呟いた翌日、母と兄が初めて我が家を訪れた。

母の話では、僅かながら兄の症状も落ち着き始め、何よりサチに会いたがっているらしかった。

「立派なもんだ」

同じ言葉を繰り返しながら、母はキョロキョロと家の中を見回した。

「すごく暖かいねえ。ストーブがあるわけでもないし、不思議だねえ」

「床下にエアコンがあって、それで家中暖めているんですよ」

母の疑問に妻が答える。口頭で説明されてもいまいちピンとこないのか、母は首を傾げた。妻は母をいざない、私が足を踏み入れられない場所へ向かった。二人の後を追ってサチが駆けていく。

「サチ、おいで」

以前より痩せた兄は益々異様な雰囲気を醸し出していた。几帳面《きちようめん》な兄は髪をなでつけ身綺麗にしてはいたが、頬はこけ、唇はひび割れていた。まるで、借り入れの為銀行を訪れた借金苦の社長のような風貌だった。嬉しそうに歯をのぞかせながら私の腕の中のユキに手を伸ばす。

「サチじゃない、ユキだよ」

初めて見るユキを、兄はサチだと言ってきかなかった。大きくなったサチには見向きもせず、ユキにばかり興味を示していた。

「サチ、ほ、ほら、面白いもの持ってきたぞ」

兄はズボンの後ろポケットからでんでん太鼓を引っぱり出し、ユキの近くで振ってみせた。ポンポンと音をさせているでんでん太鼓は古く、記憶にはないが、なぜだか懐かしいような気がした。ユキは目を大きく開いてでんでん太鼓を見つめた。そして小さな手を伸ばした。

その様子を見て兄は笑った。唇が割れて血が出ている。痛くないのだろうか。

「サチはこれが好きなんだなあ。ほら。ほーら」

兄が激しく太鼓を振ると、お囃子を彷彿させるような軽快な音が響いた。ユキが嬉しそうに手を伸ばす。私はユキを縦に抱いて兄によく見えるようにしてやった。

兄は意外そうに私を見つめた。そして私と目が合うと笑った。

「ありがとう」

風貌は変わってしまっているが、それは紛れもなく私の兄だった。胸を突かれて言葉が出ない。

「ほーら、サチー」

ユキをサチだと言ってあやす兄。私の兄。大好きだった兄。

「サチはかわいいな。ずっと見ていてもちっとも飽きない。お前はいいな。こんなにかわいい娘がいて」

そう言って私を見る兄の目は澄んでいた。今日の兄は、病気になる前の包容力と理解のある優しい兄そのものだった。

「……抱っこしてみるか？」

私が言うと、兄は目を輝かせた。

「いいのか？」

私は兄をソファに座らせた。兄は期待に満ちた目で私の腕の中のユキを見ている。そして骨ばった腕をおずおずとこちらに差し出した。その腕に赤ん坊を抱かせると、まるでガラス細工でも扱うように慎重に、ゆっくりと抱き寄せた。胸に抱くと、兄の顔がくしゃくしゃになった。愛おしそうにユキを見つめ、口元には優しい笑みが浮かんでいる。

ひび割れた唇から滲み出た血が乾いて張り付いているが、その顔はこれ以上ない程、愛情に満ちていた。

私は胸が熱くなるのを感じた。

「聡……」

リビングに戻った母がこちらを見ていた。ガサガサに荒れた手を口にあてがい、泣き出しそうに見える。

私は無言で頷いて見せた。母の隣で、妻は優しく微笑んでいた。

静かで温かい時間だった。

そのひとときは、病気になった兄と過ごした時間の中で最高で最上の、思い出すと涙が溢《あふ》れるような、そんな夢のような至福の時間だった。

私は母の隣に移った。私と入れ替わり、妻が兄の横に座った。

「ありがとう、賢二」

母が言った。その目には涙が浮かんでいる。

「この一年、落ち着かなくてね」

電話で兄の様子を聞いてはいたが、聞くのと実際に看病するのとではまるきり違う。その苦労たるや、想像を絶するものがある。その苦労を知っている私が、またしても二年近く母達を放っておいてしまった。

「幻覚と幻聴の症状も出て入院って話もあったのだけれど、聡がどうしてもきかなくて。最近は少し落ち着いてきてね。食事も、量は少ないけれどやっと三食摂れるようになったの。あれでも少し太ったのよ」

ガリガリに痩せた背中を丸めて、兄はユキを守るように抱いている。

「放っておいて……ごめん」

思わず、私の口から本音が漏れた。

実家に寄り付かなくなって——母と兄を放っておくようになったことを謝るのは初めてだった。ずっと心の中で燻り続けていた自責の念を吐露し、ほんの少しだが胸の痞《つか》えが下りたような気がした。

「賢二が謝ることはないよ」

母は兄の背中を見つめながら言った。

「私のせいだ」

「え？」

「私のせいだよ」

兄の病気の原因が自分にあると、母は自分を責めていたのだろうか。

「誰のせいでもないだろう。原因不明なんだから」

私の言葉に、母は頭を振っただけだった。

「パパー、おなかすいた」

和室で遊んでいたサチが、私の足にしがみついてきた。

サチの声が聞こえたのか、妻が立ち上がった。兄は相変わらず背中を丸めている。

「もうすぐお寿司が届くわよ」

サチと目線を合わせて妻が言うと、サチは、

「おすしきらい、ちがうのたべたい」

と駄々をこねた。まだ三歳のサチが食べられるネタは少なく、確かに寿司が嬉しい年齢ではないのかもしれない。サチの癇癪《かんしゃく》はしばらく続き、結局母と妻が二人で買い物に行くことになった。

外は寒いので、サチは留守番だ。二人が出かけると、サチは録画してあったお気に入りのアニメを観始めた。

私は、飽きもせずユキを抱っこしている兄の隣に座った。

「かわいいな」

兄はユキを見ながら言った。目尻が下がったままで、そこには光るものがあった。

「守ってやらなくちゃな」

「え？」

「ここまで監視されているからな。と、とてもじゃないが、俺一人じゃ無理だ。お前もしっかりと見張りをしてくれよ」

優しい時間が終わった。

「家を監視しているのとは違う感じだが、大丈夫か？」

兄の妄想が始まった。至福の時は終わったのだ。

「大丈夫だよ。それより、ユキ――サチが眠ったようだから、ベッドに移すよ」

兄の腕の中で、ユキはすやすやと寝息を立てていた。

「あ、ああそうか」

兄は名残惜しそうに私にユキを渡した。私はユキをそっとベビーベッドに寝かせた。振り返ると、すぐ近くに兄の顔があった。

「ここまで捜査の手が伸びているんだ。よくよく用心しないと危険だぞ」

「分かったよ」

ため息交じりにそう言うと、サチがいる和室へ向かった。

「サチ？」

テレビにかじりついていたサチの姿が見えなかった。

「サチ」

ユキを起こさないよう、抑えた声で呼ぶが、返事がない。

「どうした？」

「サチがいない」

「何を言っている。サチならここにいるじゃないか。なあ、サチ」

私は兄の最後の言葉を待たず、家の中を捜した。念のために庭も見たが、サチの姿はどこにもなかった。

「サチ！」

ユキが起きることを心配している場合ではなかった。私は大声で呼んだ。

「馬鹿！　サチが起きるだろう！」

血相を変えて、兄が飛んできた。

「サチ！」

「だから――」

私達が不毛な言い合いをしかけた時、どこからかサチの泣き声が聞こえた。

「サチ！」

泣き声のする方へ行くが、サチの姿はない。

「どこだ？　サチ！」

泣き声は続いている。私は耳を澄ました。これは……まさか。

「地下にいるのか――？」

泣き声は、この家の秘密、心臓部の地下から聞こえていた。

観音開きの扉の前に立つと、確かに中から声が響いていた。兄を見ると、ベビーベッドの柵に両肘をかけ、じっとユキを見ている。私は扉に視線を戻した。ここに越して以来、私はこの扉に手をかけたことすらない。

じっとりと汗ばんだ手で取手を握る。それだけで鼓動が速くなる。握った取手を引くと、中からむっとするような暖気が流れ出た。幅は一メートルにも満たないが、足元にある短い階段を下りれば、この家と同じ広さの空間が広がっている。

扉のすぐ内側で蹲るサチがいることを期待していた私は、失望に押し潰されそうだった。足元には妻が買い置きしているボックスティッシュがあるだけだった。泣き声はずっと奥、広さはあるが、高さのない空間から聞こえてくる。

「サチ！」

私が叫ぶと、一層泣き声が大きくなった。

扉は開け放したまま、足元の階段を下りる。一段下りたところで暗いことに気付き、壁のスイッチを入れた。狭い空間が照らされる。空間の狭さを明るいところで目の当たりにし、心臓を摑まれたように苦しい。

サチの泣き声が益々ひどくなる。片手は壁につき、片手で胸を押さえながら進む。階下に下り立つと、足元の空間を覗く為に四つん這いになった。その空間には、直径四十センチの支柱が等間隔に並んでいた。支柱同士の間隔は一メートル。家の建坪は約四十坪なので、広さは同じだけある。

サチの泣き声は遠かった。

「サチ！　サチ！」

ここまで来てまだこの空間に入るのを躊躇している私を責めたてるかのように、

「パーパー！」

と泣きながら助けを求めるサチの叫びが聞こえた。私は匍匐《ほふく》前進で進み始めた。四つん這いでは背中があたって移動できない。すぐ脇でエアコンが作動していて、暖かい風を感じる。家を暖めてくれる有難い存在だが、今だけは悪魔のように感じる。ぬるい風のせいなのか、それとも精神的な要因のためか、汗が噴き出してきた。息苦しさはひどくなり、私は肺に酸素を送るために呼吸を繰り返した。額から流れる汗が目に入り、しみる。

「サチ！」

地獄のような空間に視線を走らせると、正面に何かが見えた。光が届かないのでうっすらとだが、黒い球体のようなものが見える。

「サチ！」

「パパー！」

正面に進んでいた私はサチの声に動きを止めた。

声のした方に目を向けると、私の右側、エアコンが設置されているところよりもっと奥から声は聞こえた。

咄嗟に正面を見たが、先程のものは消えていた。消えたのではなく、元々なにもなかったのだろう。私は両腕に力を込めると方向転換をした。エアコンの風をもろに受け、吐き気が込み上げる。ここで嘔吐《おうと》したら、嘔吐物で気道が詰まり死ぬような気がした。その無様な死に様を想像すると笑えた。こんな状況で笑っている私は、気が狂っているのかもしれない。そう考えたら益々おかしくなった。引き笑いをしながら前進してくる父親は恐ろしいだろう。考えがサチに及ぶと、奇妙な笑いの発作が治まった。代わりに症状が復活した。息をしようともがくが、エアコンからは悪魔の吐息のような熱風が吹き出し、私の気道を塞ぐ。腕で汗を拭うと視界が開けた。進む先の支柱に、隠れるようにして蹲るサチの背中がやっと見えた。手を伸ばすが、まだまだ届かない。必死に這いずって行くと、サチが私に気付き支柱から顔を出した。サチの姿を確認した時、僅かに呼吸が楽になった。

「パパ！」

涙でぐちゃぐちゃになった横顔をこちらに向け、小さな手をこちらに差し出した。

「こっちにおいで」

サチはイヤイヤをするように首を振った。

「つかまってうごけない」

酸素の足りない頭が、サチの言葉を聞き間違えたのか？　サチは今「捕まって動けない」と言ったのか？

「サチ――」

「だれかにつかまってうごけない」

私は思わず辺りを見回した。

支柱が並んでいるだけで、人の気配はない。

「おいで」

腕を伸ばすが、サチは首を振り続けるだけだった。ここからはサチの顔は見えるが、体は半身しか見えない。柱の直径は四十センチ。サチの半身と、大人が隠れるには足りない。

まさか。

私はサチの言うことを真に受けているのか。

「うごけない」

なおも言い続けるサチの元へやっと辿り着いた私は、支柱の裏側を見た。

誰もいなかった。

当たり前だ。誰がいるというのか。

私はサチの頭に手をやった。

「もう大丈夫だよ」

サチの背中に手を回した時、サチの言う誰か、が確かにそこにいた。

サチのセーターが、支柱から飛び出た釘に引っかかっていた。犯人から娘を解放すると、

「戻ろう」

私は笑顔で――サチの目にどう映ったか定かではないが、少なくとも私は笑顔に見えるよう努力した――言った。

サチは自分を捕まえていた者を見ようと一度振り返った。そこに誰もいないのを確認すると、四つん這いの姿勢でこちらにすり寄って来たが、ここから一秒でも早く脱出したい私はサチを引きはがすと、先に出るよう言った。私がここに辿り着くまでにかかった半分にも満たない時間で、サチはすいすいと進み、あっという間に階下に辿り着いた。それを見届け、私も出口に向かう。

「出口」――私は今、「出口」から遠い遠い場所に居る。しかも立ち上がれない程狭い空間で腹ばいになっている。

心臓が、胸の上からでも摑めそうなほど激しく脈打っている。意識を逸らそうと視線をサチに向ける。サチは小さな手を胸の前で組み、心配そうにこちらを見ている。幼い子どもにあんな表情をさせるほど、私は悲惨な顔をしているのか。サチの態度は、情けなさより、今置かれている状況を私に再認識させた。

苦しい。息が、苦しい。

吸っても吸っても真空状態の肺は膨らまない。

とにかくここから脱出しなくては。匍匐前進で進もうと試みるが、ほんの少し這いずったところで意識が朦朧《もうろう》としてきた。目の前にある自分の手が霞《かす》んで見える。顔を上げると、今まで神に祈るようにしていた娘の姿はなかった。

私はこんなところで死ぬのか。

最後に見たサチが祈りのポーズをしていたのは、私の死を悼《いた》むためだったのだ。

とうとう呼吸ができなくなり、私はコンクリートに突っ伏した。

不思議だ。

この空間はまるで拷問のようにむんむんと暑いのに、床のコンクリートは冷たい。頰に感じる冷たさが、私が感じる最後の感覚か。――悪くない。

もう、目を開けていられない――まぶたが完全に閉じる寸前、不思議なものを見た。

サチを見つける前に見たような気がしていた、黒い球体が支柱から姿を現し、むくむくと起き上がった。丸いと思ったが、起き上がったそれは、細長いものだった。形を変えたそれがこちらに近づいて来る。ゆらゆらと右に左に揺れている。

あれは何なのだろう。

遠のく意識の中で私が最後に感じたのは腕の痛みだった。

18

目覚めた時、私は自分がまだ生きていることに驚いた。心配そうに私を覗き込んでいる顔の多さにも。

「ケンちゃん！」

妻が泣き出しそうな声で叫ぶと、隣にいたサチが泣き出した。

私は上半身を起こした。妻が背中を支えてくれる。

「起き上がって大丈夫？」

今度こそ泣き出した妻が言った。

「ああ……」

頭に手をやる。頭痛がしていた。それになにやら左腕がひどく痛む。

「俺は、また気を失ったんだな？」

妻は顔を伏せながら、

「うん」

と答えた。情けない。自分の家の床下に潜っただけで気を失うとは。

「……俺、どうやってあそこから出たんだ？」

私の疑問に、妻は視線で答えた。妻の視線の先には、リズムを刻みだした兄の姿があった。

「あ、ケンちゃん」

私が立ち上がると、妻が慌てて止めた。妻に大丈夫だ、と言って私は兄に近づいた。兄はソファに身を沈め、顎が膝にくっつきそうなほど背中を丸めていた。右足が、絶え間なく上下に激しく動いている。私が近づいても、こちらを見ようともしない。

「兄貴」

呼びかけにも無反応だ。私は左腕をさすりながら兄の隣に腰を下ろした。その時初めてこちらを見た。不安と警戒がその目を染めていた。

「兄貴が助けてくれたんだな。助かったよ。ありがとう」

言った後、私は妻と母に視線を向けた。黙って頷いてみせると、二人はまだ泣いているサチの肩を抱き、和室へ向かった。

二人だけになるのを待っていたのか、兄が口を開いた。

「サチの友達が知らせてくれたんだ」

兄が誰のことを言っているのか分からなかったが、「サチの友達」がサチ自身なのだと気付いた。

「そうか」

「泣きながら、助けてってって。それで、俺の腕を引っぱって、地下まで連れて行った。賢い子だな」

「ああ」

「お前……」

低く、ゆっくりとした口調だった。

「大丈夫か」

気を失った直後だが、病気の兄に心配されるのは意外だった。これでは立場が逆だ。

「ああ」

兄は、リズムを刻むのを止めた。そして背筋を真っ直ぐに伸ばして、私の目を正面から見据えた。正気の眼差しだった。

「一人で、大丈夫か」

正気の兄が何を心配しているのか分からなかった。何と答えるべきか迷っていると、兄は更に顔を近づけ、

「アイツに立ち向かえるのか」

と言った。
ア、アイツ。
「兄貴が言っているのは一体何なんだ？」

兄の目に動揺が浮かんだ。

「分からん」

兄は私から顔を離した。

「初めは、俺の家にいる警察と同じかと思ったんだが、どうやら違う気がする。スパイかもしれん」

いつもの妄想の筈なのに、兄の目は正気だ。

「常に見張っているだろう。見聞きしたことを家にいる警察に知らせているのか……しかし、それにしては……」

「それは――アイツは、家のどこにいるんだ?」

兄は私の耳元で囁いた。

「そこらじゅうだ」

そっと身を離し、キョロキョロしながら、

「天井にも、地下にもいる。感じないのか?」

と私に訊いた。

背筋に悪寒が走った。

「アイツが下りて――時には上がってくるのかどうかは分からない。じっと見ているだけなのか、お前達に危害を加えるつもりなのか、分からない。とにかく用心することだ。家族を守れるのはお前だけだからな」

私の悪寒の原因は、兄の話ではなかった。兄の話を心のどこかで信じている自分に気付いたからだった。

私も、兄の住む世界に足を踏み入れているのか？

「何かあったら言ってこい」

そう言うと、兄はまたリズムを刻みだした。

私の胸に、言い知れぬ不気味な感情が濃い影を落とした。

19

「ジロちゃん」

ジムの仕事を終えロッカールームで着替えていると、上林が近づいて来た。辺りに人の目がないのを確認しているようだった。

「あのさ……この前のことだけど」

先日の帰り際に呟いたことを言っているのだろう。

「ずっと気になってて。悪いこと言ったなって」

私はロッカーの扉を閉めた。ロッカールームに無機質な音が響く。

「何も悪くないさ」

「感じ悪かったよね、俺。奥さんにも申し訳ないし」

私はスポーツウェアが入ったバッグを肩に下げると上林を見た。上林は、また捨てられた子犬のような目をしている。

「あんな体験したら無理もないさ」

「や、だけど……ジロちゃんに言うことじゃなかったって反省してる」

しょんぼりと背中を丸める上林に私は手をかけた。

「俺が無理に聞き出したんだ、気にするな」

顔を上げた上林の目には、固い決意のようなものが漲《みなぎ》っていた。

「ジロちゃん」

「なんだよ、ガラにもなく真剣な顔して」

「言おうか言うまいか迷ったんだけどさ。あのさ」

間をおかずに言わないと決心が鈍ってしまうと思ったのか、上林は一気にしゃべった。

「霊媒師にみてもらったほうがいいんじゃないかな。元は葡萄畑だって言ってたけど、畑の時に人がそこで死んでいるとか、畑になる前に家があって、そこで不慮の死を遂げた人がいるとか、なんかあるんじゃないかな」

「………」

「いや、バカげたこと言ってるのは自分でも分かってる。分かってるけど、どうにも嫌な感じがして仕方ないんだ。だって、霊感なんてこれっぽっちもない俺が見たってことは、相当強い怨念を持った霊なんじゃないかと思うんだよ。見間違いってこともないわけじゃないけど……」

ぶつぶつと呟く上林は、記憶を遡《さかのぼ》っているようだった。

「あれは、絶対悪い霊だって！　ものすごく……なんて言うか……そう、禍々《まがまが》しい感じがした」

――禍々しい。私はそれを見たわけではないが、上林が見たものを表すには的確な表現だろう。

「あの後、ジロちゃんは見たりしてない？」

私の表情を窺い見るようにして上林が言った。

「見てない」

即答した直後、私の脳裏にあるものが浮かんだ。地下で気を失う直前に見たもの。

「……そっか」

「心配してくれてありがとな。もしまたそういうことがあったら考えてみるよ」

また子犬の目になった上林は、こくりと頷いた。

家路に就いた私は、ハンドルを握りながら考えていた。

始まりはいつだった？　妻か？　誰かがいると怯えた時か？　あれが、上林の言う霊だったとしたら？　兄の言うアイツも、その霊なのか。私が見たものも、皆が言っているものなのか。

――馬鹿馬鹿しい。霊など、存在するはずがない。

信じていないのに、こんなにも嫌な気持ちがするのは、何人もの人間が言うからだ。見た、感じた、と。

細長い我が家の敷地に入る。エンジンを切って、しばらく我が家を見つめた。

暖かい我が家。こんなことが起こる前は早く帰りたいと願ったのに、今は家へ帰ることを躊躇する自分がいる。そうさせているものの正体が分からない。この感情を恐怖と言ってしまうと、二度とこの家に帰れなくなる気がした。

我が家を見つめていた私は、その感情を払拭した後ようやく家の異変に気付いた。

――灯りがともっていない。

妻の車はいつもの位置に停まっている。出かける時は車を使うはずなので、外出しているわけではないだろう。

腕時計を見る。午後八時を少し過ぎたところだった。こんな時間に妻が眠っていたことはない。サチとユキを寝かしつけて、そのまま妻も眠ってしまったのだろうか。

しかし子ども達が寝るのは九時過ぎで、最近宵っ張りのサチはなかなか寝付かず、十時をまわることもざらにあった。

ポケットから取り出した鍵を鍵穴に差し込む。想像以上に大きな音がしてぎくりとした。

玄関ホールの灯りをつける。三和土を見ると、いつも妻が履いているブーツとサチのスニーカーが揃えて置かれていた。

中からは物音一つしない。まるで他人の家に迷い込んだようだった。奇妙な感覚のまま、リビングへのドアを開けた。

リビングも真っ暗だった。スイッチを入れると、パッと室内が照らされた。照らされた瞬間、私は驚きのあまり声を上げた。

ソファの前で座り込む妻が居た。

「ひ、ひとみ」

妻はユキを抱いていた。

「電気もつけないで、一体どうしたんだ。サチは？」

妻は私を見もせず、

「寝室」

と答えた。妻の腕に抱かれ、ユキは眠っているようだ。

妻も心配だったが、私は寝室に向かった。真っ暗な寝室の広いベッドで、サチは小さな体を丸め眠っていた。ドアから差し込む灯りでサチの顔を見ると、幾筋もの涙の跡が見えた。叱られたのだろうか。泣き疲れて眠ったようだ。サチに毛布を掛けてやり、リビングへ戻る。妻は先程と変わらぬ姿勢でぼうっとしていた。

「ひとみ」

向かい合い、視線を合わせようとするが、妻の視線は定まらず捉えようがなかった。

「何があったんだ」

一向に反応のない妻の肩を揺さぶると、やっと私と目を合わせた。

「ひとみ」

「ユキがね」

「ユキ?」

「少し前から、何もいないところを見て笑ったりしていたの」

妻は何を言っているのだ。

「特にあそこ」

妻はリビングから続く和室の天井を指さした。

「あの角」

妻が指さしているのは和室にある押し入れの辺りだった。

「お昼寝させる時は和室なの。そういう時、だいたいあそこの角を見て笑ってた。気味が悪いなとは思っていたけど――」

そう言って、妻はまた黙り込んだ。

「今日ね、昼間ミホが家に来たの」

何の脈絡もない話を始める妻に、私は違和感を覚えた。

「ミホ一人で来たの」

「ひとみ？」

妻は私の目を見つめた。

「おかしいと思わない？　子どもを置いて来るなんて。この前の時は連れて来たのに。サチも一緒に遊べるのを楽しみにしていたのよ。それなのにミホ一人で来たの」

「ひとみ、何の話をしているんだ」

妻はじっと私の目を覗き込んだ。

「おかしいと思わない？」

私は妻の肩を激しく揺さぶりたい衝動を抑え、なんとか相槌を打った。それで妻も納得したのか、私から視線を離すと続けた。

「だから私ね、聞いたの。どうしてリョウタ君を連れて来なかったのかって」

――リョウタ。

思い出した。あの、死人のような子どもか。私は、車の助手席で目を見開いたまま死んだような顔をした男の子を思い出していた。

「そしたらね」

突然、妻が肩を震わせ始めた。俯いているので顔は見えない。だが、突然泣き出すとは。リョウタの母親は何を言ったのだ。憤りを感じていると、妻がさっと顔を上げた。

笑っていた。

「この家はお化けがいるから行きたくないって」

妻が声を上げて笑い出した。

「うふふふ。おかしいでしょう？　お化けが出るんですって」

――お化け。

あの日。元気に遊んでいたリョウタが突然大人しくなり、家に帰りたいと母親にせがんだと妻は言っていた。帰り際に私が見かけたリョウタは、来た時とは別人のように白い顔で何かを見ていた。そして私を指さし「ばか」と言った。

――お化け。

そう言ったのか？　私ではなく、この家を指さし、「お化け」と……？

「リョウタ君ね、この前家《うち》にきた後、しばらくおかしかったんですって。元気が有り余って困るくらいだったのに、すっかり大人しくなって……生気を感じなかったって。さすがに心配になってわけを聞いても何も答えなかったって。数日で元の様子に戻ったから忘れていたらしいんだけど、今日——家に行くって行ったら蒼白になって、泣き出したんですって。それでわけを聞いたら——」

妻はまた自嘲《じちよう》気味に嗤《わら》った。

「お化けがいるから行きたくないって。ミホも、初めは叱ったそうよ。何、おかしなこと言っているのって。でもリョウタ君の様子があまりにも尋常じゃなくて、お義母さんに預けてきたって」

お化け。

「そう言って私に謝るミホも、家に居る間中ずっと居心地悪そうだった。早々に帰って行ったし」

妻はユキを抱いてはいるが、一度もユキを見ようとしなかった。妻に感じていた違和感の正体はこれだった。

「お化けなんて——そんなものいるわけないでしょう？」

じっと私を見る妻の目は威圧的だった。訊ねているのではない。まるで喧嘩《けんか》を売っているような口調だった。だが、そうしないと心が折れてしまうからなのだと後で気付いた。

「でもね」

妻はまた定まらない視線を漂わせた。

「ミホが帰った後、和室でお昼寝させようとしていたらユキが……」

妻の、定まらない視線がピタリと止まった。和室の一角を見ている。押入れの辺りだった。

「あの辺りを見て、また笑ったの。おっぱいをあげる時は、いつも目を合わせているんだけど、私を通り越した何かを見て笑ったみたい。押入れに背中を向けて授乳していたから、ユキが見ていたのは、ちょうどいつも笑って見ているところだったのだけど。それで」

妻は一旦言葉を切り、やっと視線をユキに向けた。だがそれは、いつもの慈しむような眼差しではなかった。何か、恐ろしいものでも見るような目つきだった。

「赤ちゃんの瞳は、まるで湖面のようでしょう？」

「湖面？」

「そう。大人の瞳とは違って澄んでいて、色々なものを映しだすけれど、その感じは鏡とも違う。色彩まで映さないからかしら……まるで湖面のようだと思わない？」

妻の言うことは分かる気がしたが、今の話との関連が分からなかった。

「その湖面にね、映ったの」

「……何が？」

「お化け」

私を見つめる妻の目は、ゾッとするほど真剣だった。

「なにを言って――」

「人の顔みたいだった。天井に人がいるはずがないのだから、お化けとしか言いようがないわ。あれを見た時、金縛りにあったように体が動かなくなった。あの感じ……ケンちゃんが出張でいなくて、誰かが家に居た時みたいに。恐怖で体が動かなくなったの。ユキの瞳から目が離せなくて、そのままでいたら、するするとユキの瞳から消えたの。それからしばらく、まだ動けずにいて、やっと勇気を出して天井を見上げた時には何もいなかった」

「ひとみ……自分の顔が映っていたんじゃないか？」

「違う」

「でも、目を合わせているって――」

「私を通り越して何かを見ていたのよ」

なぜ分からないのだ、と妻の目が言っていた。

「サチのことも、みてやる気持ちの余裕がなくて……泣き疲れて眠った」

眉根を寄せて、妻は寝室を見やった。そしてユキを私に抱かせた。

「ユキの目を見られないの。何か映っていたらと思うと怖くて」

「それで、見えないように部屋の灯りもつけなかったのか」

妻はこっくりと頷いた。私はベビーベッドにユキを寝かせると、憔悴《しょうすい》した妻を寝室へ連れて行った。

「この家に越して来てから、時々、物音がしていたの。風の音だと思っていたけど……」

私は妻に毛布を掛けた。

「今日は休むんだ。ユキは、向こうで俺がみるよ」

顎の下まで毛布を持ち上げ、妻は私を見上げた。まるで子どものような仕草だったが、その目はいつか見たリョウタの目に似ていた。内心ドキリとしたが、悟られないように口の端を上げていると、妻はやっと目を閉じた。

リビングに戻る前に、私はトイレの前で立ち止まった。上林が来た日、彼がここで見たものが、今日なら現れるかもしれないと思った。

あの日上林が見たもの——。

上林はトイレから出た後、廊下でスマートフォンを操作していた。スマートフォンの画面が、リビングから漏れる灯りで照らされていた。ラインをしていた——上林はそう言った。しばらく待ったが、自分のメッセージが既読にならないのでリビングに戻ろうと画面を消した。

暗くなった画面に人の顔が映っていた。

ぎょっとした上林はスマホを取り落とした。振り返ったが誰もいない。スマホを拾い、何度か操作する。スマホに異常はなかった。もちろん人の顔も映っていない。その時はっとする。さっきの顔は、まるで自分を覗き込んでいるようだった。

さっきと同じ位置でスマホを持つ。映っているのは自分の顔と――天井。その天井から今度は何かが――垂れていた。蜘蛛の糸にしては量が多い――そう思いながら見上げた。天井から垂れ下がっていたものが、さっと引っ込んだ。視界から消える直前、上林が見たのは蜘蛛の糸などではなかった。髪のようだった、と上林は言った。髪の毛だと思った瞬間全身に鳥肌が立った。なぜ天井から髪の毛が？　髪の毛が垂れ下がっていたところを見上げた。幅十五センチ四方の換気口があった。換気口には粗い網目のフィルターが取り付けてある。しばらく見上げていたが何も起こらなかった。まるで人間が天井に張り付いていたみたいに感じた――上林はそう言った。問い詰めた私に、上林が語ったのがこの話だった。

見上げた天井には、垂れ下がる髪の毛も人の顔もなかった。

電気を消し、リビングに戻る。その後和室に足を踏み入れた。縁のない琉球畳の上を滑るようにして歩を進めると押入れの前にやって来た。

——お化け。

死人のような子どもが吐いた言葉。

「お化け」

そして妻の言葉。

上林が見たもの、そしてユキの瞳に映ったのが何だったのか分からないが、二人が見たものは換気口にあった。和室の押し入れ前にある換気口。真下に来た私はそれを見上げた。

ここも、なんの変哲もない換気口だった。馬鹿らしいと思いながらも、何か取り返しのつかないことが起きているような気がして仕方なかった。

#

今日は久しぶりにお出かけできる。初めて遊びに行く家は探検が出来て楽しい。早く着かないかとわくわくしていると、お母さんが着いたわよと言った。

変な形の家だ。

だだっ広い所に、平たい家が建っている。ゆうちゃんという友達みたいだと思った。ゆうちゃんはすごく大きい。大きくてぼうっとしている。この家はなんだかそんな感じだ。

家の中はすごくあったかい。初めはあったかくていいなと思ったけど、段々暑くなってきた。この家のサチちゃんて子とコウヘイ君と追いかけっこをしているうちにいっぱい汗をかいた。お母さんに裸になりたいって言ったら怒られた。仕方ないから追いかけっこはやめる。走っている時この家のオジサンにぶつかった。すごくイケメンだ。だけど、このオジサンは好きじゃない。笑っているけど笑ってないみたいに見えるから。

あんまり走らなくていいように、かくれんぼをすることにした。初めて来た家でかくれんぼするのはすごく楽しい。コウヘイ君が鬼だ。隠れるところを捜す。サチちゃんは畳の部屋にある押入れに隠れた。押入れって、すぐ見つかっちゃうのに。平たい家だから二階はないみたいだ。階段がない。どこか見つからないところはないかって探していたら、他と違う戸を見つけた。引っぱって開けるやつだ。おばあちゃんの家にある、仏さまの箱に似ている。仏さまを入れておくには大きい戸だ。引っぱると、階段があった。へえ。平たい家にも階段があるんだ。しかも下に行くみたいだ。お母さんが観る外国の映画に出てくる地下室ってやつかもしれない。暗いし、ここなら絶対に見つからない。

階段を下りていく。戸の隙間からほんの少し光が入ってくるけど、結構な暗さにドキドキしてきた。どんどん進む。奥に行けば行くほど見つからないだろう。だけど進めば進むほど暗くなって、ちょっとだけ怖い。だいぶ進んだし、この辺でいいだろう。

暗さに目が慣れると、周りが少し見える。丸くて太い柱みたいなのがいっぱいあるし、映画に出てくる地下室とは違う。広いけど、すごく低い。僕だって屈まないと進めないんだから、さっきぶつかった背の高いイケメンオジサンはとても入れないだろう。だいたい、なんにも置いてないし、なんのための地下室なんだろう。こんなに広かったら、ここで犬でも飼えるかもしれない。僕の家はアパートだからペットは飼えない。この家は広いし地下室もあっていくらでもペットが飼えるのにもったいない。こんなことでも考えていないと怖くていられない。

上から声が聞こえる。お母さんたちが話している声だ。耳を澄ますと、何を話しているか分かるくらいにハッキリと聞こえる。さっきのオジサンのことを褒めている。お母さんがお父さんの悪口を言っている。僕のお父さんは最高なのに。バタバタと足音も聞こえる。足音が頭の上で移動している。キャーと言うサチちゃんの声とコウヘイ君の笑い声が聞こえた。サチちゃんが見つかったんだ。次は僕を捜しに来るだろう。コウヘイ君の足音が近くなる。ドキドキしながら待つけれど、仏さまの戸は開かない。近くなったと思ったら、また遠くに行ってしまう。

早く見つけてくれないかな。ずっとここに一人でいるのは――。

こわい。

どうしてか、ここにいるのが一人じゃない気がしてきた。暗闇の、ずっと奥の方に何かがいるような気がする。どうしてそう思うのか分からない。声じゃなくて息みたいな、こういうの何て言うんだっけ。忍者ごっこをした時に忍者の修行で使った言葉――そうだ、気配。奥の方から、気配がする。動かないけど、そこにいる。何だろう。何がいるんだろう。やっぱりペットかな。犬かな、猫かな。それにしてもじっとしすぎじゃないか。

怖いけど、行ってみようか。そうだ、忍者の修行と同じだと思えばいい。僕も気配を消して進む。柱に手をかける。入った時は夢中で気が付かなかったけど、この中はとても暑い。暑いけど、柱も床も冷たい。冷たくて気持ちがいい。柱から柱へ移動していく。闇が濃くなる。その時、近くで音がした。何かを引きずる時みたいな。暑かったのに、急に寒くなった。

やっぱり何かいる。しかも僕の近くに。なぜだかソレは動いた。どうしよう。こわい。

こわい。

僕は動けなくなった。柱にもたれるようにしてじっと身を潜める。そうだ、これも忍者の術だ。隠れ身の術だ。ぴたりと柱にくっついて、息を殺す。息を殺す、なんてかっこいいじゃないか。忍者のことを考えよう。関係ないことを考えよう。そうしたら、何かいるかもしれないなんて思わなくて済む――。

ず、ずずず――。

また、動いた。

前より長くて近い音だ。いる。すぐ近くにいる。僕の、すぐ後ろに。

こわい。こわい、こわい、こわいこわいこわいこわいこわい。

ぎゅっ、と目を瞑《つむ》る。暗闇にかわりはないけれど、見えないのと見ようとしないのじゃ違う。見たくない、見たくない。暗闇でも、何か、は見える気がする。でも、それは見ちゃいけないんだ。見たら良くないことが――。

肩が重くなる。

まるで、何かが肩に乗っかってるみたいに。

怖くて本当に息ができなくなる。

僕のほっぺたに、なんか……髪の毛？　みたいなのがくっついてる気がする。くすぐったい。さわさわと、それは少し動く。

寝る前、お母さんとほっぺたをくっつけてお休みをするけど、その時に似ている……。

誰が、僕にほっぺほっぺしているの――。

「リョウタ君ー」

コウヘイ君の声だ！

僕は目を開けた。その時、首に何かが絡みついてきた。手の指みたいだった。僕は肩の重みを振り払うと、夢中で暗闇を這い進んだ。何かが追ってくるんじゃないかと思った。すごい速さで僕に追いついて足を摑む。それで引きずられていく。狭くて暗いこわいところに。

コウヘイ君が開けた戸から、光が射してくる。明るい出口に向かって、僕は逃げる。怖いものから。逃げる、逃げる。

やっと、階段のところまで来た。

「リョウタ君、みいつけた！」

コウヘイ君が笑う。僕も笑う。

バカみたいだ。

暗いところにいすぎて、おかしくなっていたんだ。なんにもいるはずないのに。

僕は、なにもいないのを確かめようと、今までいたところを覗き込んだ。

少しだけ光があたって、半分しか見えないけれど、それは、じっと僕を見ていた。

目が真っ黒だ。真っ黒な目で僕をじっと睨みつけて、それで人差し指を唇に押し当てた。

内緒だよって、合図しているみたいだった。

20

不可解な出来事が続いていた。ユキは相変わらず何もないところを見て笑っているし、妻はユキの瞳に映るものを恐れていた。

私は副業を辞める決心をした。予備校の非常勤講師はすんなりと辞められたが、家庭教師の方は受け持っている一人が中学生で、受験まで僅かということもあり、本番まではこなすことになった。

妻の様子が心配だったので、週二回、家庭教師の日は義母に来てもらうことにした。

家で起こっていることで頭がいっぱいだったが、私は心の片隅に引っかかっていた問題と向き合うべく、家を出た。友梨恵のことだった。

いつものコンビニに車を停める。上着のポケットから携帯を取り出すと、私は車から降りた。身を切られるような冷たい空気の中で、頭をすっきりさせたかった。

友梨恵にかける。約束通り、番号通知をしてかけた。三回コールが鳴った時、友梨恵の声が応じた。

「はい」

「もしもし」

電話の向こうでため息が聞こえた。

「ケン、元気？」

最後に会った時の友梨恵の姿からは想像できないくらい、声には生気が漂っていた。

「ああ。そっちはどうだ」

「落ち着いた。意味分かる？」

今度は私がため息を吐く番だった。

「……すまん」

「ケンが謝ることじゃない。自業自得よ。結婚前だからって、旦那をないがしろにした罰《ばち》があたったのよ。短期間にいろんなことがあり過ぎて、まるで嵐に遭《あ》ったみたいだった」

「…………」

「ケンの方は？　あれから何もない？」

「良かった。あれが誰の仕業か分からないけど、標的になったのはあたしとケンだけだったみたいだから」

「ああ」

「え？」

「言ったでしょ。ケンの他にもいたって。その人には何も送られてなかった。まあ、その人は独身だったからかもしれないけど」

友梨恵の相手が私だけでないと知った時、ほっとしたのを思い出した。

「天罰だったのかなー。自分勝手に生きてきたことへの」

友梨恵の口調はあっさりしていた。本当に東京で会った友梨恵だろうか？　あれから少ししか経っていないのに、こんなに早く気持ちの切り替えができるものだろうか。

「ケン？」

私が無言だったので、友梨恵が聞いて来た。

「あ、いや……この前会った時とは別人みたいだと思って。元気そうで安心した」

友梨恵がプッと吹き出すのが聞こえた。

「あの時はひどかったよね。自分でもあのまま死んじゃうんじゃないかって思ったもん。ホント、ボロボロだったよね。でもね」

口調が引き締まった。

「こんなことで死んでたら、命がいくつあっても足りないじゃない。まだ三十にもなってないんだよ、あたし。まだまだこれからよ」

「こっちに戻ってくるのか？」

「戻らない。て、いうか戻れないよね」

おどけたように言っているが悲哀が滲み出ていた。

「こんなあたしの親でもさ、一応体裁とかあるじゃない？　そうでなくても田舎は噂が広がるのが早いのに、あたしがおめおめ帰って行ったら火の粉が親にまで降りかかっちゃう。だから、それはできない」

「仕事はどうするんだ」

「んー、分かんない。また、ジムのインストラクターでも募集してないか探してみる。それくらいしかできないから。たいして貯金もないし、働かないとね。ホントに死んじゃう」

友梨恵の乾いた笑い声が耳に響いた。

「送ろうか？」

「え？」

「少し、送金しようか」

「ケン」

見えなくても、友梨恵があの時と同じ目を——麗美との過去を話していた時と同じ据わった目を——しているのが分かった。

「やめて」

「でも、こうなったのは俺の責任でもあるわけだし——」

「絶対やめて。あたしのことこれ以上みじめにさせないで」

重い沈黙が落ちた。

「ごめん」

私には謝ることしかできなかった。友梨恵は深いため息を吐いた。

「そりゃ、あたし達の関係はそもそもマトモなものじゃなかったけど、そこまで低俗じゃなかったって思いたいから。だからやめて。それと、心配してくれてありがとう。でも、電話もこれきりにする。電話番号も変える。ケンとは、もう連絡とらない」

きっぱりとした言葉の中に友梨恵の決意を感じた。

「分かった」

決断力は、男などより余程女の方が強い。いざとなると男は優柔不断で未練たらしくなるが、女は違う。こうと決めたら絶対に揺らがない。私は自分の不甲斐なさを感じずにはいられなかった。

「電話、ありがとう。元気でね」

私の返事を待たず、電話は切れた。

21

長野県警の柏原達が再び家にやって来たのは、友梨恵との電話から五日後の日曜、夕方だった。

柏原は、髪がわずかに伸びていた。シェーバーもあてていないのか、髭も伸びかけ、以前見た時より疲れているように見えた。斎藤は、前回と同じく後ろで控えるようにしている。

「こんばんは」

寒風にさらされ、二人の鼻の頭は赤くなっていた。駐車場に車が停められていないところを見ると、どこかに停めて徒歩でここまで来たのだ。寒さで一層厳しさを増した柏原の顔を私は見つめた。

「清沢さんにお話を伺いたく参りました」

「以前お話ししたことが全てで、それ以上お話しすることはありませんが」

「今日伺ったのは、原《はら》友梨恵さんのことです」

柏原の放った言葉に、私は絶句した。

「場所を変えましょうか」

柏原は目にゴミでも入ったかのように顔を顰めた。

妻はキッチンだった。私は柏原に待つよう言うと、家に引っ込んだ。玄関ドアをしっかりと閉めると、冷たくなった顔に汗が浮かんだ。「原友梨恵さんのことで」柏原はそう言った。なぜ、友梨恵のことを？　甘利の家から友梨恵と私の写真が見つかったのか。なにかしら資料が見つかったのだ。でなければ知りようがない。

冷や汗が浮かぶほど動揺していたが、いつまでも隠れているわけにもいかない。私はキッチンへ向かった。

「誰だったの？」

「新聞の勧誘だ。それより、今、上林から電話があって出てきてほしいと言うんだ。ちょっと行ってくる」

作業していた手を止め、妻がこちらを見た。思わず私は視線を逸らした。

「家に来てもらえばいいのに」

「この前はサチの相手をさせて悪かったからな。ゆっくり話も聞いてやりたいし」

「そう。気を付けてね」

私はそそくさと玄関に向かい、ダウンジャケットを手に取り表に出た。先程まで玄関扉にぶつかりそうな距離に立っていた柏原は、細長い敷地を出て家の前の道路を歩いている。斎藤は、柏原の後ろを叱られた子どものようにとぼとぼと歩いている。妻に姿を見せないよう配慮したのだと思うと有難かったが、反面不安も膨らんだ。早足で二人に追いつくと、柏原は振り向きもせず歩みも止めない。もちろん、斎藤は柏原に倣っている。完全に我が家が見えなくなって初めて、前を向いたまま柏原が口を開いた。

「ずっと先ですが、ファストフード店がありましたよね。そこまで行きましょう」

ファストフード店までの十数分間、柏原と斎藤は一言もしゃべらなかった。それも一層、私の不安を大きくした。

ファストフード店の中は数組の家族とカップルが居た。近所ということもあり、顔見知りがいないか店内を見回したが、知った顔はなかった。胸を撫で下ろした時、柏原がコーヒーでいいかと訊ねてきた。私が財布を取り出すと、それを制し、先に席に着くよう言った。私は、店の奥まった四人掛けの席に腰を下ろした。

液体がこぼれないように、両手で紙コップを持った斎藤が先に席に着いた。私の斜《はす》向かいでそわそわと、レジの方を見ている。斎藤が苦心して運んで来たのはオレンジジュースのようだった。

柏原がウェイターのような手つきで私の前に紙コップを置いた。私は、そのコーヒーを黙って見つめた。

「いやあ、長野は寒くて応えます。清沢さんはずっと長野に？」

柏原は無駄のない動きで席に着いた。私は黒い液体に目を落としたまま答えた。

「生まれは東京です。中学の時、両親が離婚して母の実家がある長野に来ました。大学で東京に戻りましたが、就職してからは長野です」

どうせ私のことも調べて知っているだろうに、こんなことを訊いてくるのは何か引き出す為の潤滑剤にでもしようという腹積もりか。

「私は宮崎の生まれでしてね。長野に来て初めて本格的に降る雪を見ました。あれは綺麗ですね。初めこそ感動しましたが、滑るし転ぶしとにかく寒いし、今から春が待ち遠しいですよ」

「雪が降っている時は意外と暖かいんですがね」

柏原がおやと言うように、私に視線を寄こしたのが俯いていても分かった。

「そうですかね。とにかく寒くて、雪が降ると益々寒くなるような気がしていましたが。そうか、そういうものなのかもしれませんね」

朗《ほが》らかとも聞こえる口調でそう言うと、柏原はコーヒーを啜った。

「突然お伺いして申し訳ありません」

きた。私は身を固くした。

「原友梨恵さんをご存じですね」

私は頷いた。

「原さんとの関係をお話し願えますか」

視線を上げられなかった。ここまできてしらを切るつもりは毛頭なかったが、いざとなるとなかなか言葉が出てこない。

「職場の元同僚ということは分かっています」

なかなか口を開かない私に、柏原が言った。尚も黙っていると、

「原さんと不倫関係にありましたね」

と核心を突いて来た。私はまた頷いた。

「いつからですか」

私はカップから視線を動かさず答える。

「三年前です」

「関係はこれまで続いていたのですか」

「友梨恵の――原さんの結婚を機に終わりました」

「原さんの退職後は会っていませんか」

友梨恵との関係がばれてしまった以上、嘘を吐く必要は無かった。

「一度会いました」

「いつですか」

「私が東京出張に行った時です。二週間前です」

「原さんの様子はどうでしたか」

「え？」

「ひどく落ち込んでいたとか、そういった様子はありませんでしたか」

「もちろん……落ち込んでいましたが——」

柏原はコートの内ポケットから小さな手帳を取り出した。

「二週間前というと一月三十日で間違いないですか」

私は頭を働かせた。

「はい、そうです」

「原さんに様々な写真が送られていたのはご存じですか」

「知っています。本人から聞きました」

「三十日にお会いになった時、原さんの様子はどうでしたか」

先程も訊ねた質問を、柏原は繰り返した。なぜそこまで友梨恵の様子を訊いて来るのだ。

「嫌がらせの写真をご主人の職場や実家、住んでいるマンションにまで送り付けられてご主人とうまくいかなくなったと落ち込んでいました」

落ち込んでいた、などという表現では生ぬるいが、廃人のようだったと言うのはさすがに気が引けた。

「原さんはその……清沢さん以外にも婚前に関係があった男性がいるようですが、相手はご存じですか」

「いえ、知りません」

「では、原さんに写真を送り付けた人物に心当たりはありませんか」

私は思わず顔を上げた。

「今、何と仰《おつしや》いましたか？」

「写真を送った人物に心当たりがおありですか」

柏原は何を言っているのだ？　甘利が写真を送っていたことが判明して、私と友梨恵の関係が発覚したのではないのか？

「あの……甘利さんの自宅かどこかから写真が見つかったのではないのですか」

柏原は片眉をピクリと動かした。

「甘利？　甘利浩一氏のことですか」

「え、ええ、そうです。甘利さんが原さんにあの写真を送り付けていたのでしょう？」

柏原はわずかに身を乗り出した。

「なぜ甘利氏が原さんに？　二人は面識があるのですか」

混乱してきた。そこから私に辿り着いたのでなければ、一体どうして私と友梨恵のことが警察に知れたのだろう。

「ちょ、ちょっと待って下さい。私と原さんのことは、どうやって分かったのですか」

柏原は私を射ぬくような目つきでじっと見つめた。

「原さんの自宅から、清沢さんとの関係をうかがわせるものが発見されたからです」

「友梨恵の自宅で？」

原さん、などと言い換える余裕もなくなった私は訊き返した。

「なぜ自宅に？　友梨恵が通報したのですか」

最後に話した時、吹っ切れたように――吹っ切ろうと努力して、廃人のようだったのが信じられないくらい張りのある声で私と話していた友梨恵が、これまでのことを解決しようと警察に通報したのだろうか。そんなことをするとも言っていなかったし、そんな様子もなかった。これまでのことを忘れてやり直そうという決意を感じたのだが。

柏原は私を見つめたまま言った。

「原友梨恵さんは二月十二日、自宅マンションにて遺体で発見されました」

これはデジャヴか？

死んだのは甘利ではなかったか。

友梨恵が死んだ？

「原さんは自殺するほど追いつめられているようでしたか」

「え」

自殺？　あの友梨恵が？

「友梨恵は自殺したんですか」

「まだ分かりません。ドアノブにタオルをかけて首を吊った状態で見つかりました」

「そんな――」

「自殺、他殺の両面で捜査しています。私は今、甘利氏の事件の担当なのですが、清沢さんと面識がありますし、原さんとの関係を確認するために今日は伺ったのです」

「友梨恵が自殺なんてするはずありません。東京で会った時はとても……落ち込んでいましたが、その後一度だけ電話で話した時は前向きになっていました。仕事も探さなくてはと言っていましたし」

「最後に話されたのはいつですか」

「五日前です」

「それ以降、原さんと連絡はとっていないのですね？　会ってもいない？」

「どちらもしていません」

「長野を出てもいませんか」

その時、アリバイを訊かれているのだと気付いた。私は黙って頷いた。

幾分声を抑えた柏原は続ける。

「連絡が取れなくなった原さんのお母様が心配して上京なさり、遺体を発見された。死後数日は経過しているものと思われますが、部屋のエアコンが作動したままだったので、遺体の腐敗が普通より進んだ可能性もあるようです」

突然私の脳裏に「腐敗」とは対照的な友梨恵の艶やかな裸体が蘇った。

「それで、甘利氏とはどんな関係が？」

「甘利さんの自宅からは何も見つかっていないのですか」

「なぜ写真を送ったのが甘利氏だと思われるのですか」

私の問いを無視して柏原は言った。

「それは……あの、以前、甘利さんが私に因縁をつけてきたというお話はしましたよね。二度目に因縁をつけられた時——家の、完成前の時ですが——妻もしつこくされた時です。あの時、私にこう言いました。家族を大事にしないとこわいことになると」

「こわいこと？」

「はい。その時は気にも留めなかったのですが、柏原さんにもお話しした前回の……私が甘利さんの胸倉を摑んだ時です。あの時言われたんです。さぞ驚いたろう、と」

「驚いた？」

私は思い出そうとした。あの時、甘利は正確には何と言ったのだったか。

「あれにはさぞ驚いただろう、と。だから言っただろう、家族を大事にしないとこわいことになる、と」

「つまり甘利氏の言うあれと言うのが、原さんに送りつけた写真だと清沢さんはおっしゃるのですね」

「それ以外に何があると言うのですか」

柏原は眉根に皺を寄せた。

「甘利氏は清沢さんとほとんど接点がありません。原さんに関してはおそらく一度も会ったことはないでしょう。それなのに、甘利氏がそこまでした理由は一体何でしょう」

「そんなことこっちが聞きたいですよ。ことあるごとに私達に突っかかってきたのは向こうです」

「突っかかってきた、ですか」

柏原は、手帳を紙コップの横に置くと長い指を組んだ。

「清沢さん。以前お話を伺った時から感じていたことですが、甘利氏が清沢さんに理由もなく嫉妬心を抱いたり因縁をつけたというのは、清沢さんの思い違いではないですか」

「え？」

「清沢さんの仰る、住宅会社での一件は私も知っています。しかし、それは甘利氏の善意だとしたら？」

「善意？」

「そうです。こちらで調べてみますが、写真を送った人物が他に居て、甘利氏はそれ自体——もしくはその人物を知っていた。そこで清沢さんに警告した」

「そんなバカな。甘利さんでなければ他に誰がいるというのですか」

「それは分かりません。思いがけない情報を頂いたので、こちらで調べてみます」

甘利でなければ誰がいるのか——と言った時、時の止まった喫茶店で友梨恵にかかってきた電話のことが思い出された。

私が電話口に出た時、聞こえた赤ん坊の泣き声。あれを聞いた時、ユキの泣き声だと思った。東京から戻ってからの妻の反応が、私の不貞を知っているとは思えなかったが、あれはやはり妻だったのだろうか。

写真を送り付けていたのも甘利だと決めつけていた。両方とも妻の仕業だと？　あり得るのだろうか。

暖かい店内で私は寒気を感じた。妻が友梨恵に手紙を送り付け、更に無言電話もかけていたとするなら、友梨恵殺害も妻なのか。

――まさかそんなはずはない。妻はずっと家に居た。サチとユキの世話に追われ、家を出ること自体ままならなかったはずだ。そもそも妻に殺人などできるはずがない。

私はコーヒーの入った紙コップを両手で包んだ。

無言電話のことを柏原に言うかどうか迷ったが、警察も友梨恵の携帯の通話記録なども調べているだろう。私が言わなくてもいずれ知るはずだった。

柏原が、隣に居る斎藤の肩をぽんと叩いた。私と柏原が話し始めた直後から、懸命にペンを走らせていた斎藤が驚いたように顔を上げる。

「署へ連絡を」

柏原が短く言うと、斎藤は弾《はじ》かれたように立ち上がった。手帳を胸ポケットに突っ込むと、さっと背中を向けた。急いで一歩を踏み出したところで振り返ると、柏原と私に一礼した。せかせか歩き出したかと思うと、今度は走って戻ってくる。何事かと見ていると、オレンジジュースの入った紙コップを手に取った。再び一礼し、危なっかしい足取りで出口を目指す。

柏原は、優しい顔つきで斎藤を見送っている。斎藤は無事に自動ドアを抜けたところで大柄な男性客と肩がぶつかり、オレンジ色の液体を盛大に胸元に浴びた。

丸めた拳で口元を隠しながら、柏原が笑う。そしてコーヒーに口を付けた。カップから口を離した時、すっかり引き締まった表情の柏原を見て、今の笑顔は見間違えだったのではないかと思う。

「原さんは」

柏原がため息交じりに言葉を吐き出した。

「原さんは、清沢さんに極力迷惑をかけまいとしていたようです」

「はい?」

「実は私、カマをかけたんですよ」

柏原は申し訳なさそうに肩を竦《すく》めた。

「先程清沢さんには、原さんの自宅でお二人の関係をうかがわせるものが発見されたと言いましたが、そんなものはありませんでした」

「え」

「試すようなことをしてすみません。しかし、原さんの自宅から清沢さんの写真が見つかったのは本当です。分かりづらいところに隠すようにしまってあったそうです。

原さんの実家が長野ということで捜査の協力を求められたのですが、いやはや驚きました。まさか清沢さんの写真を目にするとは思いませんでした。隠すようにしていたところをみると、どうやら原さんにとって大事な存在だったらしいことは想像に難くありません。しかし確証はない。何と言っても、証拠となるようなものがないのですから。写真が一枚見つかった程度では、原さんの片思いだったとか、言い訳としては他にもあるでしょう」

「それが、どうして」

「原さんの自宅マンションに送られた写真です」

「写真……？」

「そうです。顔は写っていませんでした。ですが、身に着けているものはハッキリと写っていた。前回清沢さんのご自宅に伺った際、三和土に置かれたゴム製のサンダルと、玄関脇に設けられたクロークにかかるダッフルコートを見ました」

「まさか、柏原さんはそれを覚えていたのですか」

柏原は目元を緩めたまま答えた。

「覚えていたわけではありません。職業柄、そういった細かいところを気にする癖はありますが、今回の場合、おやと思ったものですから」

「と、言うと？」

「この時期、ゴム製のサンダルが玄関にでているのは珍しいですからね。長野は寒いですから、この時期履くとしたら大抵ブーツか、よくてスニーカーといったところでしょう。寒いのにサンダルか、と気になり、その後お宅に上がらせてもらって納得したので妙に記憶にひっかかるものがありました。家が暖かいから、そのままの気分でサンダル履きのまま出かけることもあるのかな、と」

「あの時――」

「はい？」

「あの写真が撮られた時は、まだ新居に越す前でした」

柏原は目元を引き締めた。

「元々、真冬でもサンダルで出かけることが多いのです。寒いアパートに住んでいる時も、雪が降っているのにサンダル履きで、よく妻に心配されました」

妻、という言葉を発した時何かが鋭く胸を刺した。妻を裏切っていた私には許されぬ感情だった。

「あの日は妻とケンカして、アパートを飛び出したのです。そのまま友梨恵の家に向かった。そこを撮られたようです。友梨恵は、あの写真が送り付けられた時、知り合いの女性を疑ったようです」

友人と言うと、友梨恵が怒る気がした。

「と、言うと」

柏原はわずかに身を乗り出した。手帳に手が置かれるのを見て思わずそれを制した。

「誤解でした。その女性は結婚してアメリカに住んでいたそうです」

それがマニュアルなのか柏原の職業癖なのか、念のためその女性のことを教えてほしいと言われ、私は知っている限りのことを話した。

柏原は、これ以上私から情報を引き出せないと踏んだのか、手帳をコートの胸ポケットにしまった。

「今度の原さんの件に関しては自殺の線も捨てきれません」

「友梨恵は自殺などしません」

柏原は同情するような目を私に向けた。

「自殺後、残された周りの方は皆さんそう仰います。むしろ、自殺するような状態だった、という人は死なない。

自ら命を絶つ人々には二種類います。一つは突発的に命を絶つ人。これは本人ですら、予期せず命を絶ってしまうケース。もう一つは自殺願望を胸に秘めながらも、周囲には気づかれないよう生活し、静かに旅立つケース。どちらの場合も周囲の人々はその意思を汲みようがない。――清沢さんは鬱と、躁《そう》鬱の違いをご存知ですか」

鬱病と双極性障害のことを言っているのだろう。私が頷くと、柏原はおやという顔になった。兄の病気を隠すことはないと思った。

「兄が統合失調症なので、精神病に関して多少の知識はあります」

柏原は何度か頷いた。

「それはご苦労なことです。私の知人にも同じ病気を患っている者が……あの病気はなかなか周囲の理解を得にくい。完治をゴールと考える人間が多い中で、寛解状態で満足し、周囲との調和を図って暮らしていこうとする本人との間にズレが生じてしまうことが原因なのかもしれません」

「え……」

「最近は投薬治療とリハビリで改善する方が多いようですね。しかし私は、治療のゴールを完治だとは思いません」

柏原の目は少年のように真っ直ぐだった。

「何の病気もそうですが、患っている本人が一番辛いのです。こと精神病に関しては、包帯を巻いたりギプスをしたりするわけじゃない。見た目では病気とすら認知されない。理解が得られない中、病に立ち向かわねばならない患者は孤高の戦士といったところでしょう」

柏原の話に、私は引き込まれていた。彼はまるで、兄の代弁者のようだった。

「患者本人は、本人の感じる楽なところまで寛解し満足しているのに、周囲の人間はそれで良しとしない。元の人格に戻るまで諦められない。その齟齬《そご》こそが患者本人を苦しめているとも気付かずに」

寛解状態で満足する。

私が兄に求めたのは、発病する前の「完全な」兄に戻ることだった。しかし、兄は――もしかしたら、母も――寛解状態で満足している？　そして、その状態の自分を受け入れ、愛されたいと望んでいたら……？

「失礼ですが、近しい方が……？」

「以前、仕事で組んでいたパートナーの男がそうでした」

私は無言で頷いた。

「彼は完全に職も離れました。寛解状態の時、彼は言っていました。このままで充分なのに、周りが許してくれない、とね。特に、家族が納得しないと。一番の理解者であってほしい家族が一番彼を苦しめる。家族も悪気があってそうするのではないのです。彼を想うがゆえ、愛するがゆえに元通りの人格、生活を望む。

彼は言いました。家族を愛し、また愛されることこそが願いで、それ以上は望まないのに、家族は更なる高みを目指し自分を追いつめる。それは自分の目標ではないのに、その山の頂《いただき》を目指さざるを得ない状況にさせられ死ぬほど苦しいと。そして実際、彼は自ら命を絶ちました」

話の流れから予想はしていたが、柏原の話の結末に私は目を伏せた。

「彼の場合もそうでした。自殺するなんて思いもしなかった。死ぬほど辛いと打ち明けられていたにもかかわらず、私は彼の自殺を予見できなかった」

柏原はテーブルに置いた手をぐっと握った。

「自殺した者の心中を量ることはできないと思うのです。ましてや、死を予見することなど誰にもできない」

柏原の言うことは分かるような気がした。誰も自殺者の心中を量れないのだろう。だが、それを兄にはあてはめられても、友梨恵に置き換えることは到底できなかった。

最後に話した時、友梨恵は言っていた。「こんなことで死んだら命がいくつあっても足りない。まだまだこれからだ」と。

「柏原さんの仰ることは分かります。ですが、それでもやはり友梨恵が自殺したとは思えません」

柏原はじっと私の目を見返した。

「事件の可能性もありますから、慎重に捜査を進めると思います」

私は息を吐き出した。柏原に言わなくてはならないことがあった。だが、それはあまりにも卑劣で厚顔無恥な頼みだった。

「あの」

とても柏原の目を見られなかった。私は膝の上の拳を見つめた。

「友梨恵のことは――」

全てを言い終える前に、柏原は、

「私の口から奥さんに伝えることはありません」

と言った。

「しかし、捜査が進む上で奥さんにお話を訊く必要がないとは限りません。清沢さんから頂いた情報を本部に送り、必要と判断されれば話すことになると思います」

その時初めて、柏原は非難の滲んだ目で私を見た。

第二章　リソウの家

I

その家族を初めて見た時、じんわりと焦りの感情が湧き出てくるのを感じた。

モデル並に整った顔立ちの主人、かわいらしい妻、愛らしい娘。絵に描いたような三人家族。

理想の家族。

「彼女」の理想の家族。

II

退社した後、僕には必ず寄るコンビニがある。

そこで毎日同じ弁当とお茶、週に一度お気に入りの週刊誌も買う。その弁当は、最初に食べた時こそ美味《うま》かったものの、一週間もすると脂っこくて飽きてきた。ただでさえニキビ面なのに、こうも毎日脂質を摂取し続けると火山が噴火したような顔になってしまうと思い、一度は買うのをやめようと決めた。にもかかわらず同じ弁当を買い続けている理由は——。

「このお弁当、お好きなんですね」

レジの向こうで天使がそう言った。

一瞬、頭が真っ白になり、何も答えられなかった。僕の表情が余程可笑《おか》しかったのか、天使は微笑んだ。

「毎日、買っていらっしゃるから」

そう言って身を翻《ひるがえ》すと、手にした弁当を後ろのレンジに入れる。

「温めますよね？」

悪戯《いたずら》っぽく微笑む天使に、僕は無様に頷いた。頭の中で、懸命に話すことを考えていた。コンビニで温めた弁当は、アパートに着く頃には冷め切っている。それでも温めを希望するのは、少しでも長く天使と同じ空間に居たいからだった。その天使が、今、僕に話しかけてくれている。しかも微笑んで。

「お仕事の帰りですか？」

弁当を袋に詰めながら天使は訊いた。緊張のあまり、声が出ない。今、口を開いたら言葉につまってしまう確信があった。

昔からそうだった。緊張すると、口ごもってしまう。この顔と相まって、学生時代はイジメのターゲットにされた。それに、僕が真剣に何かを伝えようとすると顔が引き攣ってしまう。もちろん僕にそんなつもりはないのだが、真剣になればなるほど周りからは気持ち悪がられた。

そんな僕を癒《いや》してくれたのは天使だった。

僕はまたもや無様に頷いた。天使は優しく微笑んだまま、

「毎日お疲れ様です」

と言った。

お疲れ様です。お疲れ様お疲れ様お疲れ様——。

コンビニを出た後、まるで雲の上を歩いているかのようだった。フワフワと漂いながら歩いた。その日、どうやってアパートまで帰ったのか覚えていない。

それ以降、天使は会計の際、一言二言話しかけてくれるようになった。話題を提供できない愚図な僕は、会話の糸口になった弁当を変えることができず、以来毎日同じ弁当を買い続けている。

天使に癒されコンビニを出る。明日こそ話しかけよう。何か気の利いたことを。

そう心に決め、弁当の入った袋の取っ手を握りしめる。

今日、天使のコンビニには毎週買っている週刊誌が無かった。珍しいことだった。天使目当てに男の客が増え、週刊誌を買って行ったのかもしれない。腹立たしさと嫉妬が入り混じった感情を飲み込むと、帰路の途中のコンビニへ寄ることにした。コンビニに入り、本が陳列されている棚へ向かうと、見覚えのあるスーツ姿の女性が立っていた。

婚約者を亡くした同僚だった。

彼女はファッション誌を手にしていたが、それを見ている様子はなかった。棚の前のガラスをじっと睨みつけていた。とても話しかけられる雰囲気ではなかった。こちらに気付いた様子もないので、僕は手近にあった雑誌を素早く手に取ると、顔を隠すようにして彼女の様子を窺うことにした。

彼女の目つきは尋常ではなかった。一重の目は決して大きくないはずなのに、見開いた目は真っ黒に見え、瞬き一つしない。その目は何かを捉えている。何を見ているのか。

視線の先を辿って行く。ガラス張りの店内から見えるのは、駐車場の一部だった。そこに車が停まっているのが見えるが、車内に人影はない。他に人も居らず、彼女が見ているものが何なのか分からなかった。彼女に視線を戻したその時、真っ黒な目がぎょろりと動いた。気付かれたと思い、心臓が跳ねた。偶然居合わせただけで、何も悪いことなどしていないのに、なぜか気付かれたくない、彼女を見てはいけない、と感じていた。

身体を固くし時間が過ぎるのを待っていると、僕達の後ろを一組のカップルが通った。そのカップルが店を出ると、彼女は素早く雑誌を棚に戻し、後を追うように店を出て行った。彼女はガラス越しに店内のカップルを見ていたのか？　しかし、なぜあのような形相で二人を見ていたのだろう。しかも、後を尾けて行ったようだ……。

ガラスの向こうに先程のカップルの姿があった。肩を組んだその二人のうち一人に見覚えがあった。会社の顧客だった。今まで隣に居た同僚が担当していた顧客だ。顧客の男性と一緒に居た女性は、男性の妻ではない。明らかに別人だった。不倫だろうか。だとしても、他人の彼女に二人を責める権利はないだろう。男性の不義が許せないとしても、正義の鉄槌《てっつい》を下すのは彼女の役目ではない。

以前、彼女が顧客ともめたことを思い出し、また同じようなことが起きてはいけないと思い、僕は慌てて彼女の後を追った。案の定、彼女は二人を尾けていた。駐車場の片隅に停めていた車に二人は乗り込んだ。そして間もなく夜の街に消えていった。彼女はそれをじっと見ていた。あの、黒い目で。尾行もここまでかと胸を撫で下ろした時、踵《きびす》を返した彼女はずんずんと歩いて行く。その勢いは帰宅するそれではなかった。言いようのない胸騒ぎを感じ、僕は彼女の後を追った。

　彼女が徒歩で向かう先に、僕は嫌な予感が現実になるのをひしひしと感じていた。彼女の家は反対方向のはずだ。今向かっているのは、先程の男性が数ヵ月前に建てた家がある方向だった。あの男性の家に行ってどうしようというのだろう？　いや、まだその家に行くと決まったわけではない。僕は天使が温めてくれた弁当を手に提げながら、急ぎ足で後を尾けていった。

　半ば駆け足で二十分程経った頃、彼女は急に足を止めた。また、心臓が跳ねた。今度こそ気付かれたのだろうか。慌てて道の端に身を寄せる。近くの電信柱に隠れて様子を窺うと、彼女はキョロキョロと辺りを見回した。今、僕達の前に建つのは先程の男性の家だ。完成見学会を行い、その時僕も手伝いの為にこの家を訪れた。二階建ての、白壁の美しい家だった。瀟洒《しょうしゃ》な造りが整った顔立ちの男性によく合っている、と思った。彼には妻子があり、家族三人まるで絵に描いたように完璧で、羨望の眼差しを向けずにはいられなかった。

　彼女は、灯りのともっていないその家を見上げた。すると、肩にかけていたカバンからおもむろに何かを取り出した。携帯だろうか。電信柱からそっと顔を出して見ていると、彼女の手の中にある物が外灯に照らされキラリと光った。これまでにない不安が胸に押し寄せた。彼女は男性の家に向かう歩調を緩めもしない。力強い足取りで玄関まで行くと、もう辺りを気にする様子もなく、手の中の物を使って家に入って行った。

悪い夢を見ているようだった。

僕は電信柱に寄り掛かり、震える手を口元に持って行った。今なおしっかりと握りしめているコンビニのビニール袋がかさかさと音をたてた。

彼女は何をしているのだ？ なぜ、鍵を持っている？ ぐるぐると考えを巡らせていると、僕の横を一台の青い車が通り過ぎて行った。その車は、彼女が鍵を使って入って行った家のガレージに停まった。

心臓が狂ったように暴れ出した。

どうしたらいい？ どうすればいい？ 飛び出していって、今、家に女がいますと警告するか？ それとも警察に通報するか？ どうする、どうする──。

僕がオロオロしていると、車から女性と、三歳くらいの女の子が降りてきた。女性は両手で紙袋を抱え、女の子は女性にすがりつくようにして玄関に向かった。二人と
も楽しそうに笑っている。入っちゃいけない、入っちゃいけない、その家には今
──。

二人が家に吸い込まれていった。すぐに灯りがともる。私はビニール袋をその場に

落とすと、家に向かって駆け出した。足がもつれて上手く走れない。玄関ドアを開けようとして思い直し、庭に回ってリビングの窓まで走った。リビングの大きな窓はすでにカーテンが引かれていたが、その横の縦長の窓はレースカーテンがおりているだけで、中を覗くことができた。

先程の女性は紙袋をダイニングテーブルに置くと、女の子になにか話しかけている。同僚の女の姿は見えない。視線を隅々にまで走らせるが、どこにも女の姿はなかった。背筋が寒くなった。あの女はどこへ行ったのだ？

不安は、今や恐怖となって全身を貫いていた。そんな僕の存在など知る由もなく、仲の良い母子は日常を続ける。

僕はその場に立ち、覗き魔になったまま数時間を過ごした。やがて灯りが消された。

二人は眠ったのだ。

――ではあの女は？

必死に、暗闇になった家の中を見回したが、女の姿は勿論、テーブルの形一つ確認することもできなかった。

僕は痺《しび》れた足を引きずってその場を離れた。家を仰《あお》ぎ見る。今、この家にいるのは二人なのか、それとも……。

Ⅲ

その日から、彼女を見る目が変わった。

昨日はずっと生きた心地がしなかった。翌日、テレビをつけるのも新聞を開くのも勇気が必要だった。しかし、一度見てしまうと目は情報を求めた。どこかで報道されてはいないか。小さなスペースに記載されているのではないか。隅々まで目を走らせたが、僕が求める情報はどこにもなかった。殺人――強盗――空き巣。

出社すると、彼女はいつもと変わらず笑顔で接客していた。僕と目が合うと、にっこりと微笑んだ。僕は思わず目を逸らした。とても彼女を正面から見られなかった。

昨日のことは夢だったのかもしれない。夢でないにしても、僕の見間違えだったとか。

その日は全く仕事が手につかなかった。

「お疲れ様でした」

退社時間となり、彼女はいつもより大きな声で挨拶をした。それを聞いた上司が、

「今日はいやに上機嫌だね」

と言った。彼女は、

「この後家族と予定があるんです」

と、長い黒髪をほどきながら答えた。上司が微笑み返すと、彼女は会釈してドアの向こうに消えた。彼女の姿が見えなくなってたっぷりと一分は経った頃、上司が口を開いた。

「立ち直ってくれてよかったよ」

彼女は実家暮らしのはずだった。彼女が退社して数分後、僕は慌てて社を出た。まだ外は明るかった。駅前の十字路で、信号待ちをする彼女の姿があった。長い髪が風になびいている。モデルのような体躯《たいく》の彼女は、人混みにいても目立った。僕は彼女に見つからないよう十字路に近づいた。学校帰りの女子高生達がきゃあきゃあ騒いでいる。彼女はそれを哀愁《あいしゅう》のこもった目で見つめると肩にかかった黒髪をさっとはらった。

信号が青になる。人垣が崩れ、横断歩道に人の波が押し寄せる。僕は彼女から距離をとって後を尾けた。三分ほど行くと、彼女はコーヒーショップの前で立ち止まった。腕時計に目をやっている。僕は彼女の視界から逃れるために、先を行く女子高生の集団の後ろからなるべく自然に離れると、コーヒーショップから数軒離れた書店の店先に身を滑り込ませた。適当に引っぱり出した本を広げながら彼女の様子を窺う。

背筋を伸ばし、うっすらと微笑みを浮かべる彼女は、まるで恋人と待ち合わせをしているように見えた。実際、そうなのかもしれない。婚約者を亡くしてだいぶ経つのだし――そんなことを考えていると、彼女の顔がぱっと明るくなった。誰かを見つけたようだ。視線の先を辿ると、昨日の母子が手を繋いで彼女の方へ向かっていた。お互いを見つけると、手を挙げ合図している。

僕はため息を漏らした。彼女はあの母子と待ち合わせをしていた。友達――その定義があてはまるかどうかは別にしても、仕事以外での付き合いがあることは確かだった。

母子は彼女の前に立った。女の子は彼女に抱き付いている。彼女は、愛おしそうに女の子を抱きしめると柔らかく微笑んだ。

どんな経緯で社外でも会うようになったかは分からないが、あの女の子の反応から、プライベートで会っているのは明らかだった。昨日見たものは僕の誤解だったのかもしれない。彼女はあの母子と親密な関係を築いている。そして、男性の妻に頼まれたか、もしくは偶々《たまたま》だったかもしれないが、男性の不貞を知った。それを調べ、知らせる為に昨日あの家に向かった。予め合鍵を渡されていた。家に入ったのに姿が見えなかったのは――。

「ちょっと、キモイんだけど」

後ろから若い声が聞こえた。はっとして振り返ると、信号待ちの時にいた女子高生の集団が書店に入ってくるところだった。どうやら僕の手にしている雑誌が問題らしい。雑誌に目をやると、裸の女性があられもない姿で写っていた。僕は慌ててそれを棚に戻し、書店を出た。後ろで笑い声が爆発する。雑誌がキモイのではない。あの雑誌を手にしていた僕がキモイのだ。爆発した軽蔑《けいべつ》の破片が降りかからないところまで逃げる。はっとしてコーヒーショップに視線を戻すと、彼女達の姿はなかった。

どっと疲れた。

僕のしていることは全て無駄だったのだ。生ぬるい風に包まれながら、やり場のない倦怠《けんたい》感を持て余す。今日はとても天使に会いに行けそうもない。僕は自分を鼓舞し、帰路に就いた。

Ⅳ

「家の鍵を換えたいんです」

あの家の夫人からの電話を受けたのは僕だった。かなり怯えた声だった。

「鍵に不具合でもありましたか？　故障ですか？」

電話の向こうで夫人が思案しているのが伝わってきた。

「いいえ。故障ではありません」

「では——」

夫人は、迷いを断ち切るように一気にしゃべった。まるで、そうしないと二度と口に出せなくなるかのように。

「誰かが家の鍵を持っていて、知らない間に家に入っているようなんです」

今度は僕が黙る番だった。

僕の脳裏に、あの夜のことが思い出されていた。同僚の手の中でキラリと光っていたもの。

「ですのでその……早くお願いします」

その時、事務所のドアが開き一人の女性社員が入ってきた。

「すぐに業者に連絡します」

「いつ頃になりますか」

夫人の声は切迫していた。彼女がこちらを見ている。僕はなるべく自然に視線を逸らすと、メモ帳を引き寄せた。

「分かり次第、またご連絡致します」

受話器を下ろした後、彼女が近づいて来た。

「どなたからですか」

「君の担当じゃないよ」

「マネージャーの甘利さんが関係あるお客様でもないですよね」

長身の彼女が僕を見下ろしている。見上げたら、おそらくあの黒い目でじっと凝視しているのだろう。僕の嘘を見逃さないように。

僕は手元のメモを一枚破ると半分に折った。それをポケットにしまう。

「もう何年も前のお客様だ」

痛い程の視線から逃れるために、僕は席を立った。

「そうですか」

彼女が、破られたメモ帳を手に取った。

「私の、終わっちゃって。いいですか」

「構わないよ」

言いながら、僕は書き付けた名前を別人の名にしておいて良かったと安堵していた。ペンの筆圧で凹《へこ》んだ部分を鉛筆でなぞり、白紙の上に名前を浮かび上がらせる彼女の姿が目に浮かんだ。

「甘利さん、どちらに？」

「市外の展示場に行ってくる」

僕は彼女の視線を真っ直ぐに受け止めることができず、そのまま事務所を後にした。

例の家は、完成見学会の時とは違って見えた。何か、禍々しい感じがした。二度インターホンを押した。返事がない。僕はガレージに停まっている青い車に目をやった。居留守か。状況を考えれば、慎重になっているのは当然だった。連絡せず訪ねたことを後悔していた。

「はい」

踵を返そうとした時、インターホンから囁くような声がした。僕は首に下げた社員証をインターホンに近づけ、名前と用件を伝えた。ややあってドアが開いた。俯き加減の夫人は目の下に大きなクマを作っていた。

「連絡もせず伺い、申し訳ありません」

「いえ」

夫人は手のひらで肘をギュッと握った。

「鍵の交換の件なのですが、詳しくお話を伺いに参りました」

俯いていた夫人がパッと顔を上げ、僕の後ろを気にした。

「入って下さい」

僕が三和土に足を踏み入れると同時に夫人はドアを閉めた。その後リビングに通され、ことの次第を聞いた。

「始まりは三ヵ月程前だったと思います。気付いたのはほんの些細なことだったのですけれど……そこの置物の向きが違っていたのです」

夫人は、リビングセットのすぐ脇に目をやった。そこには脚の長いランプテーブルが置かれていた。丸いテーブルの上には写真立てと五センチ程の木製の置物が載っていた。満面の笑みを浮かべる家族を守るように、二羽の白鳥が翼を広げていた。

「その置物は頂き物なのですけれど、初めはどちらも頭をこちらに向けて置いていたのです。お客様に見えるように。それが、三ヵ月前のある日、向かい合っているのに気付きました。子どもがそうしたのだろうと思って、直しました。でも気が付くとまた向かい合っていて。気味が悪くて、随分子どもに問い質しました。いくら言っても子どもは首を横にふるばかりで……そんなある日、今度は――」

夫人は視線を彷徨《さまよ》わせた。

「深夜に物音がしたんです。まるで誰かがこの家にいるような――怖くなって、主人に家中見てもらいましたが、鍵もかかっているし誰もいませんでした。主人は気のせいだろうと言うのですが、その後も物音は時々ありました。風の音かと思っていたのですが――」

夫人の顔が引き攣った。わななく口元に添えた手が震えていた。

「昨日、天井の換気口の掃除をしていたのですが――」

夫人が言う換気口は、私達が居るリビングの隅にあった。

「そうしたら――」

夫人の顔は真っ青だった。

「髪の毛が」

「え」

「髪の毛がたくさん」

腕にさっと鳥肌が立った。

「黒くて、長い髪でした。女性の髪だと思います」

母子と会っていた日、高校生を見やった後、肩にかかった黒髪をさっとはらう彼女の姿が思い浮かんだ。

「こんなことを言うのは家の恥を晒すようでお恥ずかしいのですが……夫の不倫相手が黒くて長い髪をしています」

僕は、この家の主人が肩を組んで歩いていた相手を思い起こしていた。コンビニで一緒に居た女性は確かに長い黒髪だった。

「私も主人も鍵を失くしたことはありません。無理やり入った様子もないですし、おそらくその女性が主人の鍵を複製して持っているのだと……」

そこまで言って、夫人は自嘲気味に嗤《わら》った。

「おかしいでしょうね」

僕が何も言わないのを、非難と感じたようだ。

「主人の不貞を淡々と語る私が」

「いえ、そうでは――」

「いいんです。あの人は病気です。常に誰かと一緒にいないとダメな人なんです。結婚前からそうでした。結婚すれば治ると思っていましたが、病気だから治りません。子どもの病気のように一度罹《かか》って免疫がつけば二度と罹らない病気と違って、夫の病気は不治の病なんです。死ぬまで治らないでしょう。相手が私でなくても同じことをしたはずです」

遠くを見るような夫人の顔はどこかさみしそうだった。どんなに口では分かったようなことを言っても、自分だけが愛されることを望まない女性がいるだろうか。

「子どものためにも――自分の生活のためにも、我慢しようと決めたんです。そこだけ目をつぶれば悪い人ではないんです。けれど今回のことは恐ろしすぎて」

夫人の顔が見る間に翳り、恐怖のせいで青い顔が透ける程白くなっていた。

「ご主人は、このことをご存じなのですか」

白い顔を僕に向け、夫人は頷いた。

「主人の了解もとってあります。と言っても、私の前で相手の女性を庇《かば》っていましたが」

またしても、彼女の姿が頭をよぎった。この家の主人は庇ったのではなく、事実を言ったのではないか。やはり、あの夜見たことが全てなのではないか。

「事情が事情ですので、鍵を交換することを知る人数は少ない方がいいでしょう。ですので、私から業者にお願いして、業者一人に来てもらいます」

「担当の――」

僕は顔が強張るのを感じた。

「彼女には知らせないで下さい」

思わず声が上ずってしまい、夫人もそれには驚きを露わにしている。

「あ、いえ、担当にかかわらず、この件は私と業者のみにお任せ下さい」

夫人の驚く顔を見つめ、僕は訊いた。

「担当の彼女と、個人的にお付き合いがおありですか」

夫人は、これまでの交友を思い出したのか、安心したように頷いた。

「彼女の過去をご存じですか」

「過去？」

そう言って夫人は首を傾げた。

「二年程前に婚約者を亡くしました。以来、精神的に不安定です」

「まあ」

動揺と同情が浮かぶ顔を見る限り、夫人は本当に彼女の過去を知らなかったと思われる。

「そんなこと一言も」

余計なことを言って距離をとられたくなかったのだろう。

「先日、彼女のお母様から社に電話がありましてね。どうも躁鬱の気があるようで病院にかかっているようです。それを本人は打ち明けていませんが、対人関係が今の状態を悪化させているようです。ですので、彼女には理由を知らせず距離を置いて頂きたいのです」

僕の作り話を夫人が信じるか、信じたとしても彼女と連絡を絶つかは疑問だった。

「分かりました。そうします」

自分自身が辛い状況のはずなのに、彼女の心中を慮る夫人の思いやりは深い。その深さをこの家の主人は見抜いているのだろう。だからこそ開き直って不貞を働けるのだ。同じ男として湧き上がる憤りがあった。

「明日にでも業者に来てもらいましょう」

僕の言葉に、夫人は口角を上げて笑顔を作ろうと努力した。

鍵の交換をしてからひと月後、夫人は血色のいい顔で笑っていた。

「甘利さんのおかげです。鍵を交換して以来、以前のようなことは一度もありません」

通されたリビングは、以前来た時と何ら変わりないはずだが、淀んだ空気がないせいか明るく感じた。

「良かったです」

僕は心からそう言った。反面、このひと月の彼女を思い出していた。

彼女の態度は日々悪化した。浮かれていたのが嘘のように陰気になり、やがて苛《いら》つきだし周囲にあたることが増えた。

「先日お聞きしてから心配していたのですが……お元気ですか」

夫人は僕の前にコーヒーカップを置きながら訊いた。彼女のことだった。

「多少、躁鬱の気はありますが元気です」

「そうですか」

安心したように笑うと、

「鍵の交換をした頃、甘利さんに言われたというのもありますが、私も気持ちに余裕がなくて、連絡を頂いても返せなくて気になっていたんです。お元気なら良かった」

僕は曖昧に微笑むと、視線をランプテーブルに移した。それに気付いた夫人が、僕が尋ねる前に言った。

「捨てました」

奇妙な現象の始まりだった白鳥の置物は無くなっていた。

「あれを見ると、どうしても思い出してしまうものですから」

僕は無言で頷いた。

「実はあれ、担当の方からの頂き物なんです。捨てたことを知るはずもないですが、なんだか心苦しくて」

彼女の贈り物。何度元に戻しても向かい合う置物。

「捨てて良かったと思いますよ」

きっぱりと言い切る僕を、夫人は不思議そうに見つめている。

「嫌な思い出は残さない方がいいですから」

母子を守った。これで終わった。その時の僕はそう信じていた。彼女が、この家族ではなく、自分の理想とする家族に執着しているのだとは知らずに。

V

まるでその家族が訪れることを知っていたかのように自然に、彼女は担当になっていた。家族を相手にする彼女の顔を見た時、確信した。彼女はまたやる。焦りの感情は徐々に恐怖へと変わっていった。主人に近づいたが、怒りを買っただけで警告まではできなかった。それならばと、彼女に直接警告したが、その程度で諦めるはずがないだろうとも思った。

その家族が本契約に来た時、悪夢だと思った。

なんとかしなければいけない。しかし、この段階でできることは少なかった。家が建っていない今、実害はない。なにも起こっていない段階で僕が警告しても信じてもらえるわけがない。しかし、じっとしてはいられなかった。主人は、すでに僕に不信感を抱いている。夫人はどうか。完成前にその家族が訪れた時、夫人が一人になるのを待って声をかけた。声をかけたはいいが、突然家族がどうのと言い出した僕に、夫人も警戒し始めた。完全に、やり方を間違えてしまった。

これと言った手立てもないまま、その家の引き渡しも済んでしまった。

最近の彼女はやけに機嫌がいい。もう始めているのだろうか。

退社しようとしていた彼女を呼び止めた。

「甘利さん。まだ帰らないんですか」

彼女は微笑んでいるが笑っていない目で僕を見た。長身の彼女に見下ろされ、僕は一瞬たじろいだ。ここで怯《ひる》んではならない。僕は自分を叱咤し、彼女をしっかりと見据えた。

「君は君の、自分の人生を生きた方がいい」

僅かに上がっていた口角が下がった。代わりに眉尻がピクリと上がる。

「甘利さん?」

「どんなに理想的な家族にも疵《きず》がある。そこに自分を投影すると君自身が傷つく。分からないか?　完璧な家族なんていないのだから」

彼女はじっと私を見下ろしていた。僕の言ったことを咀嚼しているのか、あるいは嚥下《えんげ》しようとしているのか。

「なに言ってるんですか」

彼女は吐き出すように言った。それこそまずい物を吐き出すように。

「仰る意味が分かりません」

そう言って僕に背を向けた。思わずその肩を摑んだ。

「離して!」

物凄い勢いだった。はじかれた手がジンジンと痛む。

「信じられない」

彼女は、僕が触れた肩に汚物でもついているかのように顔を顰めた。

「何か勘違いされているんじゃありません？　最近の甘利さん変ですよ。私に構うのは止して下さい」

私自身が汚物であるかのような顔をしたまま、彼女は言った。

「自分の人生を生きろって……それこそこっちの台詞《せりふ》だわ」

彼女はさっと背を向けた。一秒でも僕と居たくないとその背中が言っていた。

「清沢さんに警告した」

歩みを止めた彼女の後ろ姿からは何も読み取れない。僕は尚も続けた。

「この前来た時に。だから君も前のようにはいかないよ」

ゆっくりと振り返った彼女の目には怒りが滾《たぎ》っていた。

「何て？」

一歩一歩近づいてくる度に怒りが強くなり、それはもはや殺気に近かった。

「何て言ったの？」

怒りも殺気も隠そうとしない。

「人の家族のことに首を突っ込まないで」

「家族って――」

「罰があたりますよ」

彼女の黒い目は一瞬たりとも僕から離れない。金縛りに遭ったように動けない。

「とっても強烈な、罰がね」

不穏な空気を察した上司が仲裁に入った為、その時はそれきりになった。以降、彼女に特別変わったところもなく、何より夫妻から会社に連絡が入ることもなかった。

彼女は手を変えたのだろうか。どうにかして暴走を止めねばならない――。

そんな、正義感を超えて義務感を抱き始めた僕の元に、黒い目をした女はやってきた。

僕に、強烈な罰を与える為に。

※

完璧だった。三度目にしてやっと理想の家族に出逢えた。その家族に出逢った日、私は神に感謝した。なんと麗《うるわ》しく美しい家族だろう。私の全てがこの家族と共にあった。

だが、問題があった。会社の人間が私の家族を壊そうとしている。

理想の家族に出逢った日、あの男が現れ、私の家族に接触していた。醜い男は馴れ馴れしく主人に近づき世話を焼いていた。それだけでなく、あの男は去り際に私の耳元でこう囁いた。「君の家族じゃない」と。その時、私の中の警報ランプが点灯した。前の家族が壊れたのは家に拒《こば》まれたのが原因だと思っていたが、もしかするとあの男が絡んでいたのかもしれない。男の態度がおかしいと感じたことは何度かあったが、確証がなかった。なにやら嗅《か》ぎまわって、醜い顔が益々醜悪になっている。そういう人間は中身まで腐っている。腐った果実も鳥の餌や肥料ぐらいにはなろうが、醜い人間は周囲に害しか与えない。あの男の顔を見るたび吐きそうになる。汚らしいデキモノと一緒に潰《つぶ》してしまえたらどんなにかスッキリするだろう。それに引き換え、私の夫のなんと麗しいこと。体は引き締まっているし、おまけに高学歴だ。モデルのような夫。可愛らしい娘。

完璧な家族を壊そうと画策するあの男は私に言った。

「僕は知っているんだ」

終業後、家族の待つ家に帰ろうとしていた私の肩を掴んで、あの男は言った。以前にも肩を掴まれ、嫌というほどひっぱたいてやったのに、それも忘れたのだろうか。したり顔で主人に警告したと言うから、何を言ったのか聞き出すために家へ向かった。白い椿《つばき》の花を持って。

お披露目会の途中らしかった。あの男のことを告げたが、男に対して憤慨しているものの、特に警戒している様子はなかった。男への不信感からまともに聞く耳を持たないのだと感じた。それでいい。

主人への警告とやらが失敗して、今度は私に矛先が向いたか。

「なんですか」

私は、肩に触れている汚らしい手をはらいのけながら言った。肩の部分から、男の顔をした菌が無数に繁殖している気がした。このコートは二度と着られない。お気に入りだったのに。

「こんなことはやめるんだ」

「なんの話ですか」

私の返事を聞くと、男の顔が歪んだ。夫が同じ顔をしたら、それは悲しみによるものだと分かる。しかし、この男が同じ顔をしても、卑劣な想いがあって歪んでいるように見える。なんと醜いのだろう。

「なぜ、顧客の家族をつけ回すんだ」

「つけ回す？」

「その表現が気に入らないのなら言い方を変えよう。なぜ、他人の家に忍び込んでいるんだ」

男は責めるように私を見た。

「忍び込む？　他人の家？」

頭がおかしいのだろうか。この男は顔も悪いのに頭もおかしいのか。

私の家族が住む私の家に、忍び込む？

「しらばっくれても無駄だ。君があくまでもしらを切ると言うのなら、僕にも考えがある」

こんな男とは一秒でも一緒にいたくない。目が腐りそうだ。

「何を仰っているのか分かりません」

一瞬、醜い顔の中に悲しみが見てとれた。

「分かった。そういうことなら仕方がない」

男は踵を返すと決意のこもった足取りで去っていく。後ろ姿まで醜い。男の姿が見えなくなると、私は脱力した。仕方ないとは私の台詞だ。以前あの男には警告したのに。家族のことに首を突っ込むなと言ったのに。

しかも昨日は会社に来た主人が男に摑みかかり、大事になる寸前だった。あの男は私がいない時を見計らって主人に何を言おうとしたのか。

これ以上放っておくわけにはいかない。

今日の帰りは遅くなりそうだ。片付けなければならない仕事ができてしまった。

お話したいことがあります。私がそう言うと、なんの疑いもなく部屋に通された。一人暮らしの――しかもこんなに醜い――男の部屋はどんなに散らかっているだろうと思っていたが、意外にも男の部屋は片付いていた。一人暮らしを連想させるのは、ガラステーブルに載ったコンビニ弁当くらいだった。食べかけの弁当は、白米の上に脂でてらてらと光る肉が重なり合っている。こんな物を食べているからデキモノだらけなのだ。嫌悪の感情を押し殺し、私は話を始める前にお手洗いを借りたい、と言った。男が後ろ向きになった瞬間、私はポケットに忍ばせていた紐を取り出し、男の首にかけた。紐を交差させると男と背中合わせになり、力の限り紐を引いた。男が私の背中に乗り上げ、手足をばたつかせる。予想していたよりはるかに長く時間がかかった。紐を引く手指が痛い。指紋をつけないように嵌《は》めてきた手袋だったが、素手で絞め上げたら傷になったに違いない。寒い冬のこと、手袋をしていた私に男は疑念すら持たなかった。この手袋と紐――もちろんコートも――後で処分しなくては。

そんなことをつらつらと考えていると、耳元でカッ……カッと、喘鳴《ぜんめい》が聞こえた。男が肺に空気を送り込もうと無駄な努力をしている。みっともない。最期くらい静かに逝けばいいものを。醜悪な生き物は、最期まで醜悪だ。背中が触れあっていると思うとゾッとする。早く終わりにしたい。

無様な最期を遂げた男を背中から降ろすと、私は男の首から紐を外した。しっかりとポケットにしまう。男の顔は見たくなかった。生前ですらあれほど醜かったのだから、死んだ今は、目も当てられない程のおぞましさだろう。

つま先に力を入れて男をうつ伏せにする。見えなくなってほっとした。それから男の部屋を物色した。私に関する物がないか調べるためだった。二十分程捜したが、何も見つからなかった。なんの証拠もなく私を脅していたとはいい度胸だ。死んで当然だ。

最後に、弁当の横に置かれた携帯電話を手に取る。ロックはかかっていないが、全てチェックしていたら夜が明けてしまう。それもポケットにしまう。部屋を後にする際、一度だけ振り返った。男は相変わらず床に転がっている。この男の部屋に居たことが不快で仕方なかった。

帰り道、男の携帯のデータを開いてみた。膨大な写真のデータがあった。家ばかりの写真の中に、数枚コンビニの写真があった。我が社でコンビニを手掛けたことはない。不思議に思って拡大すると、数人の人物が写っていた。スクロールしていくと、どの写真にも同じ女性が写っているのが分かった。

隠し撮り。あの男らしい。なんと気味の悪い――そう思いながらスクロールすると、それまで小さくしか写っていなかった女性が、携帯の中から私に微笑みかけてきた。はにかむような、しかし嬉しそうな笑顔だった。カメラに向かって笑っているとしか思えない。あの男は、どうやってこの写真を手に入れたのだろう。スクロールしようとしたが、それが最後の写真だった。

私は携帯を地面に置くと、ブーツのヒール部分で踏み壊した。そしてそれをドブ川に放り投げた。

第三章　まほうの家

1

「本当に大丈夫か？」

妻は白い顔でこっくりと頷いた。

「俺が言うのもなんだが、俺の実家に行ってもいいんだぞ」

「大丈夫。あれからだいぶ経っているし、いつまでもケンちゃんに迷惑かけるわけにはいかないから」

私は、ジムの慰安旅行で二日間留守にすることになっていた。

妻と子どもを残していくのは不安だった。以前のことが妻の中で消化不良を起こしているのが分かっていた。

今日も義母に頼む予定だったが、昨日急に断りの電話があった。タイミングの悪いことに、県外の知人に不幸があり、そちらに行かねばならなくなったというのだ。旅行に行くのを止めると私は言ったが、妻は気丈にも断った。

「大丈夫」

まるで自分に言い聞かせるように繰り返して言った。

「電気代がもったいないけど、家の電気全部つけて寝るから」

「明日、なるべく早く帰るから」

「うん」

妻は片腕でユキを抱え、もう片方の手でサチと手をつなぎ、私を見送るために表に出てきた。

「パパ、どこいくの」

サチは手をつないだまま妻に訊ねている。妻は、

「お仕事でお泊まりなの。サチは、ママとユキとお利口にお留守番していようね」

と優しく言い聞かせた。慈《いつく》しみが滲んだ眼差しをサチから私に移すと、

「そう言えば、本田さんかＨＡホームから連絡あった？」

と訊ねた。質問の意図が摑めなかった。それが顔に出ていたようだ。

「本田さんが家を訪ねて来たみたいなの」

「え？」

「ほら、ケンちゃんがバイトでいない時、母が来てくれているでしょう。何日か前、いつもの場所で降りて家に向かっていた時――」

義母はペーパードライバーだ。車の運転はいつも義父の役目だ。妻の言う、「いつもの場所」とは近所のパチンコ店のことで、義母はそこから徒歩で家に向かう。義父は帰りの時間までパチンコを打ちながら義母を待つ。定年後の贅沢だと義父は笑って言った。

妻は不思議そうに首を傾げながら続ける。

「女性が玄関ポーチに立っていたって言うんだけどね。私は留守にしていたし、家には誰もいなかったの」

ますます意図が分からない。

「母がね、言うの。その女性がまるで家から出て来たみたいに見えたって」

――家から出て来た――その意味を理解するのに数秒かかった。

「……まさか」

「でしょう？　私もそう言ったの。よくよく母に聞いたら、母も遠くから見ただけなんですって。ほら、家の駐車場はこんなでしょ」

妻はこんな駐車場を指さした。細長く、入り口から玄関ポーチまで十数メートルはある。

「母は入り口の辺りで見ていたらしいんだけど、何だかバツが悪くて通行人のフリをしたんですって。それなら声をかけてくれればよかったのに、ああ見えて母って案外小心者なのよね。すれ違う時に、あれ、見た事のある顔だなって」

「それが本田さん？」

「そう。ほら、両親へのお披露目会の日、本田さんが家を訪ねて来たじゃない」

そう言われれば、あの日、本田は白い花の鉢植えを抱えてやって来た。甘利の件を謝罪しに来たのだった。玄関先で話していた私達の元へ、泣き出して手に負えなくなったユキを抱いて義母が顔を出した。あの時本田の顔を見たのだろう。本田の意識はユキに向いていた。もしそれが本田だとしたら、すれ違う際義母を見たとしても気付かなかったに違いない。

「その時見た女の人に似ていたって言うの。背の高い美人だったって。でも、インターホンにも残っていないし」

妻が言うのはインターホンを押した人物が録画される機能のことだ。記録にないというのはつまり、その人物はインターホンを押さなかったということだ。

「だから、本人か住宅会社からケンちゃんに連絡があったかな、と思って」

「いや、ないよ。それに、その女性が本田さんだったとは限らないだろう？　お義母さんも一度、それもちらっと見ただけじゃないか。見間違いってこともあるよ。何かの勧誘かセールスだったのかもしれない」
言いながら、どれもインターホンを押さなかった理由にはならない——と思ってい
た。しかしそれ以上の適当な理由が思いつかなかった。何より、私は義母の話を真摯
に受け止めていなかった。インターホンには映らなかった訪問者、ただそれだけだ。
「そうね。母も歳だから」
そう言って妻は笑った。
「パパ、おみあげちょうだい」
私の足にしがみつきながらサチが言った。無垢《むく》な瞳で私を見上げる娘はこの上なく
可愛らしく、訪問者の話は私の頭から吹き飛んだ。
私は、サチの頭をなでると目線を合わせた。
「分かったよ。沢山沢山買ってくるよ。だからサチはお利口にお留守番しているんだ
よ」
サチは神妙な顔つきで頷いている。
「寒いからもう入って。行ってくる」
妻はこっくりと頷いた。
何も癒されない。

癒しとは程遠い。頭の中は家族や、友梨恵の死で占められていた。貸し切りの大型バスに揺られ、流れる景色を見ながら慰安旅行に来たことを早くも後悔していた。

「ジーロちゃん」

空いた隣の座席に身を滑り込ませてきたのは上林だった。手に缶ビールを持っている。

「ほい」

一つを私に渡すと、早速ビールのプルタブを引いた。

「元気ないねえ。悩みごと?」

上林は美味そうにビールを喉に流し込んでいる。私は受け取った缶ビールを手の中で持て余していた。

「家族のことが心配でな」

上林はビールに口をつけたまま私を見た。

「それって……あれが原因?」

言いにくそうに呟くと、上林も缶ビールを手の中に収めた。

「ああ」

上林の言うあれとは、もちろんあれのことだ。トイレで見たあれ。リョウタが見たあれ。妻が和室の天井に見たあれ。私が地下で見たあれ。

「幽霊なんて信じちゃいないが、何だか嫌な感じがして仕方ないんだ。家全体が禍々しいって言うか」

上林は神妙な顔で話を聞いている。実際にあれを見た上林には説明しなくても分かってもらえるだろう。

「嫁の様子もおかしい。上林の言うあれを見たらしい」

「え」

動揺したのか、上林は手の中に収めていた缶ビールを取り落としそうになった。

「奥さんも見たの？　なんて言ってた？」

「顔だったって」

「げ」

「ユキがな、笑うんだそうだ。初めは何もないところを見て笑っていると思っていたんだが、いつも同じところを見て笑っているから不思議だと思って、ユキの目を見たらしい」

「目？」

「ああ。赤ん坊の目は色んな物を映しだすから。そうしたら、顔が」

「う……」

上林は堪《たま》らないといった様子でビールを呷った。

「あのさ、ジロちゃん。やっぱり……」

「ああ。信じちゃいないが、気持ちの問題ってこともあるだろうし、旅行が終わったら調べてみる」

「俺も知り合いに聞いてみるよ。霊媒師……」

上林は「霊媒師」のところだけ声をひそめた。周りを気にしているが、後ろの座席では宴会が始まっており、誰も私達を気にする様子はない。

「ごめん」

「いや。ありがとう」

手の中で持て余していた缶ビールを口に含む。喉を滑り落ちていく液体が、いやに生ぬるく感じた。

その日の夜、大いに盛り上がる宴会を抜け出し、私は妻に電話をかけた。

「パパー」

もう九時になるかという時間だったが、元気いっぱいのサチの声が聞こえた。

「サチ、寝なくちゃやだめだろ?」

「ぜんぜん、ねむくない」

電話の後ろで、寄こしなさい、やだ話す、と電話を奪い合う声が聞こえた。それを聞いて、私は少し安心した。

「サチが興奮してて、寝てくれないの」

「変わりはないか」

あれは出ていないか、とは聞けなかった。妻は気丈な声で、

「大丈夫」

と答えた。

「ケンちゃんは？　この時間はまだ宴会の時間じゃない？」

「抜け出して来た」

今度は私がため息を吐く番だった。

「皆、飲み過ぎだよ。朝から酒盛りしてるのに、よく飲めるよ」

元々それほど飲める口ではない上に、今は飲みたい気分ではなかった。

「戻らなくちゃだめよ。お付き合いなんだから。私達は大丈夫」

「ああ。明日早く帰るから。子ども達を頼む」

「うん。じゃあね」

いつもは私から早々に電話を切るのに、なぜか妻が切るまで耳に携帯を押し付けていた。電話の向こうからサチが文句を言う声が聞こえた。

早く帰りたい。帰って、家族の側に居てやりたい。切にそう思った。不安に胸が塞がり、やりきれない気持ちだった。誰かに話したかった。思いつく相手は一人しかお

らず、自然とその相手に電話をかけていた。

2

私は布団から抜け出した。十畳の和室に五人の大男が押し込められ、しこたま酒が入ったせいか大音量でいびきをかく同僚が数人居て、その煩《うるさ》さと昨日からの不安でまんじりともせず朝を迎えた。

部屋を脱出するとため息が出た。部屋を出て直ぐのところに大きなはめ殺しの窓があった。晴れていたらたいそう眺望に優れているのだろうが、まだ日が昇っていない上にこの日は雨が降っていて、下界は暗闇に包まれていた。

私は歩みを進め、窓に手のひらを押し当てた。窓はひんやりとしていた。窓の厚さはどのくらいだろう。数センチが隔てる役割は大きい。兄が住む世界と私が身を置く世界とに境界線はあるのだろうか。私はすでに、そのボーダーラインを越えているのではないだろうか。そんな気がしてならなかった。

「ジロちゃん、電話鳴ってたよ」

先程まで大の字で寝ていたはずの上林がいつの間にか後ろに立って、私の肩に手をかけた。自慢の金髪はボサボサに逆立っていたが、その目はひどく真剣だった。早朝の電話に胸騒ぎを感じたのだと思った。

上林から携帯を受け取る時、相手は妻だろうと確信していた私は、画面の表示を見て固まった。

母からだった。早朝の報せは——あの時は深夜だったが——不吉だ。今度は何があったと言うのか。母は無事か。

私は上林に礼も言わず、慌てて携帯を耳にあてた。コール音が一度鳴りきる前に母の声が聞こえた。飛びつくように電話に出たようだった。益々不安が膨らんだ。

「賢二！」

切羽詰まった母の声は、私の動悸を速めた。

「母さん、どうしたんだ」

「賢二……」

二度目に私の名を呼んだ母の声は今にも消え入りそうだった。

「聡が」

母の言葉を促すように、私はじっと次の言葉を待った。

「聡がいない」

私は、兄がまた母に暴力を振るったのではないかと心のどこかで思っていた。だから母の言葉を聞いた時、正直ほっとした。少なくとも、母は無事だ。

「聡がいない」

そう繰り返す母は、言葉にすることによって、より実感を深めたようだった。

「賢二、聡がいないんだよ！」

「落ち着いて。いついなくなった？」

「分からない。私がいつもの時間に起きて……」

母の朝は早い。毎朝この時間より早く起きて家事を始める。

「それで、台所でしばらく料理をしていて、それから掃除をするために玄関に出てみたら、鍵が開いたままになってた。夜寝る前に戸締りは確認しているから、鍵をかけ忘れたなんてあたしも歳かしらなんて思っていたの。でもなんだか嫌な予感がして、下駄箱の中を見たら聡の靴が一足なくなっていた。慌てて聡の部屋に行ったらベッドは乱れたままになっていて姿が見当たらないの。パジャマのまま出て行ったみたい」

兄は病気になる前も後も——一時期の最悪の時期を除いて——身の回りの整理は怠らなかった。家が火事でも夜具を整え、着替えをするような男だ。その兄が着の身着のまま家を出るなんてあり得ない。

しかも発病後、兄が外出する機会はほとんどなかった。病院の往復——それも母と二人で——をするくらいで、兄が一人で、しかもこんな早朝に出かけることは一度もなかった。

「もしかしたら、また幻覚が――」

「分からない。とにかく、母さんはもう一度家の中と近所を捜して――押入れは捜した？」

母がはっと息を呑むのが聞こえた。

「捜してない」

「確認して。それでもう一度連絡をくれ」

すぐさま電話が切れた。

私は携帯を片手に壁際に置いてあるソファまで歩いて行き、どさりと尻を沈めた。

心配顔の上林が隣に身を移す。

「ジロちゃん、大丈夫？ なんかあったの？」

「実家でちょっと問題があって」

「実家？ 実家って？ いなくなったって言ってたけど……」

上林は電話の内容を聞いていたようだ。

「……兄貴だ」

「お兄さん？」

上林は家の事情を知る数少ない人間だった。実際に上林が兄と会ったのは私の結婚式だけだが、あの日の兄はすこぶる調子が良かった。事情を知らない人間は、兄の病気に気付かなかっただろうと思う。上林も、話に聞いていたより普通だと感じたに違いなかった。

「あの兄貴だ」

「いなくなったって……」

「パジャマのまま、家を出たらしい。今までこんなことはなかったんだが。家に引きこもっていたのに、どうして……」

完全に夜が明けたのかどうか、灰色に覆われた空と、窓に打ちつける雨のせいで分からなかった。

「ジロちゃん……」

「兄貴は押入れが好きなんだ。隠れているだけかもしれない」

靴が一足なかった。母はそう言った。いつかのように押入れに蹲っているはずもないのに、そこにいてほしいと祈るほかなかった。

握っていた携帯が鳴った。すぐさま通話状態にする。

「居た？」

勢い込んで訊ねた私に、母は意気消沈した様子で「いなかった」と答えた。

「こっちでも手を尽くしてみる。母さんは家に居て。もしかしたら帰って来るかもしれない」

「……分かった」

ぷっつりと切れた電話が、母の心境を語っているようであった。私はしばらく逡巡してから、一一〇番しかけた手を止め、電話帳を見た。一人の名前を見つけ出した。本来教えることはないと前置きしてから、二度目に会った時教えてくれた番号だった。

呼び出し音が鳴り続ける。早朝で、まだ寝ているのかもしれない。諦めて電話を切ろうとした時、相手の声が聞こえた。

「はい」

低く、起き抜けのような声だった。普段の様子を知らないので、機嫌が悪いのか否か判断がつきかねた。

「もしもし。清沢です」

沈黙が落ちた。記憶の中で私を探しているのが分かった。

「清沢さん。どうしました？」

ごそごそと起き出す気配が感じられた。

「朝早く申し訳ありません。先程母から、兄がいなくなったと電話がありまして……」

「お兄さんが？」

「先日お話しした、統合失調症を患っている兄です。今までこんなことは一度もなかったので母も私も動揺してしまって。私は昨日から会社の慰安旅行で県外にいるので、駆けつけようにもしばらくかかりそうなのです。それで、柏原さんにお電話したという次第です。どうしたらいいか思いつかなくて」

「事情は分かりました。ご実家の住所と電話番号を教えて下さい」

きびきびと言う柏原が携帯を耳と肩に挟み、メモを取る様子が目に浮かんだ。

「何か分かったら連絡します」

「お願いします」

柏原との電話を終えた後、私はもう一度母に電話した。柏原のことを簡単に説明し、警察が家に行くかもしれないと告げた。警察という単語に母は絶句したが、理解はしたようだった。

母との電話を終えると、私は立ち上がった。どこか痛むような顔つきで上林は私を見上げている。

「ジロちゃん……」

「帰らないと」

「あ、待って！　俺も行くよ！」

私は、部屋へ戻ると浴衣を着替え、手早く荷物の整理をした。まだいびきをかいて寝ている上司を起こし、先に帰る旨を伝えると早々に宿を後にした。

「井上《いのうえ》さん、分かってたかな。ジロちゃんが話してる時まだ夢の中みたいに見えたけど」

布団の中の上司はなかなか目を開けなかった。強く肩を揺するとやっと目を開けたが、完全に覚醒していたとは思えない。しかし、悠長に目が覚めるのを待っている余裕はなかった。

「井上さん、昨日しこたま飲んでたからなあ。ただでさえ酔いが回りやすいのに」

タクシーの後部座席に隣り合って座った上林は、それからしばらく他愛のないことがらを話し続けた。少しでも悪い方へ考えないように思考の矛先を逸らすための配慮だということは分かっていたが、私の頭の中は負のイメージで満たされていた。

実家までは二時間以上かかる。私は腕時計に目をやった。午前六時をまわっていた。相変わらず雨が降っていて、空は少しも明るくならない。いつになったら夜が明けるのだろうか。もしかしたらこのまま夜が明けないのかもしれない。そんな思考がどこからともなく私の頭に巣くって離れなかった。このタクシーも霧の中に迷い込み、現実の世界へは二度と戻れないのだ。まるで兄の頭の中のように。

兄の頭の中も、こんな風にずっと霧がかかったような状態だろうか。誰もいない、寂しい世界。私や母といる時も、兄は度々幻聴、幻覚に悩まされていた。悩まされていたというのはあくまで私の主観で、実際兄がどう感じていたのかは分からない。幻聴がある時、兄は兄なりの正義感に燃えていたように思う。何か——兄が言うには警察——から何かを隠し、家を守っている。そんな正義感が私は迷惑だった。病気のせいで正常な思考ができない上に、その正義感を振りかざす兄に腹が立ったこともある。兄の背負っているものを真剣に考えたことはなかった。

家を守る。誰の為に家を守ろうとしていたのか。自分。母。私。家族の為？

病気の完治をゴールと考える家族と異なり、寛解状態でよりよく生きようとする本人との間に齟齬が生じる——柏原が言っていたことを思い出す。

愛し、愛されることに意味を見出し、生きる糧《かて》にしていこうとする患者本人の願いはなおざりにされる。

兄にとって愛する対象は家族だろう。それで、家を守ろうと必死になっている。家を、家族を。

——お前がしっかり守るんだぞ——。

我が家を訪れた時、兄はそう言っていた。

——この家には何かがいる。感じないのか？

——上にも下にもそこらじゅうだ。

——家族を守れるのはお前だけだ。何かあったら言ってこい。

何かあったら言ってこい。

まさか。

昨夜、妻との電話を切った後、誰かに話を聞いてもらいたくて私は実家に電話をした。母は心配して様子を見に行こうか、と言ってくれた。ただ話を聞いてほしかっただけで母に迷惑をかけるつもりはなかったので断った。しかし、母の様子から切羽詰まった状態を兄は感じ取ったのかもしれない。

そして、いつもの正義感が頭をもたげたのでは？

「家に――」

「え？」

話し続けていた上林がこちらを見た。私は身を乗り出し、運転席のシートに手をかけた。

「行き先を変えて下さい」

私は自宅の住所を告げた。上林は不思議そうに私を見つめたが、何も聞いてこなかった。それきり、上林は口をつぐんだ。

もう一度電話をかける。今度は二度のコールで出た。

「今、ご実家に向かっているところです」

「すみません、私の自宅に行ってもらえませんか」

「え？」

「確信はないのですが、兄は家に向かっているのではないかと思うのです」

柏原は間を置かず、

「分かりました」

と答えた。

「本当に申し訳ありません」

「お気になさらず。また連絡します」

柏原との電話を切った後、私は表示される時間を見た。六時半。いつもならまだ寝ている時間だが、もしかするとユキへの授乳の為に起きているかもしれない。私は妻の携帯に電話をかけた。電話に出た妻は寝起きの声で、不審そうに私の名を呼んだ。

「ケンちゃん？」

「悪い。起こしたか？」

「今、何時？　昨日灯りをつけたまま寝ちゃったから……」

「六時半だ」

「え？　どうかしたの？　何かあった？」

妻の声がしっかりしてきた。早朝の電話に嫌なものを感じたのだろう。

「さっきおふくろから電話があった。兄貴が実家からいなくなったらしい」

「お義兄さんが？」

「ああ。今までこんなことは一度もなかったから、おふくろも慌てて……」

「うん」

「おふくろには家に居るように言った。もしかしたら兄貴が戻るかもしれないから」

横で眠る子ども達を起こさないようにするためか、妻は小声で話す。

「ケンちゃんは？」

「今タクシーの中だ。家に向かってる」

「家って実家？」

「いや、家《うち》だ。なぜだか兄貴は家へ向かっているような気がしてならないんだ」

「家に？」

「ああ。だから、もしも兄貴が訪ねてきたら、少しの間、居させて欲しい」

「もちろん、構わないけど」

妻が移動を始めたようだ。サチかユキが起きたのだろうか。

「子ども達は？」

私が問うと、妻は更に小声で、

「寝てる」

と答えた。それから少し声の音量を上げて、

「今寝室を出たわ。数時間前にユキが大泣きしちゃって。サチまで起きそうだったから、リビングであやして授乳した後ベビーベッドで寝かせたの。まだよく眠っているみたい。泣き声も聞こえないし――」

突然、妻が黙った。

「何か物音が」

「え？」

「何か聞こえた」

妻の声が震えていた。

「誰かいる」

今にも消え入りそうな声で妻が言った。

「ひとみ？　おい！　ひとみ！」

「リビングに誰か居る」

「何だって!?」

私はパニックに襲われた。家に誰かいる？

「どうしよう、ケンちゃん」

私は必死で頭を働かせた。

「もうじき警察が家に行く」

電話の向こうで、妻が私の話の続きを待っているのが伝わってきた。

「兄貴のことを相談したんだ。今、そっちに向かっている。もうじき着くはずだ。ひとみは子どもを連れて外へ――」

そこまで言って、ユキがリビングのベビーベッドに寝かされていることに気付いた。

「ケンちゃん」

妻の声は震えていたが、決然としていた。

「電話、切らないで」

「ひとみ？」

「ユキがあそこに居るの。助けないと」

「ひとみ！」

妻の呼吸が耳元で聞こえた。リビングに続くドアノブに手をかけたのだろう。

私は息を殺して我が家で起こっていることを耳から察知しようと、全神経を耳に集中した。妻の荒い息遣いだけが聞こえる。しばらくすると何も聞こえなくなった。妻の緊張の糸が一瞬切れたように感じた。そして、ひゅっと息を吸い込む音が聞こえた。

「いない」

良かった。誰かがいる、などというのは妻の思い過ごしだったのだ。私は全身で息を吐き出した。

「良かった――」

「ユキが、いない」

「えっ」

「ユキ」

妻の声が遠くなる。

「ユキ！」

大声でユキを呼ぶ声が聞こえる。携帯を取り落としたのだろう、妻の声が移動している。

私は携帯を握る手に力を込めた。もどかしい。なぜ私は今この時家にいないのだろう。

「ユキ！」

妻の声より小さいが、電話の向こうから、はっきりとユキの泣き声が聞こえた。思わず涙が出そうだった。バタバタと慌ただしい音が聞こえる。

良かった。本当に良かった。ユキは家に居たのだ。

緊張の糸が切れた耳に妻の悲鳴が飛び込んで来た。

「ひとみ？」

胸が凍った。電話口から聞こえる悲鳴は絶え間ない。

「ひとみ」

私は携帯に取りすがった。

「ひとみ！　ひとみ！」

妻の名を繰り返し呼ぶが、返答の代わりに悲鳴が聞こえるだけだった。

「ユキ!!　ユキ!!」

妻が、小さな我が子を呼ぶ声に混じってユキの泣き声が微かに聞こえる。一体何が起きているのだ。

「ひとみ――」

まるで自分の身がちりぢりになっていくようだった。居てもたってもいられないのに、ただじっと耳を澄ますしかないなんて、拷問のようだ。

「ユキ！」

妻の叫び声とユキの泣き声が重なる。ユキの身に何が起きている？　無事なのか？　頭に様々なイメージが雪崩のように押し寄せる。それを払拭することもできず、その負のイメージはただただ増殖されていく。妻の名をなおも呼び続けるが、それはもはや返答を求めるためというより祈りに近かった。

「ジロちゃん」

上林の手が肩に置かれた。その顔から血の気が引いていた。運転手は気遣わしげにルームミラー越しにこちらを見ている。

「すみません、急いで下さい！」

上林が声を張り上げると、タクシーはスピードを上げ、夜明けの街を疾走した。

3

拷問の様な時間は長く、魂が先に家に向かったように感じた。

電話から聞こえるのは妻とユキの泣き声だけだった。それが変わったのは妻がユキを捜しだしてから十分後だった。二人の泣き声の後ろでインターホンが数回鳴り、人の声がした。その後はバタバタと騒がしくなったが、いつの間にか電話が切れた。

妻との電話が切れた後、私はすぐに柏原にかけた。呼び出し音は鳴っているが、出ない。柏原はもう家に着いているはずだ。インターホンを押したのは柏原だろうし、彼なら、今、我が家で起きていることを知っているはずだ。柏原も電話に出ない。良くないことが起きているに違いなかった。

祈るような格好で携帯を握っていると、沈黙していた電話が鳴った。

「賢二」

「母さん――」

「聡は？　見つかった？」

「母さん」

私は手短に事情を話した。話す私の声も、返事をする母の声も震えていた。

「すぐ、そっちへ向かうわ」

「兄貴が帰るかもしれないから母さんは――」

「すぐに向かう」

そう言って電話は切れた。

それから一時間、じりじりとしながら耐えた。

「上林……ここは本当に家か？」

無我夢中で、魂が抜けてしまった肉体だけ帰宅したからか、私にはにわかにここが我が家だと思えなかった。

家の庭にはパトカーと救急車が停まっていた。

「ジロちゃん……」

上林が運転手とやり取りを交わし、私たちはタクシーを降りた。道路に数人の野次馬がいた。好奇の眼でじろじろと見回す野次馬の間をすり抜け、家に向かった。さほど寒いわけではないのに震えが止まらなかった。両腕で体を抱くようにして歩みを進める。あと数歩で玄関という所で、女性警官に抱えられるようにして妻が出てきた。

「ひとみ！」

私は駆け出した。私に気付いた妻は顔を上げたが、その顔には色が無かった。

「ひとみ、無事か？　ユキは？　サチは？」

妻は弱々しく項垂《うなだ》れた。女性警官が妻を抱き留め、

「ご主人ですね？　奥様は病院に搬送します」

と言った。

「どこか怪我しているんですか!?」

「いいえ。詳しいことは柏原に聞いて下さい。付き添いは私がするので、結構です」

妻を抱え、女性警官は救急車に向かった。一体、我が家で何が起きたのだ。なぜ、妻は救急車で運ばれるのだ。子ども達はどこだ？

「ユキ……サチ」

私は駆けだした。玄関のドアを開き、靴も脱がずに上がった。何やら大勢の人の声がする。構わずリビングに向かう。開かれたままの扉から一人の警官がするりと出てきて私の肩を摑んだ。先に行かせまいと力を込めている。私の家なのに、なぜ阻止さ

れねばならない？　肩を摑んだ男を睨みつけると、その男も鋭い眼光で私を見返して来た。

「清沢さん」

リビングから聞き覚えのある声が私を呼んだ。顔を向けると、私服姿の柏原が立っていた。ひどく悲しそうな、疲れたような顔をしている。

「手を離せ」

柏原を見たまま警官に言った。警官は指示を仰ぐため柏原に視線を移した。柏原は浅く、一度だけ頷いた。やっと解放された私はリビングに続くドアの前に立ち塞がっている柏原の前に立った。

「どいて下さい」

「清沢さん」

「どいて下さい」

柏原は悲しそうな顔のまま動こうとしない。

「清沢さん。私が駆けつけた時にはすでに――」

すでに？　こいつは何を言っている？

「今はご家族はご覧にならない方がいいです。あちらでお話を」

ゴカゾクハゴランニナラナイホウガ――。

柏原の言葉一つ一つがナイフのように私の胸を刺す。数歩先のリビングで、家族の私が見ない方がいいものとは一体何だ。

「サチですか」

「え」

「ユキですか」

妻の無事は確かめた。私の子どものどちらだ。どちらの子が、他人の柏原にさえこんな顔をさせている？

「清沢さん、お子さんは――」

答えを待たず、私は柏原を押しのけリビングに足を踏み入れた。

そこは、昨日慰安旅行に出かけた時とまるで違った。他人の家のようだった。他人が――それも、ドラマかニュースで見るような、背中に警察の文字が入ったジャンパーを着た人間がわらわらと居る。カメラを手にしている者、窓を調べている者、そいつらは私の家を蹂躙《じゅうりん》していた。

その中でさらに異質な光景が、キッチンの隅にあった。ここからだと良く見えない。ジャンパーを着た人間の密度がいやに高い。何かを取り囲むようにシャッターを切っている。自然にそちらに足が向く。まるで自分の足ではないようだ。ゴムになってしまったかのように足に力が入らない。そんな私を大勢の警察官が戸惑いの目で見つめる。

私は、警察官の人垣を割って歩いた。密集していた一部の人垣が割れると、まずナイフが見えた。いや、あれは包丁の柄だ。その柄に名前が彫ってある。ひとみ、と。

結婚する時、妻の友人から贈られたものだった。包丁やハサミは縁を切ると言われていて縁起が悪いじゃないかと私が言うと、妻はそんなの昔の話よと笑った。今は、悪い縁を切ってスタートさせるという意味よと。妻には縁を切りたいほどの悪縁があったのだろうか。だからよせと言ったのに。縁起が悪いと言ったのに。

包丁は、柄の部分しか見えなかった。そこから先は埋まっていた。

背中に。

相当凄惨《せいさん》な、むごい現場にもかかわらず、私は安堵した。サチでもユキでもない。こんな男は知らない。それはどう見ても男の背中だった。丸く蹲っている背中は大きく広い。

私はそこを離れると、ふらふらと彷徨った。ではどこに居るのだ？　サチは、ユキは。

「清沢さん」

相変わらず悲しそうな顔のまま、柏原が私の前に立った。

「サチとユキはどこですか」

柏原は幼子に言い聞かせるように、

「お子さんは無事です」

と言った。ゆっくりと、噛《か》んで含めるように話す柏原の言葉の意味が分からなかった。

「お子さんは無事です。今は、念のため病院で検査を受けてもらっています」

「病院？」

「女性警官が付き添っていますし、奥様も同じ病院に搬送されましたから」

「何を言っているんです？」

私は家の中を見回した。

「妻も無事だった。サチもユキも無事なんでしょう？　だったら私が見ない方がいいというのはあれですか」

私はキッチンを顎でしゃくった。私の問いに、柏原の顔が益々悲しげに歪んだ。

「一体何が起きたのか分かりませんが、私の家族は被害者じゃない。そうでしょう？」

「清沢さん……」

なぜか言い淀む柏原から視線を逸らすと、もう一度キッチンに目を向けた。何度も見たい光景ではないが、どうして我が家に……。

私の視線が男の背中に釘づけになった。

包丁が深々と刺さった背中の一部分は血で赤く染まっていたが、その他の部分はベージュの生地だった。よくよく見ると、上下同じ素材と色の服だった。――その男はパジャマを纏っている。頭を抱えるように丸まっているので顔が見えない。

私は男に近づく。かなりの大男だ。なぜ、我が家に知らない男の死体があるのだ。しかもパジャマの――。

私の頭の中の導火線に火が点けられた。

――聡がいなくなったの。

まさか。

――パジャマで家を出たみたい。

まさか。そんなはずは――。

突然、その背中が見慣れたもののように思えた。

私の目の前で、警察官によって男が横向きにされた。男の顔を見た瞬間、導火線の火が私の心臓に移った。爆発して、心臓が止まったように感じた。

兄だった。こと切れているはずだが、どう見てもまだ生きているようにしか見えない。それは十数年前、病院のベッドに拘束されながら眠っていたあの時の穏やかな兄の顔だった。

「清沢さん……」

いつの間にか私の後ろに柏原が遠慮がちに立っていた。

「お兄さんに間違いないですね？」

私は仰向けにされた兄の顔から目が離せなかった。僅かだが、微笑んでいるようにも見える。背中を刺されて微笑むバカがどこにいる？

「こちらへ」

柏原は半ば強引に私をその場から引き離した。兄が見えなくなるところまで来ると、もう一度訊ねた。

「お兄さんの清沢聡さんですね？」

私はキッチンを振り返りながら頷いた。私は夢でも見ているのだろうか。兄が死んでいる。家のキッチンで――。

「インターホンを数回鳴らしましたが、返答がありませんでした。しかし家の中から子どもと赤ちゃんの激しい泣き声が聞こえました。玄関ドアに手をかけると、開錠されていたので入りました。そしてリビングで奥様を発見しました。赤ちゃんを抱いて、放心状態でした。取りすがるように、上のお子さんも泣いていました。それで……その時すでにお兄さんは……」

柏原が家に到着した時、兄はすでに死んでいた――。

「奥様から何とか聞き出した話では、早朝清沢さんから電話があり、その通話中にリビングで人の気配がしたとか。下の娘さんがリビングに居た為入ってみると、その娘さんがいない。泣き声がする方へ行ってみると、キッチンで蹲る男を発見した」

その時に悲鳴を上げたのだろう。

「背中を刺されている男の体の下から、娘さんの泣き声がしたと言うんです」

兄の下から？

「無我夢中で娘さんを引っぱりだしたそうです。その後で、お兄さんだと気付いた」

兄がユキを？ いつかの光景が蘇った。初めて家に母と兄を招いた時、兄はユキをサチだと言って聞かず、痩せた背中を丸め、骨ばった腕に抱いていた。見たこともない幸せそうな顔で。

「奥様が仰っていました」

私は柏原の顔を見た。優しい目をしていた。

「まるでお子さんを守っているようだった、と」

兄が——ユキを守った？

私はキッチンに横たわる兄を見やった。ここからだと何も見えないが、そこに居る兄は、確かに——自分の信念に基づいて——ユキを守ったのだろう。

「しかしですね」

柏原は微笑みを消した。

「奥様がリビングに来た時すでにお兄さんが亡くなっていたとすると、犯人はどこから逃げたのか」

「え」

「お兄さんは刺された直後のようでした。奥さんが聞いた物音が何だったのか、ということにもよりますが、腕にお子さんを抱いていたことを考えるとそう長い間あの姿勢でいたとは思えないのです」

それはそうだろう。たとえばユキが眠っていたとしても、強く抱きしめられ続ければ嫌がって起き、泣くだろう。

「そう考えると、僅かな時間だったと思われます。奥さんが聞いた物音が、お兄さんが襲われた時のものだったとすると、犯人はどうやって逃げたのか」

柏原の言っていることがよく分からなかった。

「部屋は全て施錠してありました」

そのはずだ。私がいない夜を過ごすことが不安で、家中の鍵という鍵をしっかり閉めたはずだ。

「私が来た時、ひと通り家の中は調べましたが犯人らしき姿はありませんでした。しかし、なぜか玄関の鍵は開いていました。これは詳しく調べてみなければ分かりません。お兄さんがどのようにして家に入ったのかも分かりません」

兄が家の鍵を持っているはずがない。母でさえ合鍵は持っていないのだから。

「玄関が開いていたなら——玄関から入って、玄関から出たのでは？」

柏原の眼が光る。

「そうすると、奥さんとすれ違っているはずです。この家は、玄関から見るとリビングは寝室より奥まっています。リビングから玄関に向かうためには、寝室の前を通らねばならない」

柏原の言う通りだった。

「では、妻がリビングに着く前に脱出したんでしょう」

今はとても、推理ごっこをしている気分ではなかった。

「そうすると、本当に僅かな差だったでしょうね」

柏原の言い方が私の癇《かん》に障った。

「何ですか、妻が犯人だとでも言いたいんですか」

「そうではありません。私はこちらへ向かう途中、お兄さんを見つけられるかもしれないと思って道々気を配って来ましたが、怪しい人物は見かけませんでした。反対方面を重点的に目撃者を捜してみますが、いや、何とも奇妙な事件です」

「奇妙も何も……大体、何で家に？　何が目的で……」

「お子さんだったとしたら？」

「え？」

「ユキちゃんです。誘拐が目的だったとしたら。お兄さんが家に来た理由は分かりませんが、偶々居合わせたお兄さんがユキちゃんを守ってくれた」

誘拐？　兄がユキを守った？

「私の仮説です。何者かがユキちゃんを攫いに来たところをお兄さんに見つかり、殺害した」

ユキを攫おうと——？

「強盗にせよ誘拐にせよ、もしかしたら住人が起き出しているかもしれない時間帯に忍び込んだ理由は分かりませんが」

「柏原さんは、まだ妻が犯人だと言いたいのですか」

「そうではありません。しかし、体調が回復されたら奥さんにもお話を伺わなければなりません」

その時、玄関が騒がしくなった。警官が一人、柏原の元にバタバタと近寄った。隣に居た私にもその耳打ちが聞こえた。

「被害者のご家族です」

母が来たのだ。入れてはならない。見せてはならない。

「清沢さん！」

柏原より早く、私は玄関に出た。母は蒼白の顔で、両手を胸の前に組み合わせて立っていた。

「賢二」

私を見ると、すがりつくようにして言った。

「ひとみさんは？　サチは、ユキは」

「大丈夫だ。皆、無事だよ」

皆、と言った瞬間、そうではないと心が悲鳴を上げた。

「良かった」

私の答えを聞くと、母は膝から崩れ落ちた。私は母を支えながら、玄関ホールに腰かけさせた。

「無事なのね、良かった。本当に良かった」

母は両手で顔を覆った。

「――だったらどうして」

手を離すと、母は私を見た。その視線を受け止めるのが辛かった。

「どうしてこんなに沢山警察がいるの」

「母さん――」

「何があったの」

母に事実を告げることは、母に死刑宣告するのと変わらない。親が子の死を告げられるのは、魂の死を宣告されるのと同じだからだ。

「それは――」

これまで母に、特別な直感があったとは思えない。兄が病気を発症した時も、直感らしきものは発動されなかった。それなのに、今、母の直感が何かを告げていた。母の目に鋭い光が宿った。その瞬間、それまで倒れ込むようにしていたのが嘘のようにパッと立ち上がり、警官の間を縫《ぬ》って進み始めた。

母の後を追う。伸ばした手が母の腕を捕らえたが、この老体のどこにこんな力があるのか、摑まれた腕などもろともせず母はリビングに進んだ。

「母さん！」

必死の訴えも母には届かず、私は母に引きずられるようにしてキッチンに辿り着いた。

柏原が気を遣ったのか、それともそういう手順だからか、兄には青いシートがかけられていた。母は振り返ると、空いた方の手で私の腕を摑んだ。

「賢二」

兄の前で、母の真っ直ぐの視線を今度は受け止めることが出来なかった。私が目を合わせずにいると、母は更に腕を強く握った。

「賢二」

私が答えられないでいると、それまで痛い程に掴んでいた手を離し、シートがかけられた兄に近寄った。周りの警官が止める間もなく、母は青いシートの一端をさっとめくった。兄の顔が見えた。その瞬間、私は目を逸らした。兄からも、母からも、この現実からも。

母の叫び声が聞こえた。兄に取りすがり、慟哭《どうこく》する母の姿を見た——気がした。

「清沢さん」

柏原の声で我に返った私は、はっとして母を見た。

母は青いシートをめくった姿勢のまま兄の顔を見ていた。表情の読めない顔で、じっと兄を見ていた。泣いているようには見えない。悲鳴も上げていない。

「こちらへ」

柏原が母を支えながら、表へいざなう。私もその後に続く。母の足取りはしっかりしていた。途中、一度だけ振り返った。やはり、その顔からは何も読み取れなかった。

表のパトカーに乗せられた母は、膝の上に置いた手に視線を落としたままだった。

「署で、お話を」

柏原が短く言ったので、私は頷いた。柏原が他の警官と話し出した時、視界の隅で、野次馬に混じった上林の姿を見つけた。私は微動だにしない母を見た。かける言葉も見つからず、私は無言でその場を離れた。

野次馬に近づくと、上林は丸い大きな目を更に見開いて、

「ジロちゃん、何があったの」

と問いかけてきた。周りに居る野次馬が急に静かになり、聞き耳を立てているのが分かった。上林もそうと感じたのか、

「大丈夫なの？」

と質問を変えた。私は、

「悪かったな。また連絡する」

と言ってその場を離れた。私が離れた途端、野次馬たちがざわざわと話し出すのが聞こえた。皆勝手なことを言っている。近所の住人とは浅いつきあいだったが、こんなにも当事者の心中を慮れない囁きをもらすほど厚顔無恥な連中だとは知らなかった。

ニュースでよく目にする光景が頭に浮かんだ。被害者または加害者をよ、く、知、る人物といって、恥ずかしげもなくあることないこと吹聴するのは、まさに今私の後ろに居る野次馬連中なのだろう。実際の加害者より加害者になりうるのはこういう人間なの

ではないか。そう思うとぞっとした。

パトカーに戻った時、母は先程と同じ姿勢でじっとしていた。私が隣に身を寄せても口を開く気配すらない。私が戻るのを待っていたようで、運転席にいた警官が間を置かずパトカーを発進させた。

好奇の目に晒《さら》されながら私達は家を後にした。

4

私が妻と子ども達に会えたのは、それから半日後だった。

警察で事情聴取を受け、その後警察の車で警官と一緒に母を実家に送った。母は警察での聴取には淡々と応じたようだが、私とは何も話さなかった。母一人にすることが心配だった。一緒に帰ろうと言いかけた私は言葉を呑み込んだ。どこへ帰るというのだ？　兄が殺された家へ？

「母さん」

母は私を見た。何の感情もない目だった。

「ひとみと子ども達と会ったら、またすぐ来るから」

母は返事もせず頷きもせず、ただ背中を丸めていた。

「すぐ来るから」

もう一度言って、振り返った。母はもう私を見ていなかった。

抜け殻のような妻が病院のベッドに横たわっていた。話しかけても反応が無く、それが私を不安にさせた。妻の側にいるとサチが駆けてきた。私はきつくサチを抱きしめた。

「パパ、おみあげは？」

堪えていた感情が堰《せき》を切ったように溢れだし、私は嗚咽《おえつ》した。その様子を、妻は見ているのかいないのか、何の反応も示さなかった。

ユキを抱いたまま所在なげに立っていた看護師に礼を言い、ユキを腕に抱く。これほどまでに命の重みを感じたことはなかった。

「お子さんたちは、どこにも異常はありません。このまま帰って頂いて結構ですよ」

眼鏡をかけた若い女性看護師はそう言って微笑んだ。

「あの……妻は」

眼鏡の中の細い眼が翳りを帯びた。

「今日は一日入院された方がいいと思います。後ほど先生からお話があるかと思います」

看護師はサチの頭を優しく撫でると、一礼して病室を出て行った。病室は個室で、サチはすでに走り回っている。私はユキを抱いたまま、ベッドの縁に腰かけた。

「ひとみ」

私の呼びかけに妻は重たそうに瞼《まぶた》を開いた。

「悪かった。沢山、怖い想いをさせて。一人にして、悪かった」

妻は曇った目でじっと私を見上げた。

「これからはずっと側に居るから」

瞬きもせず私を見つめる妻の目からは非難の色も感謝の色も読み取れなかった。

私がサチに目を向けた時、妻が何ごとか呟いた。

「……み」

「え？」

サチから妻に目を戻すと、その目にこれまでなかった感情が浮かんでいた。

「かみが」

「かみ？」

初めて妻が私と視線を合わせた。妻の目に浮かぶ感情の名がその時分かった。

「髪の毛が――」

妻の目いっぱいに広がり、体中に蔓延《まんえん》していくその感情は「恐怖」だった。

「髪の毛が見えたの。長い、長い髪だった」

「ひとみ……」

妻の喉がごくりと音を立てた。そしてゆっくりと話し出す。

「ケンちゃんから電話が来た時、私まだ寝ていたの。サチが起きるといけないと思って、電話しながら廊下に出た。リビングの前まで行ったら、何か音が聞こえて。初めは大きな音だった。その後トトト……って。ドタバタする音じゃなくて、子どもの足音みたいな、軽い物音がしたの。ユキをリビングのベビーベッドに寝かせていたから、怖かったけど入ったの」

そこまでは朝の電話を通して分かっていた。問題はその後だ。

「リビングのドアを開けた時に髪が」

妻は布団の端をぎゅっと握った。

「長い髪の毛が見えたような気がしたの。リビングのドアから家事室の入り口が見えるでしょ。さっと、そこに引っ込むみたいに見えた。また、あれを見たんだと思ったけど、それどころじゃないから……それでユキを見に行ったらベッドに居なくて」

電話口でひゅっと息を吸い込んだのはあれを見たせいだったのか。

「ユキはまだ歩けないのに、どこかに行ってしまうなんてあり得ない。私が見たあれは、もしかしたらユキを連れ去った人間かもしれないと思って、家事室へ行ったの。

家事室へ入って行ったように見えたから。でも誰もいなかった。そしたらユキの泣き声が聞こえて来て。それでキッチンへ行ったら――」

妻は私から目を逸らした。

「お義兄さんが――」

顔を背けた妻がどんな顔をしているか私には分からなかった。

「その時はお義兄さんだって気付かなかった。ユキの泣き声がお義兄さんの身体の下から聞こえて……無我夢中でユキを引っぱりだした。その時――」

妻は更に顔を背けた。

「その時お義兄さんが『サチ』って言ったの」

「え」

「確かに、サチって言ったの」

「兄貴はその時まだ生きていたのか？」

妻は微かに頷いた。

「私、ずっと悲鳴を上げていたから、聞き違えだと思って……でも確かにサチって聞こえて……おかしいと思っていたら……お義兄さん、顔を私に向けて、それからユキを見て微笑んだわ」

私は兄の死に顔を思い返した。

あれは本当に微笑んでいたのだ。

「そしてまた蹲って……動かなくなった」

「分かった。分かったよ、ひとみ。今はとにかく休むんだ。俺は子ども達を連れて実家へ行く。お義父さん達に連絡しておくよ」

妻は小さく頷いた。

「また明日来るから。休むんだぞ」

私は子ども達を連れて病室を出た。その後、妻の担当医から説明を受けた。妻は身体には特別ダメージを受けてはいないが、心の傷が深いということだった。しばらく心療内科に通院する事を勧められた。


子ども達と実家に戻ると、母は冷え冷えとした居間で、私が出て行った時と同じ場所で同じ姿勢のまま項垂《うなだ》れていた。

「バーバ」

サチが駆け寄ると母は初めて私達に気付いたようで、はっと顔を上げた。

「サチ……賢二」

母は鳩時計に目をやるとおもむろに立ち上がった。

「もうこんな時間なんだね。ご飯の支度をしなくちゃ」

「母さん」

私の声が耳に入らないのか、母は台所へ向かう。ユキを抱いたまま母を追った。

「母さん！」

片手でユキを抱き、母の肩を摑んだ。母が冷蔵庫を開けたまま動きを止めた。

「そんなことしなくていい」

「だってサチが……」

「俺たちのことはいいから」

母は冷蔵庫の一点を見つめていたが、やがて何かを取り出した。缶コーヒーだった。

「これね、聡の飲みかけなの。あの子、几帳面でしょう。それに倹約家だし。毎朝半分だけコップにうつして飲むの。うつした後はこうして蓋《ふた》にラップをかけて、輪ゴムで留めて。昨日の朝飲んだのね。今朝は飲まないで出て行ったんだわ」

かすかに微笑んだと思った瞬間、母は膝から崩れた。そして、慟哭した。私はただ隣に居てやることしかできなかった。

※

理想の家族に違いなかったが、人数が増えすぎた。娘が一人。それが正解で、あとはいらない。お腹にいる間にどうにかしたかった生まれれば愛せるかもしれないとも思った。しかし、娘が二人でも正解になるのではないかと思った。しかし、生後数ヵ月経ってもやはり愛せなかった。

元に戻すしかなかった。

夫が慰安旅行で家を留守にする。夜中に決行するつもりだった。

ぐっすりと眠りについているところを、これまでと同じ方法で片付けるのだ。醜い男と泥棒女にしたように。

――いやらしい泥棒女。あの女には、夫と切れた後も予防策として写真を送り、無言電話をかけた。

あの日、夫が出張に出かけた日、いつものように女に電話をかけると、一緒にいるはずのない夫が電話に出た。その時確信したのだ。やはり、今度こそ女に制裁を加えねば私の家族は守れないのだと。

あの女の元を訪ねた時、妻と名乗った私に女は頭を床にすりつけ詫びた。そこを絞め上げてやった。許せ？　許せるわけがないだろう。馬鹿な女だ。送り付けた写真はそのままにした。死んでも尚恥を晒すといい――。

いつの間にか眠ってしまっていた。母のことが気がかりで生家にも帰っているが、もうここへは来ない方がいいだろう。家族と共に二十四時間三百六十五日過ごさねば。慌てて我が家に向かう。子どもが起き出す前に済ませなければ。鍵を回す前、いつものように手袋を嵌める。

リビングに行くと、二番目の子どもがベビーベッドの中でスヤスヤと寝息を立てていた。

よかった。一人だ。手を伸ばした時、背後に気配を感じた。

大男が立っていた。パジャマ姿で、しかもものすごい形相だった。どこかで見たような顔だったが、記憶を辿る間もないまま私は大男に突き飛ばされた。腰をしたたかに打って、鍵を閉め忘れたことを後悔した。誰か知らないが、私が家に入った後つけてきたのだろう。

大男の目的は赤ん坊らしかった。赤ん坊を胸に抱いて、大男はキッチンへと向かった。私は這いずりながら武器になる物を探した。今までの方法では到底大男を倒すことはできない。力で敵《かな》う相手ではない。膝に手をつき立ち上がると、私は素早くキッチンに目を走らせた。カウンターの上の包丁に飛びつくと、大男は目を剝いた。大男も戦闘態勢に入ったようだったが、赤ん坊を抱いていることが大男を躊躇わせた。その隙を衝いた。私は勢いをつけて突進した。大男は赤ん坊を庇うようにこちらに背を向けた。その背中に深々と刃を突き刺す。驚いたことに、大男は悲鳴一つ上げなかった。しかも、倒れ込む時まで赤ん坊を気遣っているようだった。私が赤ん坊を取り返そうと、丸まった大男の胸に腕を伸ばすと、大男は力を入れ、赤ん坊をかき抱いた。どうやっても赤ん坊を奪えなかった。

リビングの入り口で話し声がした。まずい。

私は赤ん坊を諦め、身を潜める為に天井裏へ上がった。

5

兄の遺体は解剖を経て実家に戻ってきた。葬儀も終わり、私は母と二人、実家の居間で向かい合った。

葬儀の間、母は一度も泣かなかった。妻は告別式だけ参列し、あとは子ども達と妻の実家に戻った。母より、妻の方が精神的なダメージが深刻のように感じた。義父は事情を考慮し、事件直後から妻と子ども達を預かると言ってくれた。そのおかげで私は母の側にいてやることができた。

兄の死んだ——殺された——家に戻り、また元のように暮らせる自信が私にはなかった。

「賢二」

向かい合った母が口を開いた。俯き加減で顔は見えない。

「ひとみさんと、子ども達をみてやってちょうだい。私は大丈夫だから」

そう言って母が顔を上げた。色のない顔に、やけに目だけは真剣だった。

「母さん――」

「あんたは父親だ。親の責任を全《まっと》うしなくちゃ。父さんのようになっては駄目」

母から、父のことを聞くのはいつ以来だろうか。最後に父の話をしたのは離婚した時だったか？

「とにかく、帰りなさい。色々すまなかったね」

「何を謝るんだ。家族なんだから当然だろう」

母はかすかに微笑んだ。

「ありがとう。私一人だったらどうなっていたか。本当に助かったよ」

母は、兄の事件のことを何も聞かない。どうして兄が家へ来たのか、なぜ、死んだのか。誰に殺されたのか。それは結婚後、私が母と兄から距離を取っていたことを責めなかった態度と似ていた。

兄が家へ来たのは、間違いなく私のせいだ。そして兄が何者かに殺されたのは、これも間違いなく私のせいだ。兄は自分を犠牲にしてユキを救ってくれた。

私が電話しなければ。私が留守にしていなければ。兄は今もこの家で母と一緒に居ただろう。

　全て、私のせいなのだ。

　それなのに母は私を責めない。それが余計辛かった。

「母さん」

　母は私を見つめた。

「兄貴が死んだのは俺のせいだ。謝って済むことじゃないのは分かってるけど、ごめん」

　母の真っ直ぐな眼差しは、私を貫いた。

「賢二。あんたは昔から溜め込み過ぎるところがある。なんでも自分のせいにしたら駄目だよ」

「でも――」

「いいから。分かったから。だから自分の家族を大事にしなさい」

　母の目は凪《な》いでいた。先程の射るような強さはどこにもなかった。一瞬見せたあの眼差しの意味するものは何だったのだろう。

「分かった。だけど、せめて今日くらいは側に居させて」

　根負けした私はそう言った。母は一つ頷くと、ゆっくり立ち上がった。

「それじゃあ、お風呂を沸かしてくるよ」

「俺がやるよ」

「いいのいいの。動いていた方がいいから」

そう言って母は居間を出て行った。

私は一人、取り残された。

あまりにも静かだ。鳩時計のチクタクと規則正しく時を刻む音が居間に響いている。

いつもならしゅんしゅんと湯気を吐き出しているやかんも、今日は冷たいままの石油ストーブの上に申し訳なさそうに座っている。

こうしていると、何もかもが夢だったのではないかと思えてくる。今にもそこのドアを開けて兄が入って来るような気がする。そして言うのだ。お前はいいな、かわいい子どもがいて、と。

不思議だった。兄を思い浮かべる時、思い出されるのは元の兄だった。もしくは病気になる前の兄だった。幼い頃を除けば、病気だった時間の方が圧倒的に長かったはずなのに、頭に浮かぶのは兄の憂いに満ちた顔だった。それと——兄の背中。

ユキを庇う為に丸められた背中。

幼い頃、私を庇ってくれた背中……兄は決まって私を庇ってくれた。母に叱られた時も。友達とケンカした時も。自分も、まだ子どもだったのに。

その兄は、もういない。

兄を疎《うと》ましく思ったこともある。病気が完治しないのなら、兄がいなくなるより他に母を楽にする術がないと思っていた。兄の病気が憎かった。私の兄を奪った病気が心の底から憎かった。病気を克服することなく、私が憎んだ病気と共に彼は逝った。私は心の片隅で予感していた。病気がもたらす幻覚や幻聴が兄の精神を破綻させ死に導くだろうと。それは柏原が言っていた自殺に他ならなかったが、それ以外に兄の末路を想像できなかった。だがどうだ。実際に兄を死に追いやったのは私だ。私が死の原因を作った。兄の命を奪い、母から愛息を奪ったのは私なのだ。

胸が痛くて苦しくて、どうかなりそうだ。


布団に仰向けになっていても、一向に眠れそうになかった。

和室に一人きり。私が兄を避け、この家を避け、幾歳《いくとせ》経つのか。そうさせたのは何だったか。兄の病気だけが原因だったか？

和室の隅で異様な空気を孕《はら》み、今も恐怖を増殖し続けている押入れに目をやる。ここに入れられ気を失ったことも、私がこの家を嫌厭する理由の一つだった。だいたい、なぜ兄は私をここに閉じ込めようとしたのだろう。どこでもいいわけではなさそうだった。兄は、この押入れに拘《こだわ》っていた。ここに私を閉じ込めたがった。なぜ、そうまでしてこの押入れに拘ったのだろう。この押入れに何があるというのだ？

私は布団から抜け出した。しばらく押入れと対峙する。禍々しい気が発せられているように感じるのは、この押入れにある何か、を私は知っているからなのだろうか。何を知っているというのだ？　何があるのだろう。

たとえこの中に入ったとしても、私を閉じ込める者はいない。開け放したままなら、ここに入れる気がした。

襖に手をかける。色褪《いろあ》せた襖は音もなく開いた。押入れが、嬉々として私を迎えているような気がした。

押入れの下の段にしまってある座布団などを取り出し、出入りの邪魔にならないよう、押入れから離れたところにそれらを置いた。

上の段にはまだ何か入っていたが、それには手をつけなかった。下の段はがらんとして、物がなくなった途端、急にそこだけ温度が下がったように感じた。

誰もいるはずのない部屋を振り返る。私を閉じ込める者は誰もいない。それを確かめる。そしてまた押入れと対峙する。ひんやりとした空気とは別に、私を呑み込もうとする何かがそこから触手を伸ばしているようだ——。

私は覚悟を決めて押入れに這い進んだ。わずかな距離を這うだけで私の身体は押入れに収まった。入ってしまうと、ここで意識を失う程の何があったのか、分からなかった。不思議だった。ただの押入れだ。開け放していれば、閉所恐怖症の発作が出ることもなさそうだった。私は膝を抱えて座った。出口が確保されている。いつでも抜け出せる。その確信こそ、発作を抑える要因なのだ。ここに閉じ込められて発作を起こしたのは、出口が塞がれている恐怖心が起こしたものだったのだろう。分かると気が抜けた。兄亡き今、彼がここに拘った理由は分からずじまいだ。ここに私を閉じ込めようとする時、兄は冷静な——いっそ冷酷といえる程の——目をしていた。後は、感情の読めない能面のような顔をしていた。二度目にここに閉じ込めようとした時兄は「覚えていないのか」そう言った。「思い出させるんだ」とも。兄の中で燻り続ける何かを私が知っていて、それを忘れた私を許せない、あれはそんな言葉だったのではないか。では、一度目は何のために閉じ込めたのだろう。思い出せない。そもそも、私がそれを知っているとは限らないのだ。

私は抱えていた膝から手を離し、脚を投げ出し床に手をついた。脚は押入れから半分ほど飛び出した。古い電灯に照らされた足は裸足で、暖房の入っていない部屋でいつまでもこんなことをしていると風邪をひいてしまいそうだ。私は体勢を変えようと、床についた手を動かした。と、その拍子に左手の小指が微かな隆起を捉えた。

その場所に目をやる。ぱっと見ただけでは違和感の正体は分からなかった。手のひらを床にあて、小刻みに動かす。今感じた隆起の場所を探すために指先の感覚を研ぎ澄ます。すると、指先に凹凸の感覚が伝わった。たいして暗くない押入れの中で目を凝らす。よくよく見ると、床の一部分に切れ目が入っていた。尚も指先で凹凸をなぞり、目で追っていくと、その切れ目が正方形になっていることが分かった。一辺はおよそ三十センチ程。切れ目を爪で触る。何か道具を使えば開けられそうだ。

私は玄関に向かった。下駄箱の上に工具箱が置いてある。母がこれを使うことは滅多になかった。兄が几帳面に手入れをし、使っていた。私は工具箱を開けると、マイナスドライバーを取り出した。そして和室にとって返す。

奇妙な胸の高鳴りを感じていた。

押入れに四つん這いで入り、先程の切れ目を探す。一瞬、切れ目がなくなっているのではないかという思いに駆られたが、正方形の切れ目はじっと私を待っていた。ドライバーの先端を切れ目にあてがう。引っかかりが悪く、手応えがなかった。何度か繰り返し、場所を変えて同じことを試した。すると、ゴッという音と共に、一辺が持ち上がった。ドライバーを置き、外れた蓋を両手で持ち上げる。中から埃が舞い上がった。埃に咽《む》せながら、二の腕部分で口を覆う。埃で視界が悪い。目を細める。目を細める。目を――。

――目を細めながら、兄は何かを持っていた。

私の脳裏に鮮明に蘇ったのは、青年期の兄だ。坊主頭が初々しい。

その兄が、まるで生贄《いけにえ》を捧げる信徒のように、白い塊を掲げていた。押入れから出てすぐのところでそうしている兄を見て、私は息を呑む。兄貴、それは――。

意識が目の前に戻る。舞い上がった埃はすでに消えていた。蓋を持つ手が震えていた。

あの時、兄は私を見た。そして、

――オヤジ。

「オ、ヤ、ジ」そう言った。

それは白く光る頭蓋骨だった。

6

一睡もできないまま朝を迎えた。

恐ろしい記憶が蘇った後、動悸を感じながら押入れの穴を覗いた。

深さ四十センチ程のその穴は空だった。安堵とともに、しっかりと蓋を閉じた。しかし、一旦開けてしまった記憶には蓋ができなかった。

記憶の中で、煩いくらいに蟬《せみ》が鳴いていた。あの後、兄はまだ何か言ったと思うのだが、蟬の声にかき消されて聞こえない。夏。兄が高校生。私は中学生。そしてあれが本当に父だとしたら……。

苦い記憶が蘇る。父を思い出すと、決まって血の味がした。

私の父は、妻と子どもに暴力を振るう男だった。酒が入るとそれは一層ひどくなった。私達が成長し母を庇うようになると、暴力もエスカレートした。腹や背中を蹴ったり殴ったりされることが多かったが、興奮した父は握り拳で頬を殴りつけた。口の中が切れて、血の味がした。

そんな父と、母がやっと離婚できたのが、私が中学に上がる前のことだった。兄の持っていた頭蓋骨が本当に父だとしたら、離婚後兄に殺されたということになる。

兄が父を殺したのか？

私がそれを忘れたのが許せなかったのだろうか。兄は優しい男だった。実際、私を庇って父に殴られたこともあった。母や私を守る為に父を手にかけたのかもしれない。もしそうなら、その事実を一人で抱えるのは辛かっただろう。自分だけ苦しんでいたとしたら、やはり私のことが許せなかったのかもしれない。

離婚後、母に父の話をしたことは一度もない。あの苦しい頃を思い出させたくなかったからだ。しかし、断片的とは言え記憶が蘇った今、訊ねずにはいられなかった。

簡単な朝食を摂り終えた私は、台所へ向かう母の背中に言った。

「親父のことだけど」

母の背中に緊張が走るのが分かった。

「葬式にさ」

「え」

母は足を止めたが振り返らない。

「葬式くらい呼ぶべきだったかなと思って」

私は気まずさを呑み込んだ。父に報《しら》せようなどと、考えてもいなかったからだ。

「結婚式は呼ばなかったけど、今度は……報せた方が良かったんじゃないかと思ってさ」

結婚、出産も父に連絡しようなどと思ったことは一度もない。妻が気を遣ってくれたが、私が断った。あの人は他人だ。親子の縁は切れないと人は言うが、もしも切れるものなら喜んで断ち切ってやる。

「どこにいるかも分からないよ」

早々に、母は話を切り上げた。台所に姿を消した母は、まるでこの話から逃げているようだった。それも当然のように思えた。十何年も暴力で支配されていたのだ。今更思い出したくもないだろう。

署で受けた事情聴取の際、父親のことを訊ねられたが、離婚後は一度も会っていない、行方も分からないと私は答えた。母も同じことを話していると刑事から聞いた。

私はため息を吐いた。仰向けに倒れる。母は父の死を知らない。

私の周りで人が死んでいく。父が死んで——兄に殺されて——いるとしたら、父から始まり、甘利、友梨恵、そして兄。

死の連鎖。まるで祟《たた》りのようだ。今度は誰が死ぬのだ？

勢いをつけて起き上がると、私は何年も足を踏み入れなかった二階へ向かった。

この家の住人だった頃、今は物置になっている二階の和室が私の部屋だった。向かいの洋室が兄の部屋だ。私は兄の部屋のドアノブに手をかけた。

警察が捜査の為にこの部屋も調べたはずだが、部屋の中はきちんと片付いていた。あの朝起き抜けで出かけたと母は言っていたが、そのベッドの掛布団は、今はきちんと畳まれていた。几帳面だった兄のために、母が直したのだろう。

主のいなくなった部屋は一層冷えるような気がした。

部屋に足を踏み入れる。兄の部屋に入るのはいつ以来だろう。兄が発病し、手あたり次第に家の物を破壊した時、片付けるために入ったのが最後だったか。ここは他の部屋に比べて明るかった。ベッドと学習机、それと本棚。あるのはそれだけで、どれも整理整頓されていた。学習机の椅子に腰を下ろす。塵一つない。隅々まで手入れの行き届いた部屋だ。元来綺麗好きだった兄だが、発病してからはそれに拍車がかかった。

机の横に備え付けられた本棚に目をやると、精神病に関する本が多く並んでいた。兄は兄なりに自分の病気と向き合っていたのだ。一冊の本を手に取りパラパラとめくると、几帳面に定規で引いたと思われる赤線が所々に存在した。目を背けた私とは違い、兄は正面から向き合っていた。本を閉じる。逃げ続けていた自分が恥ずかしかった。

今時小学生でも使わないような学習机は、母方の祖母が生前兄に贈った物だった。その頃はまだ東京に住んでいた私達一家にこの学習机が運ばれてきた時、兄に嫉妬したものだ。

机の上に、でんでん太鼓が置かれていた。兄はこれでユキをあやしていた。ユキをサチだと言ってきかず、サチサチと言いながらでんでん太鼓を振っていた。愛おしそうに見つめ、飽きずにユキを抱いていた。あの、幸せな時間は二度と訪れないのだ。でんでん太鼓を元に戻す。鼻の奥がつんとした。泣きそうな自分に気付いた。

机に手のひらを滑らせる。一ヵ所、大きく疵《きず》が付いていた。机の縁に直線状に付いたその疵は、私の記憶を蘇らせた。

あの日も父は酔っていた。赤ら顔で、また私を殴った。そして、その手には出刃包丁が握られていた。それを振りかざした父の腕は隆々とした筋肉で武装されていた。あの腕で振り下ろされた凶器が当たったら死ぬと思った。無我夢中で逃げた。その時につけられたのがこの疵だ。父が本気で私達を殺そうとしていたなら、簡単に殺されていただろう。生き残ったところを見ると、父の刃傷《にんじょう》沙汰は一種の狂言だったのだろうが、どこの親が子どもに対してそんなことをするというのだ。思い出すにつけ、とんでもない父親だった。昨夜の記憶が事実だとしても仕方がないような気がした。

父の死が事実なら、兄は私を二度救ってくれたことになる。一度目は父から。二度目は家族を狙う殺人者から。兄だから弟を守ったという理屈では到底説明しきれない。兄の特別強い正義感が家族を守った——その理屈も違う気がした。

兄は私と家族を救ってくれた。有難かった。そして、さみしかった。

7

兄の部屋を後にした私は、妻の実家に向かっていた。

私達が結婚する数年前に建て直したという妻の実家は、旧家が立ち並ぶ住宅街で目立っていた。レンガ調の外壁は義母の見立てによるもので、初めてここを訪れた時恥ずかしそうにそう言い訳をする義父を微笑ましいと思ったものだ。

インターホンを押すと、中から義母が出てきた。

玄関ドアを開けた途端に味噌汁の匂いが漂ってきた。

「いらっしゃい。上がって」

私が玄関に上がるのを待って、義母は労《ねぎら》いの言葉をかけてくれた。

「お母様の様子はどう？　賢二さんも無理しないでね」

「昨日はありがとうございました。あの、サチ達は？」

義母の後について行くと、ダイニングテーブルを囲む義父とサチの姿があった。

「サチ、昨日は遅くまで寝付かないものだから、今朝は遅くて。こんな時間にご飯なの」

私は義父に頭を下げた。義父はサチに沢山食べなさいと言い置くと席を立った。

「賢二君、ちょっと」

サチが私を呼び、手を伸ばしたが、私は笑顔で「すぐもどるよ」と言った。

「ひとみのことだが」

サチに声が届かないところまで移動した義父は切り出した。ダイニングテーブルに妻の姿がないことが、話の内容を予想させていた。

「ずっと起きてこないんだ」

義父は短い腕を組んだ。

「家に帰って来てからというもの、ずっと部屋に籠っている。食事も、女房がやっと食べさせていると言った状態で、話もしない」

義父の眉間に深い皺が刻まれた。

「女房と相談して病院に連れて行こうとしたんだが、頑として聞かない。子どもじゃあるまいし、無理やり連れて行くわけにもいかないだろう」

そして困ったように、白くなった太い眉を下げた。

「一番心配なのはユキだ」

義父が視線を動かしたのでそれを追うと、リビングの中央に置かれた籠にいきついた。それはアメリカのドラマに出てくるような、日本の竹籠に長い脚のついたような代物だった。これはサチが生まれる時、義父が探し回って購入したのだと妻から聞いた。妻は一人娘で、義父にとってサチは初孫だった。相当楽しみだったようで、妻の実家には私達の家より子ども用品が充実している。その義父が初めて見せる悲嘆の顔だった。

「ユキを抱こうともしない」

私は驚いて義父を見た。義父はため息を吐きながら視線を私に戻した。

「女房が世話をしている。授乳の時だけ部屋に連れて行くんだが、なんだかおそろしいものでも抱くように、こわごわと抱いて、すんだらさっさと女房に任せてしまう。サチにもよそよそしい感はあるが、ユキほどは避けている様子はない」

私は、妻が真っ暗な部屋でユキを抱いたまま放心していた日のことを思い出していた。今度の事件が、それに拍車をかけてしまったのだろうか。

「ご迷惑をおかけしてすみません」

私が頭を下げると、義父は、

「謝る必要はない。ただ、心配なだけだ」

と言った。

「私が病院へ連れて行きます」

義父は何度か頷いた。

「頼む。賢二君も大変だと思うが、私達も出来る限り力になるから」

「ありがとうございます」

私は頭を下げた。

妻の部屋に入る。こちら側に背を向けて、胎児のように身体を丸めて横になっている。

言いようのない切なさが込み上げてきた。

「ひとみ」

私が声をかけると、布団の中の背中がびくりと震えた。

「大丈夫か？」

返事はない。私はベッドの縁に腰を下ろした。重みでベッドが沈む。

「ご飯もろくに食べてないってお義父さんから聞いた。具合が悪いのか？」

布団の中で身じろぎもしない妻からは、やはり返事はない。

「俺と病院に行こう」

今度は間髪を入れずに返事が返ってきた。

「行かない」

小さいが、決然とした声だった。

「お義父さん達も心配しているし、一度――」

「行かない」

さっきより大きな声で妻は言った。

「一度診てもらって何ともないなら安心だし、それに――」

突然、布団が宙を舞った。妻が起き上がっていた。

「行かない」

やつれた顔の妻は、目に怒りを滾らせてそう言った。

「ひとみ――」

「病院に行ってどうするの。私にはお化けが見えるんですって言うの？」

「そうじゃない、ただ、ユキのことも心配だし――」

「赤ちゃんの瞳に映るお化けが怖くて抱っこもできないって？　医者に言えっていうの？　そんなこと言ってどうなるの？　そしたらあのお化けも見えなくなる？」

「ひとみ――」

妻は剝いだ布団を引き寄せ、抱きしめた。

「実家に帰ってからも、見たの。家に出たのと同じお化け」

「ひとみ」

「やっぱりユキにおっぱいをあげてる時だった。ユキの瞳に映ったの。すぐに振り返ってみたけど何もいなくて……病院では見なかったのに。どの家にも出るなんて」

妻はぶつぶつと何かを呟いている。その姿は、兄を連想させた。

「ひとみ」

「私に取り憑《つ》いているのかしら。だから家が変わったのに見えるのね。そうよ、そうなんだわ。じゃあ……お義兄さんが死んだのは私のせい……？」

怒りと共に、妻の目から急速に生気が失われていった。

「私に取り憑いたお化けに殺されたんだもの、私のせいよ」

「何を言っているんだ。兄貴が死んだのは殺人者のせいだ。刑事が言っていた。もしかしたら子どもを狙った誘拐犯の仕業かもしれないって」

虚ろな目を私に向けると、妻は言った。まるで天気の話でもするように。

「もしそうなら、ユキを連れて行ってくれたらよかったのに」

背筋が凍った。私の妻は――ユキの母親は何と言った？

「そしたら、もうあのお化けを見なくて済むのに」

私はショックのあまり口もきけなかった。

「ねえ、ケンちゃん」

そう言って妻は笑った。

8

一体どこでおかしくなってしまったのだろう。何が、私の家族を軋《きし》ませる原因だったのだろう。我が子の瞳に、妻は何を見ているのだろう。

ハンドルを握りながら思考を彷徨わせていると、いつの間にか我が家に向かっていた。それに気付くと自嘲気味の嗤いが漏れた。

Uターンするのも面倒でそのまま自宅へ向かうことにした。兄のことがあってから、自宅へ戻るのは初めてだった。

駐車場へ車を入れる。玄関に黄色いテープが巡らされていた。それだけのことが、もう元の生活には戻れないのだと私に再認識させた。警官は居らず、無人だった。私はテープをくぐり、施錠を解いた。

家の中はしんとしていた。警察が家中調べたはずだが、それほど散らかっている様子はなかった。リビングを抜け、キッチンへ向かう。

兄が最期を迎えた場所は、血液一滴落ちていなかった。マジシャンが箱に入った人間を真っ二つにした後、その人間が何ごともなかったかのように両手を広げてステージに立つように。すべて元通り。

これもマジックのようなもので、これまでのことは、本当は何もなかったのではないか。そんな子どもじみた考えを頭から追い払うと、キッチンを出た。一つ一つ部屋を回る。

がらんとした子ども部屋。可愛らしい壁紙が眩しかった。妻が、サチの為に選んだ壁紙だった。隣接する部屋はユキの部屋だ。この部屋の内装を決める時、まだユキは生まれる前で、妻は生まれてくるのが男の子でも女の子でもいいように、クリーム色の壁紙を選んだ。この部屋をサチとユキが使うことは恐らくないだろう。そう思うと胸が締め付けられた。

いつもサチが遊んでいた和室は、一人きりだと広く感じた。無意識に、足が押入れの前の換気口に向かっていた。その時なにか固く尖った物を踏んでしまい、私は痛みで飛び上がった。手に取って見ると、それは木製のイルカだった。サチのおもちゃだろうが、プラスチックのおもちゃの中でそれは異質だった。そのイルカはねじがついているわけでも色がついているわけでもない。こんな物を買った覚えももらった覚えもなかったが、そもそもサチの持っているおもちゃで私が分かるのはカラオケくらいのものだ。

サチのお気に入りのカラオケを探す。目当ての物が見つかると私は畳の上で胡坐《あぐら》をかいた。そしてそれを手に取ると、きらきら星のボタンを押す。雑音混じりのメロディーが部屋に流れる。鳴り終わると、もう一度押す。それを繰り返した。何度も何度も。次第にボタンを押す指に力が入る。私の太い指が乱暴にボタンを叩きつけると、隣のボタンも押されてしまい、曲がかからない。苛立ち紛れに拳で叩くと、ガジガジと間抜けな音を立てて鳴り止んだ。

無性に腹が立った。その無用なプラスチックの塊を振りかぶると、押入れの扉に叩きつけた。衝撃で箱からマイクが外れ、カエルの死体のような無様な姿を晒している。一向に治まらない怒りの矛先をおもちゃ箱の中身にぶつける。箱からおもちゃを引っぱり出し、押入れの扉にぶつけていく。そうすればするほど怒りが増して、私の中でぐちゃぐちゃに絡み合っていたマグマのような感情が噴き出してくるようだった。箱の中身が空になるまでそうした。まだ投げつける物はないかと視線を走らせると、先程のイルカが残っていた。ひっくり返ったカラオケを引き寄せ、振りかぶる。木製のイルカは思ったよりも頑丈で一撃では壊れなかった。イルカの形が無くなるまで繰り返し繰り返しカラオケを叩きつけた。もはやイルカの原形を留めていない残骸《ざんがい》を見下ろし、私は深く息を吐き出した。

両手を背中側に突っ張って体を支え、脚を投げ出す。壊れて死体になったおもちゃ達は、腐ることもなくそのままの姿で存在し続けるのだ。仰向けに倒れた私は、天井を見上げた。

無人の家は沈黙しているが、呼吸を止めてはいない。

家に入った時から感じていた違和感の正体がやっと分かった。入った瞬間から包まれるような暖かさのこの家には、無人の家特有の冷え冷えとした空気が皆無だった。まるで家族が帰りを待ってくれているかのように暖かい。今も、休むことなく地下から春の風を吹き上げ、家を暖めているのだ。

兄の事件後、地下のエアコンのことなどどちらとも思い浮かばなかった。帰る前にでも切っておかなければ——そこまで考えた時、ずず……という物音が聞こえた。しばらくしてもう一度、同じ音が聞こえた。音は、天井から聞こえる。新築の家にネズミでもいるのだろうか。そういえば妻も言っていた気がする。天井から物音がする、と。

私は上体を起こし、耳に神経を集中させる。私の真上から音がするようだ。ねずみのような小動物が動く音ならば、もっと小さな、爪で机を叩くような音がするだろう。この音は、重い荷物を引きずる時のような、そんな音だ。天井に走っているダクトが故障したのか。それにしても気持ちの悪い音だった。

音は、まだ続いている。例の換気口の付近まで移動している。私は静かに起き上がると、換気口の下に移動した。

何も見えない。格子状の換気口は静かに口を開けたままだった。ずず……ずずず……背筋の寒くなるような音がした後、私は見た。

換気口のフィルターの網目から眼が覗いていた。カッと大きく見開かれたその眼は、およそ人間のものとは思えない。真っ黒だった。悲鳴を上げそうになったまさにその時、尻のポケットに入れていた携帯電話が鳴り出した。あまりの驚きに、今度は正真正銘の悲鳴が漏れた。慌てた私は、視線を換気口から逸らした。携帯を耳にあてたのは無意識だった。

「もしもし」

男の声だった。

私はそのままの姿勢でもう一度換気口を見上げた。

眼は消えていた。

「もしもし」

電話の男がもう一度言った。私は飛び出しそうな心臓を服の上から押さえ、呼吸を整えた。

「はい……」

「もしもし、清沢さん？　どうかされましたか」

声の主は柏原だった。

「今どちらですか？　ご実家ですか」

このところよく眠れていない。睡眠不足がありえないものを見せたのかもしれない——。

「もしもし？」

「自宅にいます。あの——勝手に入ってまずかったですか」

吐息の中に、柏原の哀しみを感じた。

「清沢さんのお宅です。なんの問題もありません」

私の家。

誰もいない、私の——家。

「今、東京に来ています」

柏原は、甘利の事件の捜査をしていると言っていたが、東京に何か手がかりがあったのだろうか。

「原さんのマンションの防犯カメラに映る人物と、甘利氏の事件当日に、彼のアパート付近のコンビニの防犯カメラに映る人物の特徴が酷似していたのです」

柏原の言葉に、私は換気口から目を離した。胸に燻っていた想いが頭をもたげた。

「意外な人物でした」

まさか。

「私がこんなことをお話しするのも、今度のお兄さんの件にも、どうやら同じ人物が関わっているようだからなのです」

すうっと現実が忍び寄ってくるのを感じた。

「その人物は、長野にいました」

「まさか——」

私は、目を逸らし続けた人物の名を挙げた。

「妻ですか……？」

刹那、落ちた沈黙の中で現実の刃に直面した私は息を吞んだ。片や、真実を知る男は黙っている。

「妻なのですか」

刃は、私の喉元に突き付けられている。

「まさか、本当に」

押し付けられていた刃が、突然消えた。

「違います」

「――――」

安堵のあまり、声も出なかった。柏原は続ける。

「清沢さんの奥様ではありません。捜査情報をお話しするのは本来規則違反です。しかし、今後お子さんや清沢さんご夫婦に危害が加えられないとも限らない。これは、私が独断でお話しすることです」

規則に縛られている柏原がこうまでしてくれるのは、それだけ切羽詰まった理由があるからなのだろう。

「さすがに名前は申し上げられません。しかし、その人物は現在居所が分かりません」

「え」

「だからこそお話しするのです。充分に注意して頂きたい」

「は、はい」

妻と子どもには義父がついている。

「その人物は女性、清沢さんのご家族とも親交のある人物です」

柏原の声が小さくなり、急《せ》いていた口調が益々早くなる。

「清沢さんのお宅に深い関わりがあります。その点から、鍵を入手することも可能だったと思われます」

「え――」

間があった。それは柏原の迷いを感じさせた。柏原が短く息を吸い込むのが聞こえた。

「その人物は――」

携帯を握る手に力が入る。

「――失礼、そういうことで、充分注意してください」

電話の後ろでガヤガヤと人の声がした。周りの耳を気にして話せなかったのだ。

「あの――」

すがりつくような私の声が聞こえたのか、柏原は、

「これで長野に戻ります」

と言った。そしてまた沈黙が落ちた。周りの騒がしさは変わらない。

「また連絡します」

そう言って電話は切れた。

私は暗くなった画面をしばらく見つめていた。

——清沢さんのご家族とも親交のある人物です。

——お宅に深い関わりがあります。

女性。柏原はそう言った。

全てに当てはまる人物。思い浮かぶ人物は一人だった。

しかし、なぜ。

私はリビングに移動した。握りしめていた携帯を操作する。義父はすぐに電話に出た。私は今聞いた話を簡単に義父に説明した。戸締りを充分にしてもらうこと、妻と子どもに注意を払ってもらうよう頼む。義父は驚いた様子だったが、電話を切る頃にはすっかり落ち着いていた。通話を終えた画面に充電が僅かだと表示されていた。

その後しばらくリビングをうろうろと歩き回ったが、私はソファに座ると、決心して電話をかけた。

二度、呼び出し音が鳴って応対する女性の声が聞こえた。

「お電話ありがとうございます。ＨＡホーム、タカナシです」

その名前に聞き覚えはなかった。

「清沢と申します。菊池さんはお手空《てす》きですか」

「清沢様……」

タカナシという人物の頭が高速回転しているようだった。どのような情報が彼女にもたらされたのか、愛想の良かった声音が急に緊張したものに変わった。

「どのようなご用件でしょうか」

「伺いたいことがあります」

タカナシが躊躇している間に電話の向こうが騒がしくなった。そして、

「お電話代わりました。菊池です」

落ち着いた声だった。甘利を庇ったあの時と似ていた。

「清沢です」

一拍置いて返事をした菊池からは、いつか私と話すことになるはずだったという決意を感じた。

「はい」

「菊池さんにお聞きしたいことがあります」

「はい」

「私が甘利さんに摑みかかった時、彼はそんな人ではないと、あなたは庇われました」

「はい」

菊池の声は、未だにあの時の言葉に嘘がないと語っていた。

「私が甘利さんにあのような態度をとった理由はあの時話しましたが、私が甘利さん

に対してマイナスの先入観を持っていたのは、ある人物から警告を受けていたからです」

菊池は相槌を止め、私に訊いた。

「本田、ですか」

「そうです」

電話口で、菊池は深いため息を吐いた。

「本田さんはこう言っていました。甘利さんは以前会社で問題を起こしたことがあると」

「問題？」

「ええ。甘利さんは自分の外見にコンプレックスを抱いていて、それが原因で顧客とトラブルになった、と」

またしても長いため息が聞こえた。

「本田がそのようなことを？」

「はい」

「確かに、甘利はコンプレックスを抱いていたようです。彼は元営業マンでしたが、お客様と接する際、表情の強張りが出てしまうことがあり、悩んでいました。しかしそれらは、誠心誠意お客様に尽くそうとしているからこそ表れてしまうもので、彼の真面目さに接したお客様は、皆さん甘利を信頼して下さいました。だからこそ、あの若さでマネージャーに昇進できたのです」

彼の態度は、顧客を獲得せんとする焦りゆえのものだと思っていた。引き攣った口元も、いやに真剣な目も、私には不信感を抱かせただけだった。まさかそんな理由があったとは。

「営業の時もマネージャーになった後も、社内で彼は重用されていました。確かに以前、弊社にはお客様とトラブルになったという事例はあります」

私は黙って話の続きを待った。

「しかし、それは甘利ではなく本田です」

「……本田さんはなぜそのようなことを？」

菊池は、今度は短くため息を漏らした。

「本田には婚約者がいました」

予想もしなかった言葉だった。

「婚約者？　本田さんは既婚者では？」

「いえ、彼女は独身です」

胸の奥がざわざわとしていた。

「え、でもお子さんが――」

「子ども？　まさか。彼女に子どもはおりません」

妻と、楽しそうに子どもの話で盛り上がる本田の姿が蘇る。とても嘘を吐いていたようには思えない。

「営業ですから、子どもがいると、そう言っていました」

「子どもがいると、多少大きくものを言うことはあるかもしれません。しかしそこまで……」

私は我が家に停められていた本田の車を思い出していた。まるで独り身のように整然としていた車内を。

本田の車にはチャイルドシートが設置されていなかった。

「子どもがいると嘘を吐くとは」

「本田さんが、顧客とトラブルになった理由は何なのですか」

菊池も頭が混乱しているのか、少し間を空けて話し出した。

「本田は入社間もなく、弊社の現場監督と婚約しました。そして、結婚を機に弊社で家も建てる予定でした。土地は、婚約者の親御さんから譲り受けたとかで、市内の外れですが、かなり広い土地で、平屋になる予定でした」

「平屋……」

「ええ。二人共若いのに珍しいなあ、と思った記憶があります。また、本田は理想主義的な面があり、新居、新しい家族に対する理想を細かく鮮明に思い描いているようでした。結婚をしても仕事は続けたいから子どもは一人、しかも絶対に女の子だ、なんてよく言っていました。その子が大きくなったら、一緒に家庭菜園をするんだと目を輝かせて言っていましたが――」

菊池が言い淀んだ。話が核心に触れようとしている。

「結婚式まで半年、ちょうど新居の地鎮祭《じちんさい》の日でした。私も地鎮祭に立ち会うべく現場におりました。準備万端で、あとは婚約者を待つばかりだったのですが、彼がなかなか来ない。本田が携帯で彼に連絡を取ると、車の調子が悪く出発が遅れたと言うのです。現場監督という職業柄なのか、予定を延ばしては迷惑がかかると思ったのか、調子の悪い車で何とかこちらに向かっている、と言ったそうです。その時の本田の表情は今でも忘れられませんよ。困ったような、でもちょっと誇らしげにはにかんで。ああ、この子は幸せなんだなあってこっちまで嬉しくなりました。しばらくして、婚約者が現れました。と、いうか、一瞬、見えました。本田があっと言って手を挙げたので道路側に目をやると、婚約者の車が見えて……その時」

私はごくりと唾を飲み込んだ。

「我々の目の前で、婚約者の車がスピードを落とすことなくガードレールにぶつかり……」

思わずえずきそうになる。

「即死でした。ブレーキのトラブルが原因だったようです。婚約者が目の前でそんなことになり、しばらくは立ち直れないだろうと周りが心配していると、初七日も済まないうちに出勤してきて……」

「えっ」

「どんなに落ち込んでいるだろうと思っていたら、以前と同じ、明るい様子で。社長も帰れとは言えませんからね、そのまま仕事をさせることになったのですが……その頃顧客になったのが、例の家族です」

例の家族、とは本田とトラブルになった家族のことだろう。

「その家族を担当したのが本田です。いつにも増して熱心に担当していました。仕事に打ち込むことで悲しさを紛らわせているのだろうと思っていました。ですが……彼女は、その家族に彼女自身を投影していたようなのです」

菊池の声に悲しみが滲み出ていた。

「理想の家族、理想の家。自分の叶わなかった夢をその家族で果たそうとして……。家族構成も、彼女が夢みていた通り、女の子が一人のご家族でした。何が直接の原因だったか忘れましたが、その家族の話では、本田の提案したプランに沿って設計が進んでいたそうです。ですが、ご家族で話し合われた結果、プランとは違う案にしたいということになり、それを本田に伝えたら様子がおかしくなったというのです」

「というと？」

「突然ぶつぶつと何かを呟き出したそうです。そして突然、男性に摑みかかった。そのご家族は勿論ですが、私達にとっても青天の霹靂《へきれき》ですよ。これまでそんなことは一度だってなかったのですから。ただ、やはり復帰が早すぎたのだろうという話になり、処分はせず長期休暇を取らせました。幸いにも、そのご家族も事情を考慮して下さり、大事にならずに済みました。

休暇中、本田のお母様が会社へ謝罪にみえた時、仰っていました。婚約者が亡くなった後一度も泣かない娘を不憫に思った、と」

「一度も泣かない……」

「ええ。娘は現実を受け入れられないのだ、とも仰いました。夜な夜な出かけるのでついて行くと、新居の建設予定地に向かったそうです。清沢様も経験がおありなのでお分かりになると思いますが、地鎮祭を行う予定でしたので、杭《くい》とテープが家の形に張り巡らされていました」

地鎮祭の時を思い浮かべてみた。確かに、家の枠のように、杭とビニールテープで縁どられていた。

「その中に入って、座り込んでいたそうです。お母様もいよいよ気味が悪くなって声をかけようと近づいたら――」

暗闇の中、独り。

「笑っていたそうです。誰もいないのに、なにか呟いて笑っていたそうです」

腕にすうっと鳥肌が立った。

「お母様も心配なさって、仕事に行くというのも止めたそうなのですが、出社すると言ってきかなかったようです。お母様も折れ、いっそ仕事に打ち込んだほうが良いかもしれない、と考えを改めたそうですが、それも後悔なさって。私も娘が居りますので、お母様のお気持ちも分かるような気がして、お気の毒で」

心なしか菊池は涙声のようだ。

「それで――休暇後の本田さんは？」

菊池は何か吹っ切れたような声で言った。

「元通りですよ。怪我をさせてしまったご家族にもお詫びをし、社員にも頭を下げて。それからは非常に良く働いてくれていました」

「……いました？」

菊池の声が曇る。

「しばらく出社していません。連絡も取れない状況です」

「その後、本田さんは何か問題を起こすようなことはなかったのですか？」

「勿論です。何かありましたらお客様の担当などさせません」

「以前、甘利さんに言われました。家族を大事にしないとこわいことになる、と」

菊池から返事はない。

「何か、思い当たることはないですか？」

菊池は沈黙したままだ。

「甘利さんから、何か聞いていませんか」

菊池は沈黙を保っている。耳に当てた電話がひどく冷たいような気がした。

しばらくして菊池は話し出した。

「本田が復帰してだいぶ経った頃のことです。周りも、もう彼女を以前と同じように扱うようになった頃。甘利ともめていたので仲裁に入ったことがあります。本田は理由を説明することなく行ってしまったので、私は甘利に諍《いさか》いの原因を訊ねました。すると、甘利はこう言いました。『本田は妄想の世界に住んでいる。顧客に自分を重ね、その家族として生きている』と。そう言われても私には何が何だか分かりませんでした。しばらくして、今お話ししたことを思い出したので、以前あったようなことか、と訊ねると、甘利はその時とは次元が違う、と言いました。私は訳が分からなくなり、更に甘利を問い詰めましたが、甘利自身も確信がなかったのかそれ以上は何も言いませんでした。私も、改めて本田を問い詰めることもせず、そのままうやむやになってしまいましたが、もしかするとそのことと、清沢様が仰ったことが関係しているのかもしれません」

菊池はその時本田を問い詰めなかったことを後悔している、と言った。

私は、今更ながら考える。甘利が、強張った表情で私と妻に接近してきた理由。

引き攣った口元で、伝えたかったこと。

私が真摯な態度で接していれば、気付けた彼の真意。

それは――。

「このようなことをお話ししましたのも、その……」

電話の向こうで、菊池が固く唇を引き結んだのが見えるようだった。

代わりに私は言った。

「本田さんが殺人の容疑者だからですね」

電話口ではっと息を呑むのが聞こえた気がした。そして菊池は電話に出た時と同じ落ち着いた声音になると答えた。

「その通りです。清沢様には何とお詫びしたらよいか」

「菊池さんが謝ることではありません」

「警察から連絡がありました。本田を捜していると」

「はい」

「しかし、先程申し上げた通り本田は出社していません」

「はい」

「本当に、申し訳ありません」

菊池はもう一度詫びた。今度は否定しなかった。そうすることが菊池への誠意のような気がした。

通話を終えた私はソファに身を沈めた。

※

理想の家族を守る為に何人も殺《あや》めた。

初めて自分で家族を持とうと決めた時、婚約者に女がいることが分かった。それが許せず婚約者自身に制裁を加えた。しかし、それは間違いだった。婚約者を排除してしまうと一人きりになった。それにあれは危ない賭けだった。人の目がある地鎮祭の日を選んだのは間違いではなかったが、婚約者が電話に出た時は大いに狼狽《ろうばい》した。しかもその婚約者の車が見えた時は生きた心地がしなかった。こちらに来るのを制しようと手を挙げた瞬間に事故は起きた。

自分自身で一から家族を作るより、すでにある理想の家族と過ごす方が理に適《かな》っている。

その家族が、邪魔者を排除したにもかかわらず壊れていた。こうして待っていても帰ってこない。また、新しい家族を探さねばならないのか。

話し声がする。

帰ってきた。主人一人……私の話をしている。私に感謝こそすれ、なぜあんな恐ろしい顔で話しているのだ。まさか主人は私を排除しようとしているのか。「家族」であり「家」である私を？

主人の出方次第では私が壊さなくてはならないのかもしれない。

それならば、あの場所で待とう。主人は来ないかもしれない。来られないかもしれない。暗く、狭い、あの場所に。

9

目が覚めると辺りは暗かった。あれだけの衝撃を受け、あり得ないものまで目にした後なのに眠れるとは、余程寝不足だったようだ。

ソファから身を起こすと深呼吸した。菊池と電話した後、ここに座ったまま眠ってしまったのだ。立ち上がり、リビングの灯りをつける。菊池との通話から三時間が経過していた。

妻と子どもの元に行かねば。腹が空いていたが、兄が殺された家で飲食する気には到底なれなかった。

家を出ようとリビングの電気のスイッチに手をかけた時、思い出す。エアコンの電源を切っていかないと。

地下に続く観音開きの扉を引く。下から上がってくる暖気に身を包まれながら、壁に掛けてあるリモコンを外す。電源を切ると、床下から微かに聞こえていた送風の音が止んだ。壁にリモコンを戻す。もう二度と、このスイッチを押すこともないだろう。この暖かさに包まれた至福の時が永遠に続くものだと信じていた。今思うと夢のような時間だった。もう二度と、戻って来ない。二度と、取り戻せない時間。

扉を閉めようとした時、床下から物音がした。耳を澄ます。ず、ず、ず……あの音だ。和室の上から聞こえた、あの音。

突如、兄の言葉が蘇った。

——感じないのか？

——上にも下にも、あいつらはそこら中にいる。

私が固まっていると、更に音が続く。ず、ずず……ぞぞぞ……何かが地下で蠢《うごめ》いている。いや、這いずっている。

咄嗟に地下の灯りをつける。その途端、物音が止んだ。しばらく耳を澄ますが、それきり何も聞こえなくなった。鼓動が激しくなる。なんだ、なにがいるというのだ？

――お化け。

死人のような子どもは言った。

――なんかさ、すごく……禍々しい――。

い、い、い、まがまがしい。

その通りだ。なんと禍々しいのだろう。そして許しがたい。

心臓に集中していた血液が一気に頭にのぼる。

私の家族をバラバラにし、妻を壊したものがここにいる。私は五段の階段を駆け下りた。素早く身を屈め、床下を覗き込む。一瞬、何かの影が視界の隅でちらついた。黒く、長い影だった。私はそれに向かって這い進む。

許せない。私の家族に手を出す者、壊そうとする者を許せない。

その刹那、この感情を知っている、と思った。ずっと昔、同じような状況に見舞われ、そう思ったのではなかったか。私がその思考に囚《とら》われた僅かな間に、影は姿を消した。

あの影。

サチが床下に迷い込んだ時にも見た影。記憶を辿る。あの時は、閉所恐怖症の発作を起こし、朦朧《もうろう》としながら見たのだった。ゆらゆらと揺れながら、長い影は私に向かって来ていた。そこを、兄が助けてくれた。長い影。長い――髪。換気口から垂れ下がっていた黒い髪の毛のようなものを上林は目撃している。長い黒髪――？……あいつか？

妻と向かい合い、家のソファに座っていた時見えた、黒々とした髪。あの時か？　初めて会った、あの時から私の家族に目をつけていたのか。初めて会った時、あいつは長い黒髪をうなじのあたりで一つに束ねていた。換気口から覗く真っ黒な眼。妻が怯えた眼。初めて会った時に感じたではないか。あの時、なんと黒目の大きな女だと、そう思ったはずなのに。何度でも気付くチャンスはあった。長い黒髪、大きな黒目、整然としたあの女の車内。

兄が殺された日、妻がまだ息のある兄に駆け寄った時に見たという、黒髪。友梨恵に送りつけられた写真。時期を遡《さかのぼ》るとあの女に会った直後から撮られたものだった。

友梨恵にかかってきた無言電話の向こうから微かに聞こえた赤ん坊の声。あの女が、ここからかけていたのだ。だから、ユキの泣き声が聞こえた。サチが好きなおもちゃや曲を知っていた。

——母がね、言うの。まるで家から出て来たみたいに見えたって。

あの女はこの家に住んでいた。

全てに合点がいった途端、激しい怒りが込み上げた。怒りは全身を駆け巡り脳天を突き抜けた。あの女をこのままでは済まさない。怒りで震える身体を制御し、女の影へと這い進む。床下の灯りが届かなくなり、暗闇に包まれる。ズボンの尻ポケットから携帯を取り出し、ライトを点灯させる。携帯から眩《まぶ》しい光が放たれ、コンクリートの床下が照らされる。灯りを左右に動かし、影を探す。等間隔に並んだ支柱の直径は四十センチで、サチならともかく、たとえ女でも大人が隠れられる幅ではない。辺りの支柱を照らす。目を凝らすが、何も見えない。もっと奥か。行き止まりのコンクリートの壁を照らす。ここからではさすがに照らしきれずぼやけてしか見えない。ぼやけてしか見えないが、確かに見えた。行き止まりのコンクリートの壁に張り付くようにしてこちらを見ているあいつが。怒りと恐怖でおかしくなりそうだった。

携帯を握りしめたまま女に向かう。胸が苦しく、頭が爆発しそうに痛かった。怒りのせいだと思い込もうとしたが、それらは無視できない程に私を苦しめた。今は駄目だ、今だけはよしてくれ。今、発作が起きたら——。

気道が腫れあがり、呼吸が困難になる。くそ！　無駄だと分かっていながら、握り拳で胸を叩く。何度も何度も、強く強く。くそ！　くそ！　まるでそれが伝わったかのように、携帯の電池が切れ、ライトが消えた。狭い空間が、再び暗闇に包まれる。せまい空間。せまい——。

——こんな狭いところに全部は入らないな——。

全部？　何が入らない？　これは何の記憶だ？　そもそも私の記憶なのか？　苦しい、息が苦しい。携帯を取り落とし、喉元を掻きむしる。電池の切れた用無しの携帯が私のもがく足に蹴られ、コンクリートの床を滑っていく。今度こそ、ここで死ぬのか。あの女を捕らえることもできずに。

発作を起こした時、兄が力強い腕で私をここから引っぱり出してくれた。あの時も、そしてあの時も、兄が助けてくれた。兄が助けてくれなければ私は確実に殺されていた。——殺されていた——誰に？　兄は誰から私を救ってくれたのだったか。

朦朧とした意識下でそれ以上の思考は不可能だった。何とか息をしようと仰向けに転がった。目を瞑り、ここが広い空間で、出口がすぐ側にあるのだと強く自分に言い聞かせる。大丈夫だ、大丈夫……体中が空気を求めているその時、例のあの音が近くで聞こえた。ずずず、ぞぞぞ……心なしか、音のスピードが上がっているように感じる。早く発作を抑えなければ、取り返しのつかない事態になる。

——殺される——。

そう直感した瞬間、気道にストロー程の隙間が空いた。その途端、肺に空気が流れ込む。そのわずかな空気を貪《むさぼ》るように吸い込む。ひゅうひゅうと喉が鳴る。

　女の襲撃から身を守るべくうつ伏せになる。あの音に耳を澄ませようとするが、しばらく酸素の届かなかった頭はわんわんと鳴り、耳が正常に機能しなかった。私はその場から離れようと後退《あとじさ》った。身を引いたその時、腕に何かが触れた。さらりとしたその感触は髪の毛のようだった。

　――逃げてたまるか。

　女の髪に触れた瞬間、またもや怒りが爆発した。私は腕に力を込め、感触のあった方に突進した。私の肩が肉とも顔ともつかぬものにぶつかった。うっという声がすぐ近くで聞こえた。しゃにむに拳を突き出すと、固い感触が拳から伝わった。女の顔か肩に当たったようだ。女は呻き声を上げ、例の音を立てながら後退していく。

　逃がすものか。引きずり出して、必ず報《むく》いを受けさせる。暗闇の中、女の這いずる音だけを頼りに間合いをつめる。発作は完全に治まっていた。匍匐前進で進み、女が隠れているであろう辺りに腕を伸ばす。スッ――と、伸ばした右腕が冷たくなり、続けて鋭い痛みが走った。咄嗟に腕を引く。逆の手で痛みがある場所を押さえると、ぬるぬるとした感触があった。切られた。あの女は凶器を持っている。

　私が怯んだのを察知したのか、女が突進してくる気配があった。私は身をよじり、それを躱《かわ》した。女の荒い息遣いが聞こえる。獰猛《どうもう》な犬のような息遣いだった。私は身体を丸め、音を立てないよう、細心の注意を払って階段下に向かった。切られた腕がズキズキと痛む。余程深く切られたのか、押さえた手のひらから大量の血が流れているのが見えなくても分かる。

「ひゅっ」という不気味な音と同時に、鼻先に痛みを感じた。腕に感じている痛み程ではないが、突き出された刃の向きが逆だったら、私の顔には深々と刃が突き立っていただろう。安堵する間もなく、今度は耳元で空気を切り裂く音がした。

このままでは殺される。女は私を逃がすまいと、確かな感触を得るまで刃をくり出すだろう。私は待った。更に刃が突き出された時、私は一か八か無事な方の手を突き出した。幸運にも掴んだのは刃先ではなかったようだ。それは女の腕らしかった。刃物を持った方の腕だ。離してはならない。掴んだ腕に力を込める。すると、突然私の顔面に固い物が叩きつけられた。鼻が折れたのだろうと思った。おそらく女が頭突きをしてきたのだ。クラクラしながらも、左手を離したら終わりだと本能が告げていた。私の手から逃れようともがく女の腕を締め上げ、切られた方の腕を伸ばす。手指に絡みつく髪を力任せに引っぱり、頭を床に叩きつける。女が短く悲鳴を上げた。首を探し当てると、渾身《こんしん》の力を込めて絞めた。指が、女の首に喰《く》い込むのが分かる。切られた腕から血が噴き出すのを感じた。かまわず絞め続ける。女がぐっぐっともがく。更に力を込めようとした時、傷口から流れ出た血が女の首にまで達し、手が滑った。その隙を衝いて女は逃げ出した。しかもまだ凶器を持っている。

私は階段を目指して身を翻した。女の咆哮と、左のふくらはぎに激痛が走るのと同時だった。私は痛みでもんどりうった。間髪を入れず女が襲ってくる。私は闇雲に腕を動かし、脱出を図った。女の声が遠くなり、灯りが届くところまで這い出た。私は振り返りもせず階段を目指した。あと少しだ。この空間から脱出さえできれば――。

耳元でがちんという金属音がした。刃先がコンクリートに当たった音だ――先回りされていた。顔を上げると、ニタニタと笑う黒い目の女の顔があった。

「残念でした」

逃げようともがくが、足が言うことをきかない。とても女のものとは思えない力で身体をひっくり返される。女はニヤニヤ顔のまま私に馬乗りになった。女の顔がすぐ目の前にある。殺される――。

恐怖で痙攣《けいれん》した右手の指先が何かを捉えた。それを摑むと、女の顔目がけて振りきった。骨が砕ける感触があった。馬乗りになっていた女の身体がぐらりと揺れ、上半身が床に崩れ落ちた。まだ私の上に居座っている女の下半身をなぎ払うと、出口に向かって進んだ。腕も、足も、自分のものとは思えない。痛みで気を失いそうになりながら、何とか階段下に辿り着いた。女の顔の骨を打ち砕いた携帯が転がっていた。

あとは五段の階段を上るだけだ。二段目の踏板《ふみいた》に手をかけた時、嫌な予感がして私は振り返った。さっきまで床に伸びていた女の姿がなかった。はっとして顔を前に向けると、蹴込《けこ》みの部分に女の顔があった。蹴込みに板を張っていない階段を挟み、私達は対峙した。女の片目は打撃による負傷で塞がっていた。残った方の目は真っ赤だった。

蹴込みから光る物が飛び出た。ナイフだった。その刃先が私の右胸に刺さった。

——たすけて。

私は振り下ろされる出刃包丁から逃げ惑っている。執拗に追いかけてくるのは——あれは、親父だ。恐ろしい形相で私を追い回している。見覚えのある背中が——兄の背中が——私の前に現れる。両手を広げ、父の前に立ちはだかる。兄は難なくなぎ払われるが、その脚が父の体勢を崩す。そして、あの出刃包丁が机にぶち当たるのだ。今も実家にある、兄の学習机の縁に。記憶と違うのは、そこが東京の家ではなく、長野の家、しかも兄の部屋だということだった。更に異なるのは、兄の部屋の壁紙が古い物だということ。これは私の記憶なのか。これが、本来の——。

激痛などという言葉では生ぬるい、おそろしい痛みが私の胸をえぐった。我に返った私の前には、赤い目をした女の顔があった。顔を縁どる髪が、ひしゃげた顔から噴き出る血で黒光りしていた。女はなぜか悲しそうな表情を浮かべ、言った。

「どうしてこわしたの」

　そして私の胸に刺さったナイフにゆっくりと手を伸ばす。私はそれをじっと見つめる。女の指がナイフの柄に触れそうになったその時、私は胸に刺さったナイフを自ら引き抜き、目の前にいる女の胸に突き立てた。女の顔は、純粋に驚いているように見えた。何か言おうというのか、口をパクパクしている。その様子を見ながら、私は胸に手を当てる。指の間から血が溢れ出す。階段にもたれるようにして女は倒れ、それきり動かなくなった。

「――さん」

　どこからか声が聞こえる。ばたばたと足音も聞こえる。いや、そんな気がするだけかもしれない。私は死ぬのだ。これは妄想だ。

「清沢さん！」

　私の妄想はいよいよ現実味を増し、声が近くなった。私が父に殺されかけたあの時も誰かが私を呼んだ。父の振りおろした出刃包丁が学習机の縁に喰い込んだ時、再び兄が父に突進した。兄はまたしてもなぎ払われたが、その隙を衝いて私は……私は――。

　胸から手を離し、己の手をじっと見つめる。血で染まった両手を見つめる。この手で私は――。

　私は、父を刺した。父を――殺した。

そうか、そうだった。私が父を殺したのだ。

兄ではない。私が殺したのだ。

これは天罰だ。父を殺した私への。

この家で健やかに育つ娘を見たかった。妻と二人、老いても仲睦まじく暮らしたかった。どれも叶わぬ夢なのに。

誰かが私を呼んでいる。この声は兄だ――遠い声が徐々に近づく。

実家の和室。

「賢二」

あの押入れの前で、坊主頭の兄が立っている。捧《ささ》げるような形の手に、白いものをのせて。

「親父か」

兄の顔は蒼白だ。開け放した廊下の引き戸から、煩い程に蟬の鳴き声が聞こえている。

父の遺体を隠したのは私と母だ。二度目に父になぎ払われた時、兄は頭を打ち、気を失った。

万が一遺体が見つかってもすぐには身元が発覚しないよう、頭部と手足を切り落とし、押入れの床下に押し込めようとしたが狭くて全部は入らなかった。それで、頭部以外は庭に埋めた。

兄が目を覚ました時には全てが終わっていた。父の死は報せなかった。いくら身を守る為だったとは言え、私が父を殺害したと知れば正義感の強い兄は苦しむと思った。しかし、父が二度と現れなかったこと、飛び散った血痕。なにより――見つけてしまった父の一部。

「親父か」

兄は繰り返した。そして、言った。

「ここに、居たのか」

兄は優しかった。私が小学校のウサギを殺した時も黙っていてくれた。兄が死んだウサギを抱いていたのは、埋葬《まいそう》する為だった。どうして殺したと問われて、私は家族のいなくなったぴょん子がかわいそうだったからと答えた。

そうだ。全て私のしたこと。優しい兄はそれらの事実を抱えきれなくなり精神を病んだ。

根源である私は都合よく全てを忘れた。そういうことだ。

それだけのことだ。

※

展示場に来る客は一様に夢をみている。目を輝かせ、お伽噺《とぎばなし》の世界に出てくるようなお城に住む自分を想像して軽やかな足取りで帰って行く。ここはただのきっかけを与えるだけの箱に過ぎないのに。

私が建築士になったのは、理想を現実にできるからだった。

理想の家。それは成長するにつれ細部まで鮮明に思い描くことができた。幼い頃には私にも夢のお城があった。その頃の私は展示場を訪れる人々と同じ目をしていただろう。

理想の「お城」が現実を伴った「理想の家」になった日。それは忘れようとすればするほど、私を追いかけてきて苦しめた。忘れることを許さなかった。

私の父は大工だった。「お城を作る」父が誇らしくて大好きだった。現場で出る木材のくずを使って、小さな動物の置物を作ってくれた。全てつがいのかわいらしい置物で、私はそれで動物園を作りたいと父に言った。父は笑ってそうしようと言った。

雨の日には私の遊び相手にもなってくれた。家庭菜園で一緒に土も耕した。そんな父が亡くなったのは私が八歳の時だった。施工中の家で心臓発作を起こし、そのまま帰らぬ人となった。父の胸ポケットにはイルカの置物が一つ入っていた。イルカは動物園にいないのに。泣きながら笑った。

父が最後に手がけた家は、私にとって特別だった。父が作った家。父が最期を迎えた家。

その家を何度も見に行った。何度も何度も。何年も何年も。時には何時間も。その家に住むのは決して美貌に恵まれたとは言えない大家族だった。私が家を眺めていることを皆知っていたはずだが、誰一人声をかけてはこなかった。むしろ嫌厭されていた。私と歳の変わらない不細工な子ども達が聞こえよがしに悪口を言ってきたこともある。それでも父の形見のような家を見に行くことを止められなかった。

中学二年の夏。その日はやってきた。その日も私は飽きずに家を眺めていた。その家の主人が家から出て来て、初めて私に声をかけた。そして家に入れてくれた。父の作った家。父の生きた証し。私は父の家に目を奪われていた。背後に忍び寄った男にも気付かないほど。

その家の主人は私の中で何度も何度もイッた。痛みで気を失いそうだった。失神したかった。死にたかった。死の直前ですら、こんなにも苦しく惨めな想いはしないだろうと思った。醜い男の臭い息と汗の臭い。痛みと悔しさと恐怖で涙が止まらなかった。それを見て男は更に興奮しているようだった。男にのしかかられている間中、私は家のことを考えるようにした。理想の家を。理想の家族を。

ことが済むと、その家の主人は二度とこの家に来るなと言った。言われなくても来るつもりはなかった。この家はもう父の家でもなんでもない、ただの汚れた悪魔の家になっていた。

八ヵ月後の深夜、私は公園のトイレで赤ん坊を産んだ。女の子だった。弱々しい産声を上げた後、すぐに静かになった。スポーツバッグに赤ん坊をつめるとあの家へ向かった。バッグに火をつける。表に出しっぱなしになっていたゴミ袋に火がうつり、炎が広がっていった。家が炎に包まれたように見えたが、それは私の願望だったのかもしれない。

理想の家には理想の家族が住まわねばならない。

完璧な家族。完璧な家。

必要ならば、私自身が「家」になればいい。そこに理想の家族を住まわすのだ。麗しい人々を。ずっと。ずっと一緒に。

インターホンが鳴る。新しい家族がやって来た。

10

地獄は思ったより明るいのだな。

目覚めた時そう思った。

母が私を呼んでいる。なぜ、母が地獄にいるのだ。地獄に落ちるのは私だけのはずなのに。

「賢二――」

「賢二」

さっきよりもはっきりと、近くから母の声がした。

「目が覚めたんだね、良かった」

「……さ……」

母を呼ぼうとしたが、口の中がカラカラで上手く声がでなかった。喉も張り付くように乾ききっていた。身体を動かそうとしたが、これも失敗に終わった。頭だけは動くようだった。首を巡らすと、脇に母がいた。ひどく痩せて頬がこけていた。なぜ、そんな顔をしているの。

「病院だよ。もう五日も眠ったきりだった。目が覚めて、本当に良かった」

病院。精神病棟か？

「危ないところだったんだよ。沢山刺されて……柏原さんが見つけてくれなかったら今頃……」

母は目を閉じ、涙を堪えている。

「とにかく、良かった。先生を呼んでくる」

母が視界から消えると、私はまた過去に沈んだ。

回復には時間がかかった。右腕や胸の傷は深いわりに縫うだけで済んだようだが、左脚の刺し傷は神経を傷付けており、一生の付き合いになりそうだった。

「不死身だね、ジロちゃん」

金色の髪がいつの間にか黒くなっていた。

「お前こそ懲《こ》りないな」

見舞いに来たはずの上林は、病室に入る前に若い看護師に声をかけていた。

「何、見てたの？　安心して、ちゃんと連絡先交換したから」

「馬鹿だな」

「馬鹿はジロちゃんでしょ。殺人鬼と闘うなんて」

殺人鬼。

「しかも胸まで刺されたのに生きてるって……凄すぎだよ」

私は曖昧に頷いてみせた。

「ところで、奥さんと子どもは？　元気にしてるの？」

今度も曖昧に返事をするしかなかった。入院して十日になるが、その間、妻と子どもには一度も会えていなかった。

「そっか。仕方ないよね」

上林の発言は、私の身体と妻の精神状態を鑑《かんが》みてのことだろうが、私には、父を殺し、兄を追いつめ病気にし、更には死に追いやったことへの報いの言葉に聞こえた。

「胸の傷は大したことないみたいで良かったけど、脚は？」

上林は私の吊られた脚をチラリと見た。

「陸上でオリンピックにでるのは無理そうだ」

私がそう言うと、上林は困ったように笑った。

「ジムは？」

「復帰は難しいだろうな」

泣き出しそうな顔をした上林を安心させるために、

「お前と違って、俺は筋肉バカじゃないから働き口はいくらでもあるさ」

と言った。今度はほっとしたように笑う上林の後ろに、のっそりとした影が差した。

「おや、先客がいましたか」

髭に覆われた顔をほころばせながら柏原が言った。上林はさっと立ち上がると頭を下げた。私の知らない間に、二人には面識ができたようだった。

「じゃあ俺はこれで。ジロちゃん、また来るから」

二人は会釈を交わすと席を替わった。

「だいぶ元気になられましたね」

私が家の床下で倒れているのを発見し、病院に運んでくれたのは柏原だった。女と死闘を繰り広げ、生死の境を彷徨っている時に聞いたのは柏原の声だった。事情聴取で数日前ここを訪れた時より更に伸びた無精ひげに覆われているが、憑き物が落ちたような顔をしていた。

「おかげさまで」

「ご家族は？」

私は無言で首を振った。事件が公になり、私と友梨恵の関係も世間の知るところとなった。妻には、自分の口で事実を伝えることのないまま時だけが過ぎていた。妻と子どもに会えない理由はそれだった。一度だけ義父がここに来た。私と友梨恵の関係は本当か、死んだ本田という女とも男女の関係だったのではないかと詰問された。私は事実を語った。義父は憤慨していたが、私の身体が回復するまで待つと言ってくれた。それまでは妻と子どもを預かると言い置いて義父は病室を後にした。

「ところで、犯人は一体どうやって天井裏に入れたのでしょうか。合鍵は、会社で作る機会があったのは分かります。しかし……」

あの女は合鍵を使い、自由に我が家に出入りしていた。そして、私達家族が当たり前の日常を過ごしていた時――過ごしていたと思っていた時も――床下か天井裏に潜《ひそ》んでいた。

「清沢さんのお宅は、天井裏にダクトが走っているでしょう。換気部は、開閉できる仕組みになっている」

脱衣所の上に、それはあった。

「そこは大人が出入りできるほどの大きさがありますね」

確かにそうだ。幅があり、私でも入れる。しかもダクトを避けさえすれば移動も可能だ。

「しかし、脚立か何かがなければとても上がれません」

「換気部がある脱衣所に、籐《とう》のチェストがありました」

タオルなどを入れる、高さ一メートル程のチェストだ。

「それを足場にして上がったと思われます。しかも中側から開閉できるよう、細工されていました」

私は脱力した。鍵を持ち、隠れる場所にも困らなかった。まほうの家は、あの女にとって絶好の隠れ家だったのだ。

「柏原さんにお聞きしたいことがあります。あの日、なぜ家に来たのですか」

柏原は伸びた髭に手をやった。

「長野に着き、署に戻るつもりでいました。しかし本田の行方がつかめないことに不安を感じていました。その時、ふと思い出したことがあったのです」

柏原は顎から手を離すと言った。

「清沢さんのお宅に伺ったことがあるでしょう。あの時、リビングに白い椿が咲いていました。庭木にすることが多い椿が鉢植えで飾ってあるのを珍しいと思っていると、清沢さんが『住宅会社の人間からもらった物だ』と仰った」

確かにそんなことがあったような気がする。あの花は椿なのか。花の名すら知らなかった私は柏原の観察眼に驚いた。

「白い椿の花言葉をご存じですか」

椿がどんな花なのかも知らなかった私が、花言葉など知る由《よし》もない。

「理想の愛です」

理想の愛――。

「本田の過去とそれを照らし合わせると胸騒ぎがしました。それで清沢さんのお宅に向かったのです」

私が黙って見つめると、

「宮崎の実家が花屋でしてね」

と、柏原が照れたように笑った。

「現在、本田の過去をあらっています。六年前に起きた本田の婚約者の事故死についても再捜査する方針です」

本田を狂気に追い込んだのは婚約者の死だと思っていた。しかしそれが彼女自身によるものだとしたら、何が彼女を狂わせたのか。

「とにかく今は身体を治すことだけ考えて下さい」

そう言って、柏原は病室を後にした。

誰もいなくなった病室で、私は目を閉じた。

11

季節はすっかり春になっていた。

タクシーから降り立つと、甘い花の香りに包まれた。実家を見上げる。以前のように家が襲いかかってくることもない。古い家屋があるだけだった。私が記憶を取り戻したからだろう。この家に帰ることを躊躇させた理由を。

「すごい花だ」

感嘆の声を上げると、隣に居た母が、

「アイリスだよ」

と教えてくれた。

私は花の群れを避けながら、一本の樹の下に向かった。家から一番離れた庭の片隅に、屋根程の高さに成長した樹がある。枝に、白い鳩が無数にとまっているように見えた。

「それは白木蓮《はくもくれん》――」

私は母を振り返った。離れていても、母が息を呑むのが分かった。

「賢二――」

「親父をここに埋めた」

母は片手で口を押さえた。

「思い出したの……？」

私は頷くと、樹の幹に手を触れた。

「押入れの床下に隠したものは？」

母はすっかり白くなった顔で言った。

「聡に見つかった時、そこに埋めた」

白木蓮。誰も悼むことのなかった父の死を、この花だけがひっそりと弔っていた。

私は、母と共に二階へ向かった。兄の部屋は以前と何も変わっていなかった。

「ここで、俺は親父を殺した」

――殺した――その言葉を聞いた時、母は苦しそうに目を閉じた。

兄の部屋は明るい。この部屋だけ壁紙が新しいからだ。

「兄貴は、どんな気持ちでこの部屋を使い続けたんだろう」

今となっては答えのない問いに答えをくれたのは母だった。

「聡なりの贖罪《しょくざい》だったのよ」

「兄貴が罪の意識を感じることなんてなにも――」

「あの人から賢二を守れなかったって、ずっと自分を責めてた」

「そんな」

「賢二にあんなことをさせたのは自分のせいだって……責任は私にあるのに。私がもっとしっかりしていれば」

母はその場に泣き崩れた。小さな背中を丸めて、母は泣いた。

「あの時、もう離婚していたはずだろう？　どうしてここに？」

「私達を追ってきたの」

理解に苦しむ。暴力で支配していた捕虜がいなくなった途端、父は裸の王様になったのだろうか。そしてまた、力で支配することを求めた。

私は母を支えると、兄のベッドに座らせた。母は震える手で愛おしそうに枕を撫でた。

「俺のせいで兄貴は病気になった」

俯いていた母がパッと顔を上げた。

「違う。誰かのせいだというのなら、それはあの人の責任だ」

兄の病気を――時に、兄自身を――恨んだ。その根源は私自身だったのに。

「それに、俺の家族を守るために兄貴は死んだ」

そのことを母は否定しなかった。

「聡は優しい子だった。あの人に起こったことを、とても背負いきれなかった。それは賢二も一緒だ。忘れることで、自分を守った。聡がユキを守ったのは、賢二の代わりだったんじゃないかと思うんだよ。あの時守れなかった無念を、ユキを守ることで晴らそうとしたんじゃないかって思えてならない」

そんな馬鹿な話があるだろうか。私のせいで苦しんできたのに、その私の為に命を投げ出すなんて。

家族を守る為に身を挺した兄とは逆に、私は家族を壊そうとする者を殺めた。

「聡の死に顔が忘れられない」

母は、窓の外に目を向けた。

「穏やかな、満足そうな顔だった。あの子はあの子なりの信念を貫いて、生を全うしたんだ」

私も庭に目を向けた。この部屋からは白木蓮がよく見える。鈴なりになった白い花は、飛び立つ前の鳥達のように身を震わせていた。

12

義父から連絡があったのは、退院後しばらく経ってからだった。

「ひとみが、どうしても家に帰ると言って聞かない。私としては、あんなことがあった家に帰すのはどうかと思うが、医者はひとみの好きなようにさせてやれと言うし仕方がない」

「お義父さん――」

「しかし」

義父は、私にそう呼ぶことを許さない、と言った口調で遮った。

「私も妻も、まだ君に会うつもりはない」

退院後すぐに妻の実家を訪れ、その後も通い続けたが全て門前払いだった。

「これから連れて行く。ひとみは子どもも連れて行くと言って聞かないが、サチは熱をだして寝込んでいる。ユキだけ連れていく。君とひとみで話し合うといい」

そう言って電話は切れた。

まほうの家は、じっと私を待っていた。

この家を求めたことで、私は家族を失った。

寒さに耐えられないなら、どこか他所で暮らせばよかった。家族がいてくれさえすれば、どこでも、そこが我が家なのだから。

蜃気楼《しんきろう》のような家を見つめながら、ふと、失ってはいないのかもしれない、そう思った。これまでも、妻との齟齬を乗り越えてきた。もしかしたら、今度も乗り越えられるかもしれない。妻が家に帰りたいと言ったのは、私と前向きに話し合う為なのかもしれない。それに——ここで家族を守り生きることが、私にできる唯一の贖罪なのではないか。そうだ。共に生きていく。私達ならそれができる。期待を抱き、私は家に入った。

三和土には見慣れた妻の靴が揃えて置かれていた。もう帰っている。

リビングを進むと、ソファの向こうから揃えた足がのぞいていた。妻が床に座っているのだろう。

「ひとみ」

声をかけたが返事はない。私はゆっくりと近づく。片側に崩した足が見え、次いで妻の後ろ姿が半分見える。妻は顔を正面に向けていた。向き合うように、花を落とした椿がこちらを見ている。前に回された腕の形からユキを抱いているのが分かった。暗くなった家で灯りもつけず、ユキを抱いたまま放心した妻を見たのはいつだったか。ふと、あの時の光景と重なった。

「ひとみ」

返事はない。私は妻の正面に向かおうとして思わず足を止めた。ぎくりとして体が硬直する。

ユキの顔は妻の腕に隠れて見えない。妻の反対側の腕がだらりと床に投げ出されていた。その先に銀色に光るフォークが転がっていた。フォークの先に何かついている。赤い、液状の――。

突然、妻が振り返った。

「おかえりなさい」

妻の正面に回る。視界が霞む。これは夢だ、夢だ夢だ夢だ――夢でなければこんな

――。

「これでもう見なくてすむよ。ね？」

こんなむごい――。

嬉しそうに笑う妻の腕に抱かれた娘は、もう二度とその瞳を開くことが叶わない姿になっていた。

――赤ちゃんの瞳って湖面みたいでしょう？　なんでも映しだして――。

ユキは、その瞳を奪われていた。

私の求めたまほうの家。もしも本当に魔法があるとしたら、戻りたい。

戻りたい。

帰りたい。帰りたい。

帰りたい。

身近に潜む闇

伊藤潤二

ホラー漫画家の伊藤潤二と申します。この度、『スイート・マイホーム』の解説をお受けすることになりました。実は解説の依頼をいただいた時は、不勉強で作者の神津凛子さんも、その作品も存じ上げませんでしたし、何より人様の小説の解説などというものを書く自信もなかったので、ご依頼をお断りしようかと思っていました。

ところが、聞くところによると、神津さんは歯科衛生士という経歴をお持ちとのこと。これにはちょっと心が動きました。実は私は漫画家になる前は歯科技工士をしておりましたので、歯科衛生士という職業に対しては、同じ歯科業界で働いていた仲間という近しい感覚を抱いているのです。それに神津さんは長野県にお住まいとのこと。私の出身は岐阜県中津川市で長野県境に位置しており、母の出身も長野県なので、長野にはとても親近感を抱いています。何だかそれだけでこの解説の仕事を引き受けてみたいと思うようになりました。

長野といえば、長野市に私の幼馴染《おさななじみ》の友人も住んでいて、何度か誘われて遊びに行きました。彼は長野県警の警察官で、昔から実に正義感溢れた素晴らしい男なのですが、行くたびに善光寺などの名所や美味《お》しいお蕎麦屋さんに連れて行ってくれます。それはいつも良い季節で、春から秋にかけては長野の気候は気持ちが良く（まだ残念ながら紅葉の時期には行けていませんが）、こんなところに住んでみたいものだと思います。もちろん冬の寒さの厳しさについては、中津川の冬以上の寒さといえば容易に想像のつくところですが。

この『スイート・マイホーム』の家の設定が、エアコン一台で家中を暖められる「まほうの家」というのも、まさに長野の厳しい冬を身をもって知る神津さんならではのものと言えるでしょう。そして私もこの家の設定には興味をそそられたのでした。なぜなら、私は生来の寒がりで、幼い頃から雪合戦などは大の苦手、猫の如く炬《こ》燵《たつ》で丸くなるのが至福という年寄りじみた子供でしたので。大人になってもそれは変わらず、歯科技工士時代は、冬場に手先が冷たくなって血行が悪くなることで、指の動きが鈍くなり仕事の効率が落ちました。それが要因の一つになって歯科技工士を辞めたほどです。漫画家になってからも、手の冷たさはペンの動きに影響するので、寒い冬にどのように暖かい環境で仕事をするかということが、私の人生における一つの重要なテーマになっているほどなのです。

今回神津さんとその作品を知るにあたり、なぜこうも私のツボにハマるのかと不思議でなりません。と……何だかここまで自分の話ばかりになってしまいましたので、そろそろ本題に入りたいと思います。

この「まほうの家」ですが、聞くところによると、神津さんご自身がそういう家を建てた経験からきているそうです。寒冷地に多い、いわゆるセントラルヒーティングの一種の建物なのだろうと思いますが、これをホラーミステリーに取り入れたところが神津さんの着眼点の面白さであり、暖かい家といえば普通は一家団欒《だんらん》の幸福な家族が暮らす様子を連想するはずが、神津さんの手にかかると、まるでこの家の温《ぬく》もりが実は巨人の人肌であり、住人はその巨人の体内に飲み込まれてしまったかのような気分を演出しているようにすら思えてきます。それは穿《うが》ち過ぎとしても、実際にこの「まほうの家」は、ミステリーの、そしてホラーの装置として機能しており、まさに「この家に何か秘密がある」という想像を読者に搔《か》き立てる見事な摑《つか》みと言えるでしょう。

この家の中で起こる怪奇現象や不気味な何者かが、平和な家族とその関係者を恐怖に陥れる様や、クライマックスで遭遇する恐ろしい展開は、ジャパニーズホラーの映画さながら身の毛のよだつもので、ミステリーファンのみならず、ホラーファンもきっと満足することと思います。

ミステリーにせよ、ホラーにせよ、建物は重要なモチーフで、ミステリーにおいては、密室トリックが王道であり、ホラーにおいても建物の存在というのは非常に重要で、陽光眩《まぶ》しい外界から壁で隔てられた薄暗い空間が、いかに恐怖を演出しやすいかというのは説明の必要もないかと思います。

古くはゴシックロマンスの時代から、ホラー小説と建物には深い繫《つな》がりがあります。建物という閉鎖された空間を設定することによって、恐ろしい物語が広がりを持つと言えるでしょう。逆に開放的な広々とした空間が舞台となると、それがホラーだとしても、恐怖の質が変わってしまう気がします。あの日本ホラー漫画の祖・楳図《うめず》かずお先生が、「家の中で起こるのがホラー、家の外で起こればそれはSFである」とおっしゃるのを、私は楳図先生がご自身の世界を体現した建物「まことちゃんハウス」のリビングにおいて確かに聞きましたが、謎めいた屋敷や、暗く閉鎖的で息が詰まりそうな空間という舞台の中でこそ、長い伝統に根付いた本来のホラーの醍醐味が味わえると言っていいでしょう。

もちろんこの作品はミステリーであり、その意味でもこの家の設定が十分に活かされていることは言うまでもありません。本筋は生きた人間の心の闇、不条理さであり、それを具現化したのがこの「まほうの家」なのです。

またこの作品の中では「家族」が重要なキーワードになっていますが、犯人の動機がそれに関連して、普通とは少し違っているなあという印象も持ちました。どう違うのか、言葉にするのが難しいのですが、犯人にとっての「理想の家族」がどのようなものなのか、それは実のところ犯人にしかわからず、謎に包まれているのではないでしょうか。それがこの犯人を薄気味悪く、それでいて魅力的なキャラクターにしていると思います。

神津凛子さんはこの『スイート・マイホーム』がデビュー作ということですが、デビュー作にしてこの完成度ということにも驚かされます。ご本人をインタビューしたウェブ記事から引用させていただくと、小説自体は小、中学生の頃から書いていたそうなので、小説・作劇の勘はすでに培われていたのでしょうが、それにしてもその構成力は並外れているようです。しかも執筆は特にプロットを立てずに書き進めるのだとか。さらにはのちの加筆修正はほとんどしないとなると、まるで楽譜にスラスラと清書していく映画『アマデウス』のモーツァルトのようで、畏敬の念すら覚えます。私のように、シノプシスの段階で迷走し始める者にとっては羨ましい限りで、ぜひ一度紅葉の頃に長野まで教えを乞いに行きたいくらいです。しかし残念ながらそれは教わってできることではなく、元々生まれ持った才能ということでしょう。

さて、デビュー第一作のこの作品をものにした神津凛子さんはその後第二作『ママ』で、ヒリヒリするような人間社会の齟齬《そご》と闇、そして暴力を描きました。神津ワールドはこれからも拡大していくに違いありませんが、私の期待として、（すでに第二作『ママ』でその片鱗を感じさせてくれましたが）神津さんの経歴を活かした「歯科衛生士ミステリー」という分野を切り開いていただきたいなんてことを思ったりします。とは言え、私自身は歯科技工士という経歴を自分の漫画にほとんど活かすことができませんでしたので、そんな私がこんな提案をするのもおこがましい限りなのですが……。

それはさておいて、身近な題材から物語を紡ぎ出していくことから始まった神津凛子ワールドが、これからどんな進化と変遷を見せてくれるか、今からとても楽しみです。

参考文献
『レッスンとうごうしっちょうしょう』三野善央　メディカ出版
『統合失調症』主婦の友社編　主婦の友社

本書は二〇一九年一月に小社より単行本として刊行されたものです。

|著者|神津凛子　1979年長野県生まれ。2018年、『スイート・マイホーム』（本書）で第13回小説現代長編新人賞を受賞し、デビュー。同作は主演に窪田正孝をむかえ、齊藤工監督で映画化が決定している。他著に『ママ』『サイレント　黙認』がある。

スイート・マイホーム

神《かみ》津《づ》凛《りん》子《こ》

2021年6月15日第1刷発行
2022年3月10日第4刷発行

発行者——鈴木章一
発行所——株式会社　講談社
東京都文京区音羽2-12-21　〒112-8001
電話　出版（03）5395-3510
　　　販売（03）5395-5817
　　　業務（03）5395-3615

Printed in Japan

講談社文庫
定価はカバーに
表示してあります

KODANSHA

デザイン—菊地信義
本文データ制作—講談社デジタル製作
印刷———豊国印刷株式会社
製本———株式会社国宝社

ISBN978-4-06-523768-7

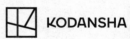

講談社文庫刊行の辞

二十一世紀の到来を目睫に望みながら、われわれはいま、人類史上かつて例を見ない巨大な転換期をむかえようとしている。

世界も、日本も、激動の予兆に対する期待とおののきを内に蔵して、未知の時代に歩み入ろうとしている。このときにあたり、創業の人野間清治の「ナショナル・エデュケイター」への志を現代に甦らせようと意図して、われわれはここに古今の文芸作品はいうまでもなく、ひろく人文・社会・自然の諸科学から東西の名著を網羅する、新しい綜合文庫の発刊を決意した。

激動の転換期はまた断絶の時代である。われわれは戦後二十五年間の出版文化のありかたへの深い反省をこめて、この断絶の時代にあえて人間的な持続を求めようとする。いたずらに浮薄な商業主義のあだ花を追い求めることなく、長期にわたって良書に生命をあたえようとつとめるところにしか、今後の出版文化の真の繁栄はあり得ないと信じるからである。

同時にわれわれはこの綜合文庫の刊行を通じて、人文・社会・自然の諸科学が、結局人間の学にほかならないことを立証しようと願っている。かつて知識とは、「汝自身を知る」ことにつきていた。現代社会の瑣末な情報の氾濫のなかから、力強い知識の源泉を掘り起し、技術文明のただなかに、生きた人間の姿を復活させること。それこそわれわれの切なる希求である。

われわれは権威に盲従せず、俗流に媚びることなく、渾然一体となって日本の「草の根」をかたちづくる若く新しい世代の人々に、心をこめてこの新しい綜合文庫をおくり届けたい。それは知識の泉であるとともに感受性のふるさとであり、もっとも有機的に組織され、社会に開かれた万人のための大学をめざしている。大方の支援と協力を衷心より切望してやまない。

一九七一年七月

野間省一

講談社文庫　目録

佐々木裕一　若返り同心 如月源十郎〈不思議な飴玉〉
佐々木裕一　若返り同心 如月源十郎〈闇の顔〉
佐々木裕一　公家武者 信平《のぶひら》〈消えた狐丸〉
佐々木裕一　逃げた名馬〈公家武者 信平(二)〉
佐々木裕一　比叡山の鬼〈公家武者 信平(三)〉
佐々木裕一　公《く》卿《ぎょう》の罠《わな》〈公家武者 信平(四)〉
佐々木裕一　狙われた旗本〈公家武者 信平(五)〉
佐々木裕一　赤い刀身〈公家武者 信平(六)〉
佐々木裕一　帝《みかど》の刀《とう》匠《しょう》〈公家武者 信平(七)〉
佐々木裕一　若君の覚悟〈公家武者 信平(八)〉
佐々木裕一　くもの頭領〈公家武者 信平(九)〉
佐々木裕一　宮中の誘い〈公家武者 信平(十)〉
佐々木裕一　雲《ひ》雀《ばり》の太刀〈公家武者 信平(十一)〉
佐々木裕一　狐のちょうちん〈公家武者信平ことはじめ(一)〉
佐々木裕一　姫のため息〈公家武者信平ことはじめ(二)〉
佐々木裕一　四谷の弁慶〈公家武者信平ことはじめ(三)〉
佐々木裕一　暴れ公卿〈公家武者信平ことはじめ(四)〉
佐々木裕一　千石の夢〈公家武者信平ことはじめ(五)〉
佐々木裕一　妖《あや》し火〈公家武者信平ことはじめ(六)〉

佐藤　究《きわむ》　Q J K J Q
佐藤　究　A　n　k..〈a mirroring ape〉
佐藤　究　サージウスの死神
佐野　晶　三田紀房・原作　小説アルキメデスの大戦
澤村伊智　恐怖小説キリカ
さいとう・たかを　戸川猪佐武 原作　歴史劇画 大宰相〈第一巻 吉田茂の闘争〉
さいとう・たかを　戸川猪佐武 原作　歴史劇画 大宰相〈第二巻 鳩山一郎の悲運〉
さいとう・たかを　戸川猪佐武 原作　歴史劇画 大宰相〈第三巻 岸信介の強腕〉
さいとう・たかを　戸川猪佐武 原作　歴史劇画 大宰相〈第四巻 池田勇人と佐藤栄作の激突〉
さいとう・たかを　戸川猪佐武 原作　歴史劇画 大宰相〈第五巻 田中角栄の革命〉
さいとう・たかを　戸川猪佐武 原作　歴史劇画 大宰相〈第六巻 三木武夫の挑戦〉
さいとう・たかを　戸川猪佐武 原作　歴史劇画 大宰相〈第七巻 福田赳夫の復讐〉
さいとう・たかを　戸川猪佐武 原作　歴史劇画 大宰相〈第八巻 大平正芳の決断〉
さいとう・たかを　戸川猪佐武 原作　歴史劇画 大宰相〈第九巻 鈴木善幸の苦悩〉
さいとう・たかを　戸川猪佐武 原作　歴史劇画 大宰相〈第十巻 中曽根康弘の野望〉
佐藤　優　人生の役に立つ聖書の名言
佐藤　優　戦時下の外交官〈ナチス・ドイツの崩壊を目撃した吉野文六〉
斉藤詠一　到達不能極
佐々木　実　竹中平蔵 市場と権力「改革」に憑かれた経済学者の肖像

斎藤千輪　神楽坂つきみ茶屋〈禁断の盃《さかずき》と絶品江戸レシピ〉
斎藤千輪　神楽坂つきみ茶屋2〈突然のピンチと喜寿の祝い膳〉
斎藤千輪　神楽坂つきみ茶屋3〈想い人に捧げる鍋料理〉
作画…蔡志忠　訳…和田武司　監修…野末陳平　マンガ 孔子の思想
作画…蔡志忠　訳…和田武司　監修…野末陳平　マンガ 老荘の思想
作画…蔡志忠　訳…和田武司　監修…野末陳平　マンガ 孫子・韓非子の思想
司馬遼太郎　新装版 播磨灘物語 全四冊
司馬遼太郎　新装版 箱根の坂(上)(中)(下)
司馬遼太郎　新装版 アームストロング砲
司馬遼太郎　新装版 歳　月(上)(下)
司馬遼太郎　新装版 おれは権現
司馬遼太郎　新装版 大　坂　侍
司馬遼太郎　新装版 北斗の人(上)(下)
司馬遼太郎　新装版 軍　師　二　人
司馬遼太郎　新装版 真説宮本武蔵
司馬遼太郎　新装版 最後の伊賀者
司馬遼太郎　新装版 俄(上)(下)
司馬遼太郎　新装版 尻啖え孫市(上)(下)
司馬遼太郎　新装版 王城の護衛者

講談社文庫　目録

講談社文庫　目録

講談社文庫　目録